A LIBRARY OF DOCTORAL DISSERTATIONS IN SOCIAL SCIENCES IN CHINA

中国
社会科学
博士论文
文库

英国小说中的
自然主义研究

A Study on Naturalism in the British Novel

宋虎堂　著

导师　高建为

中国社会科学出版社

图书在版编目（CIP）数据

英国小说中的自然主义研究 / 宋虎堂著 . —北京：中国社会科学出版社，
2021.3

（中国社会科学博士论文文库）

ISBN 978 - 7 - 5203 - 7886 - 4

Ⅰ.①英…　Ⅱ.①宋…　Ⅲ.①自然主义—小说研究—英国　Ⅳ.①I561.074

中国版本图书馆 CIP 数据核字（2021）第 025510 号

出 版 人	赵剑英	
责任编辑	宋燕鹏	
责任校对	周　昊	
责任印制	李寡寡	

出　　　版	中国社会科学出版社
社　　　址	北京鼓楼西大街甲 158 号
邮　　　编	100720
网　　　址	http://www.csspw.cn
发 行 部	010 - 84083685
门 市 部	010 - 84029450
经　　　销	新华书店及其他书店
印　　　刷	北京明恒达印务有限公司
装　　　订	廊坊市广阳区广增装订厂
版　　　次	2021 年 3 月第 1 版
印　　　次	2021 年 3 月第 1 次印刷
开　　　本	710 × 1000　1/16
印　　　张	16
插　　　页	2
字　　　数	265 千字
定　　　价	79.00 元

凡购买中国社会科学出版社图书，如有质量问题请与本社营销中心联系调换
电话：010 - 84083683

总　序

　　在胡绳同志倡导和主持下，中国社会科学院组成编委会，从全国每年毕业并通过答辩的社会科学博士论文中遴选优秀者纳入《中国社会科学博士论文文库》，由中国社会科学出版社正式出版，这项工作已持续了12年。这12年所出版的论文，代表了这一时期中国社会科学各学科博士学位论文水平，较好地实现了本文库编辑出版的初衷。

　　编辑出版博士文库，既是培养社会科学各学科学术带头人的有效举措，又是一种重要的文化积累，很有意义。在到中国社会科学院之前，我就曾饶有兴趣地看过文库中的部分论文，到社科院以后，也一直关注和支持文库的出版。新旧世纪之交，原编委会主任胡绳同志仙逝，社科院希望我主持文库编委会的工作，我同意了。社会科学博士都是青年社会科学研究人员，青年是国家的未来，青年社科学者是我们社会科学的未来，我们有责任支持他们更快地成长。

　　每一个时代总有属于它们自己的问题，"问题就是时代的声音"（马克思语）。坚持理论联系实际，注意研究带全局性的战略问题，是我们党的优良传统。我希望包括博士在内的青年社会科学工作者继承和发扬这一优良传统，密切关注、深入研究21世纪初中国面临的重大时代问题。离开了时代性，脱离了社会潮流，社会科学研究的价值就要受到影响。我是鼓励青年人成名成家的，这是党的需要，国家的需要，人民的需要。但问题在于，什么是名呢？名，就是他的价值得到了社会的承认。如果没有得到社会、人民的承认，他的价值又表现在哪里呢？所以说，价值就在于对社会重大问题的回答和解决。一旦回答了时代性的重大问题，就必然会对社会产生巨大而深刻的影响，你也因此而实现了你的价值。在这方面年轻的博士有很大的优势：精力旺盛，思想敏捷，勤于学习，勇于创新。但青年学者要多向老一辈学者学习，博士尤其要很好地向导师学习，在导师的指导下，发挥自己的优势，研究重大问题，就有可能出好的成果，实现自己的价值。过去12年入选文库的论文，也说明了这一点。

什么是当前时代的重大问题呢？纵观当今世界，无外乎两种社会制度，一种是资本主义制度，一种是社会主义制度。所有的世界观问题、政治问题、理论问题都离不开对这两大制度的基本看法。对于社会主义，马克思主义者和资本主义世界的学者都有很多的研究和论述；对于资本主义，马克思主义者和资本主义世界的学者也有过很多研究和论述。面对这些众说纷纭的思潮和学说，我们应该如何认识？从基本倾向看，资本主义国家的学者、政治家论证的是资本主义的合理性和长期存在的"必然性"；中国的马克思主义者，中国的社会科学工作者，当然要向世界、向社会讲清楚，中国坚持走自己的路一定能实现现代化，中华民族一定能通过社会主义来实现全面的振兴。中国的问题只能由中国人用自己的理论来解决，让外国人来解决中国的问题，是行不通的。也许有的同志会说，马克思主义也是外来的。但是，要知道，马克思主义只是在中国化了以后才解决中国的问题的。如果没有马克思主义的普遍原理与中国革命和建设的实际相结合而形成的毛泽东思想、邓小平理论，马克思主义同样不能解决中国的问题。教条主义是不行的，东教条不行，西教条也不行，什么教条都不行。把学问、理论当教条，本身就是反科学的。

在21世纪，人类所面对的最重大的问题仍然是两大制度问题：这两大制度的前途、命运如何？资本主义会如何变化？社会主义怎么发展？中国特色的社会主义怎么发展？中国学者无论是研究资本主义，还是研究社会主义，最终总是要落脚到解决中国的现实与未来问题。我看中国的未来就是如何保持长期的稳定和发展。只要能长期稳定，就能长期发展；只要能长期发展，中国的社会主义现代化就能实现。

什么是21世纪的重大理论问题？我看还是马克思主义的发展问

题。我们的理论是为中国的发展服务的，绝不是相反。解决中国问题的关键，取决于我们能否更好地坚持和发展马克思主义，特别是发展马克思主义。不能发展马克思主义也就不能坚持马克思主义。一切不发展的、僵化的东西都是坚持不住的，也不可能坚持住。坚持马克思主义，就是要随着实践，随着社会、经济各方面的发展，不断地发展马克思主义。马克思主义没有穷尽真理，也没有包揽一切答案。它所提供给我们的，更多的是认识世界、改造世界的世界观、方法论、价值观，是立场，是方法。我们必须学会运用科学的世界观来认识社会的发展，在实践中不断地丰富和发展马克思主义，只有发展马克思主义才能真正坚持马克思主义。我们年轻的社会科学博士们要以坚持和发展马克思主义为己任，在这方面多出精品力作。我们将优先出版这种成果。

2001 年 8 月 8 日于北戴河

摘　　要

自然主义虽然在英国既没有形成流派也没有成立团体，但自然主义对英国文学产生的影响却无法忽视，并且英国自然主义呈现出与法国自然主义不同的文本形态和审美倾向。因而，本书基于前人零散研究，以英国19世纪末20世纪初与自然主义有关的文学现象、作家作品为研究对象，主要运用影响研究、平行研究、接受美学等方法，对英国小说中的自然主义进行多维度的系统研究，深入挖掘英国小说中自然主义的独特蕴涵、美学特质和艺术价值。

本书共分为八章：

第一章主要从内涵指向、话语形态、观念逻辑三个方面对自然主义进行考辨与阐释。在文学批评中合理地运用"自然主义"一词，就需明确自然主义不同形态的内涵指向，克服其评价标准的单一性和泛化倾向，在特定的语言形态和批评语境中对其进行具体分析。实证话语与科学话语的共时介入促成了文学话语的转变，体现了自然主义诗学与现实之间的秩序形态。"自然—客观性""真实—真实感""实验—实验小说"的内在关联和形成逻辑，彰显了自然主义观念独特的诗学内涵和审美追求。

第二章主要从引介反应、文学论争、批评接受等层面论述自然主义在英国的历史境遇。受到英国社会政治、道德观念、文学传统、审查制度等因素的影响，左拉自然主义作品虽然在英国拥有众多的读者，但并没有得到英国主流文化的认同。英国批评界关于自然主义小说描写和革新的论争，反映了不同接受主体在文学观念、审美取向等方面的分歧，这些分歧内在地要求对小说进行革新。英国的社会时代语境、读者接受屏幕、民族文化心态等都对自然主义的接受起到潜在的文化过滤。自然主义作品所包含的道德向度与英国维多利亚晚期的宗教道德伦理存在一定程度的背离，背离的根本在于价值取向不同。

第三章主要论述英国小说中自然主义的名称与实指问题。辨析英国小说中自然主义的名称与实指，既关涉英国自然主义的归属定位，也涉及英国自然主义的文学史书写。自然主义和现实主义的承继性、异质性、同构性并不能有效地辨别它们在文本系统中的影响关系及审美异同。以自然主义小说的界定为基础，将文学影响的实证分析与审美批评相结合，结合文学史实可发现，就实证角度来看，英国具有自然主义倾向的代表作家有乔治·吉辛、乔治·莫尔、阿诺德·贝内特、毛姆等。就审美角度来看，英国具有自然主义风格的主要作家有哈代、劳伦斯等。

第四章从社会认知层面对英国小说中的自然主义进行阐述。自然主义在拓展再现广度的同时，将实证作为其实现客观书写的核心。哈代的"威塞克斯小说"虽与自然主义有一致的地方，但哈代创作思想的形成轨迹却与自然主义截然不同。吉辛的《新寒士街》深刻展示了在文学商品化背景下，金钱与市场对文人生存境遇的影响，使艺术追求与文学价值不可避免地出现了裂变。英国具有自然主义倾向的作家在现实与理想的书写中，将乌托邦意识隐藏在客观的叙述中。

第五章在人学维度上对英国小说中的自然主义进行探析。自然主义对"人"之生物属性及其文学范式的书写与拓展，显示出欧洲文学不同时代人的价值观念以及人文精神的历史演变。莫尔的《伊丝特·沃特斯》揭示了伊丝特自我意识的觉醒、困境和升华的演变过程，展现出多元张力中的生命体验。《五镇的安娜》中"特尔赖特—安娜""安娜—迈诺斯或威利"之间的主体间性展示，其目的既是对父权制的批判，也是对女性自由问题的探讨。英国自然主义对人物性格与环境关系的关注，使小说人物呈现出一定的宿命论情调和边缘化特征，并与19世纪后期英国社会的发展变迁、文化特性等紧密相连。

第六章主要分析英国小说中自然主义的审美追求。自然主义对场景、人物、事物、情节的"丑"的如实描写，实际上是用陌生化手法建立了一种不同于传统的新的文学话语与美学范式。劳伦斯的性爱描写与自然主义既有联系又有区别，并非所有的性爱描写都可以归入自然主义。英国小说中的"丑陋"呈现和"性爱"描写在程度数量上皆逊色于法国自然主义，体现出自然主义与传统文学在摹仿观念及其目的之间的差异。英国读者对待自然主义的审美态度，既是期待视野接受挑战的过程，也是审美间距逐渐弥合的过程。

第七章主要论述英国小说中自然主义的修辞艺术。英国具有自然主义倾向的作家在基本遵循自然主义小说观念的基础上，运用不同的修辞艺术来体现自身的生活体验和小说创作观念。毛姆《兰贝斯的丽莎》表层对话的时间性和深层对话的空间性，使情节叙述和场景描写从线性向空间转化，呈现出一种自然主义式的美学效果。吉辛的《新寒士街》蕴含着与自然主义具有契合点的"隐含作者"，建构出文人知识分子的形象，凸显出吉辛对人性意蕴和文化内涵的深刻反思。莫尔的《伊丝特·沃特斯》借鉴左拉的非个人化叙事艺术，其印象主义描写手法和自由间接引语的运用，显示出独特的艺术风格。

第八章宏观评述英国小说中自然主义的形态嬗变。若以近代科学发展为界限，英国自然主义的形态演变大致为作为本体论的"自然主义"、作为认识论的"自然主义"、作为方法论的"自然主义"、作为价值论的"自然主义"。自然主义的内核究其底在于"自然"，英国自然主义的不同存在形态源自对"自然"或与"自然"相关关系在认知方面的不同，其演变反映了英国文学的内在诉求、时代选择和艺术转向。

关键词：英国小说；自然主义；左拉；自然；文学观念

Abstract

Although naturalism had not developed into a school or a group in Britain, the influence of Naturalism on British literature couldn't be ignored. Moreover, British Naturalism differs from French Naturalism in the aspects of textual formality and aesthetic tendency. Therefore, based on the previous sporadic research, this book adopts such methods as Influence Study, Parallel Study, Reception Aestheticism, etc. to conduct multi – dimensional and systematic study on Naturalism in British novels at the end of 19th Century and the beginning of 20th Century, specifically including the literary phenomena, writers and works related to Naturalism. By doing so, this book aims to reveal the unique connotations, aesthetic characteristics and artistic values in British Naturalist works.

This book is divided into eight chapters.

Chapter one mainly examines and interprets the definition of Naturalism from three aspects of connotation, discourse formality and notion logic. In order to use the term "Naturalism" reasonably in literary criticism, we should clarify the different connotations of Naturalism, avoid taking simplified and general standards and analyze it carefully in particular linguistic form and critical context. The synchronic introduction of empirical discourse and scientific discourse helps transform the literary discourse, which embodies the order and form between naturalist poetics and the reality. The intricate connection and formational logic between "Nature – objectivity", "reality – sense of reality", "experiment – experimental novel" embody the unique poetic connotation and aesthetic pursuit of Naturalist notion.

Chapter two mainly elaborates on the historical circumstances of Naturalism in Britain from the perspectives of response to introduction, literary argument and critical acceptance, etc. Due to the influences of factors such as social values, political situation, moral notions, literary traditions and censorship policy, etc., the Naturalist works of Zola had a wide readership in Britain, but they were not accepted by the mainstream British culture. The arguments about the description and innovation of Naturalist novels in British critical circles reflect different receptors' divergences in the fields of literary notions and aesthetic tendency, etc. These divergences call for innovation of novels. The context of the society and era, the readers' acceptance screen, the national cultural mentality, etc., culturally filter the acceptance of Naturalism. The moral values embodied in Naturalist works contradict with the religious moral values in the late Victorian Age in Britain, mainly in value orientations.

Chapter three mainly discusses the name and nature of Naturalism in British novels. Analyzing the name and nature of Naturalism in British novels concerns with not only the attribution and positioning of British Naturalism but also the literary history writing on British Naturalism. It is not enough to identify the influence relationship and aesthetic differences merely from the perspectives of the heritage, heterogenous and homo – organicity between Naturalism and Realism. If we begin from the definition of Naturalist novels, combine empirical analysis with aesthetic criticism of literary influence and take the literary historical facts into account, it is concluded that the main writers with a tendency of Naturalism in Britain include George Gissing, George Moor, Arnold Bennett, William Somerset Maugham, etc. In terms of aesthetics, the main writers with Naturalist style include Thomas Hardy and D. H. Lawrence, etc.

Chapter four elaborates on Naturalism in British novels from the dimension of social cognition. In the process of enlarging the scope of representation, Naturalism treats empiricism as the core of objective writing. Although Hardy' sWessex novels, to some extent, are in accordance with Naturalism, the formational trail of Hardy' s writing notion totally differs from Naturalism. George Gissing' s *New Grub Street* deeply shows the influence of money and market on literati' s living conditions under the background of literary commercialization. In such a case, artistic pursuit and literary value depart from each other unavoidably. In depicting the real and the ideal, British writers with Naturalist tendency conceal the utopian ideology in their objective narrations.

Chapter five analyzes Naturalism in British novels from the dimension of humanity. The writings and enlargement of the human biological traits and its literary paradigm indicate the historical transformational of values of human and Humanity spirit in European literature. Moor's *Esther Waters* unveils the awakening of Esther's self – consciousness and the transformation process of dilemma and sublimation, exhibiting life experience with multi – tension. The intersubjectivity between "Tellwright – Anna" and "Anna – Mynors or Willie" shown in *Anna of the Five Towns* aims to criticize patriarchy and to discuss females' freedom. The depiction of the relation between character and environment in British Naturalism displays a flavor of fatalism and marginalization, which is closely related to the social development and cultural traits in the latter period of the 19th Century in Britain.

Chapter six mainly analyzes the aesthetic pursuit of Naturalism in British novels. The objective depictions of the "ugliness" of settings, characters, things and plots, have actually established an anti – traditional, rand – new literary discourse and aesthetic paradigm by using the artistic skill ofdefamiliarization. Laurence's sexual depictions, on the one hand, relate to, but on the other, differ from those of Naturalism, for not all sexual depictions could be classified into the domain of Naturalism. The extent and number of "ugliness" representation and sexual depictions are inferior to that of Naturalism, which displays different imitation notions and aims between Naturalist literature and traditional literature. The attitude of British readers toward Naturalism shows their challenge faced by expectation horizon and a process of gradual shortening of aesthetic distance.

Chapter seven mainly discusses the rhetoric skills of Naturalism in British novels. Based on the general notion of Naturalist novels, those British writers with a Naturalist tendency have adopted different rhetoric skills to represent their own life experience and notions of novel creation. The timeliness of ostensible dialogue and the spatiality of deep dialogue in Maugham's *Lisa of Lambeth* have transformed the plot narration and setting from linearity to spatiality, demonstrating a kind of Naturalist aesthetic effect. Gissing's *New Grub Street* makes use of the skill of "Implied Author", to construct the image of intellectuals, which conjuncts with Naturalism. It displays Gissing's expectation of reestablishing Humanity spirit and demonstrates his profound reflection on human nature and cultural connotations. By borrowing ideas from Zola's non – personal narration skill, Moore's use of impressionist description skill and free indirection quotation skill in *Esther Waters* takes on a unique artistic style.

Chapter eight takes a bird's – eye view on the formality change of Naturalism in British novels. If we set the development of modern science as the assessment standard, the formality change of British Naturalism can be generally classified into four kinds: "Naturalism" as ontology, "Naturalism" as epistemology, "Naturalism" as methodology and "Naturalism" as value outlook. On the whole, the core of Naturalism lies in "nature". The different forms of British Naturalism originate from people's different recognitions of "nature" or the corresponding relations concerning "nature". Its transformations reflect the inner demand, different choices in different eras and artistic turn of British literature.

Key Words: British Novel; Naturalism; Zola; Nature; Literary concept

目　　录

Contents

绪　　论

回顾西方文学的历史，"浪漫主义""现实主义"等术语并非文学领域独创，而是从其他领域借用和衍生过来的。"自然主义"也不例外。"自然主义"一词最初来源于哲学领域，在西方传统文化中指称"除自然外，并不存在超自然的事物，一切都包括在自然的法则之中"①。19世纪40年代，自然主义开始应用于绘画领域，指称一种对自然的写实技法。19世纪60年代末，左拉等人开始用自然主义来命名他们所倡导的文学活动和文学作品，自然主义这一术语正式进入文学领域，成为一个时代的文学标签。

一　研究界定

作为一种文学思潮，自然主义产生于19世纪60年代的法国，70—80年代达到高峰，一直持续到20世纪初。孔德的实证主义哲学、克洛德·贝尔纳的实验医学、达尔文的进化论、丹纳的文学决定论等都为自然主义文学的产生提供了思想和理论基础。福楼拜解剖式的冷静观察和细致描写人物的方法，巴尔扎克注重完整性及受益于当代生物学和动物学成就的创作风格、巴那斯派（又叫"高蹈派"）宣扬艺术至上的创作方法都对自然主义文学的发展起到了示范和推动作用。此后，龚古尔兄弟合写的小说《热米妮·拉赛朵》（1865）以及具有宣言性质的序言，则标志着自然主义文学的初步形成。左拉在19世纪60年代至80年代所写的《我的仇恨》

---

① 柳鸣九：《自然主义文学巨匠左拉》，载柳鸣九主编《自然主义》，中国社会科学出版社1988年版，第41页。

（1866）、《〈黛莱丝·拉甘〉序言》（1868）、《实验小说论》（1880）、《戏剧中的自然主义》（1881）、《自然主义小说家》（1881）等一系列著述的发表，则逐步地使自然主义的文学主张理论化和系统化。

何为自然主义？左拉对文学自然主义给出了如下表述：

> 自然主义意味着回到自然；科学家们决定从物体和现象出发，以实验为工作的基础，通过分析进行工作，这时候他们的手法便意味着自然主义。相应地在文学方面，自然主义就是回到自然和人；它是直接的观察、精确的剖析、对存在事物的接受和描写。作家和科学家的任务一直是相同的。双方都需以具体的代替抽象的，以严格的分析代替单凭经验所得的公式。因此书中不再是抽象的人物，不再是谎言式的发明，不再是绝对的事物，而只有真正历史上的真实人物和日常生活中的相对事物。一切都从头再来过，首先须从人生的真源来认识人，然后才像一些发明典型的理想主义者那样来作出结论；因此作家们只需从基础上把握结构，尽量提供有关人的文献并在逻辑的秩序中呈现它们。这就是自然主义。①

虽然评论者对自然主义的阐释还存在很大的争议，但结合左拉的理论论述及其作品所体现的创作原则，我们可以从中归纳出自然主义的几个特征：一是强调文学创作的真实性，二是强调文学与科学（自然科学）地结合，三是提倡作家纯客观的写作。简言之，自然主义的核心在于它对真实性、科学性和客观性的强调。这一不同于浪漫主义和现实主义的创作方法改变了传统的文学范式和审美期待，在传统文学话语中注入了新鲜血液，不仅在法国本土产生了重要影响，而且对德国、意大利、英国、美国、日本等各国文学产生了不同程度的影响。

自然主义在世界各国的传播，其内涵和外延发生了不同程度的变化，进而对自然主义文学的认知产生了一些困惑，特别是在术语表述上，学界时常将"自然文学""自然派"与"自然主义文学"相混淆。究其底，这种情形源于我们对"自然文学""自然派"术语的内涵不甚明晰和随意

---

① ［法］左拉：《戏剧中的自然主义》，载伍蠡甫编《西方文论选》（下），上海译文出版社1979年版，第246—247页。

误用所致。事实上，"自然文学""自然派"与"自然主义文学"尽管在称谓表述上皆有"自然"二字，但"自然文学""自然派"所代表的文学内涵与"自然主义"有很大的不同。

　　所谓"自然文学"（Nature Writing），顾名思义，就是以"自然"为中心的写作或文学形态。作为一个专用固定的文学术语，"自然文学"通常指的是 20 世纪 80 年代以来在美国兴起的颇具本土特色的文学流派，即"美国自然文学"（American Nature Writing）。与自然主义文学类似的是，19 世纪可以说是自然文学发展的繁盛阶段。自然文学大多以散文、日记、自传等形式为主，采用写实的手法，运用第一人称的叙述视角，聚焦于"自然"主题的描写，倡导一种人类与自然和谐共处的"土地伦理"，以此来描述人类由文明世界进入自然环境的身心体验，探索人类心灵的图谱与自然地理系谱之间的时空关联。托马斯·科尔（Thomas Cole，1801—1848）的《论美国风景的散文》（*Essay on American Scenery*，1836）、拉尔夫·华尔多·爱默生（*Ralph Waldo Emerson*，1803—1882）的《论自然》（*Nature*，1836）、亨利·大卫·梭罗（*Henry David Thoreau*，1817—1862）的《瓦尔登湖》（*Walden*，1854）等都是自然文学的代表作家作品。

　　与"自然文学"不同，文学上的"自然派"（Natural School）并不是以"自然"为书写中心的流派，而是指 19 世纪 40 年代以来在俄国形成的一个文学流派。果戈理、屠格涅夫、托尔斯泰、陀思妥耶夫斯基、奥斯特洛夫斯基、车尔尼雪夫斯基、杜波罗留波夫等都与自然派有着不同程度的文学之缘。在理论上，自然派主张作家学习果戈理，强调艺术应该完全面对现实，以下层社会人物为主人公，聚焦普通人的真实生活处境，批判农奴制度带来的社会黑暗面，体现了俄国解放运动对文学发展的历史要求。在艺术手法方面，自然派作家以社会现实为出发点，忠实客观地描摹自然，践行文学忠实于自然的原则，追求艺术的真实感。

　　在此，若将"自然文学""自然派"与"自然主义文学"做一简单比较，就会发现，尽管它们在内涵指向方面有着不同程度的交叉和相似之处，但是在生成渊源、文本形态、叙事艺术等方面有很大差别。如在生成渊源方面，自然主义文学是在实证主义哲学和科学大发展的历史背景下出现的，而自然文学源自对"新大陆"与"伊甸园"的审视和对大自然的渴望，自然派则是对农奴制的批判和现实社会的深刻认知基础上产生的。在文本形态方面，自然主义文学、自然派的主要体裁形式是小说（也有戏剧），而自然文学则采用非虚构的散文体形式。在审美特征上，自然派侧重于政治性与民族性，自然文学侧重于生态性与原始性，自然主义文学侧重于生物性与科学性。在叙事艺术方面，自然主义文学追求一种"非个人化"的客观叙述，自然派侧重于对社会现实的"生理学"特写，自然文学则通过对自然的审美体验，将自然书写与人类感受有机结合，进而呈现出一种自传性。

比较而言，"自然主义文学""自然文学""自然派"的差别源自对待"自然"的态度倾向，突出地表现为对"自然"认知方式的不同。简单来说，自然主义文学的"自然"指向客观存在的原本状态，自然派的"自然"指向现实的客观世界（现实的社会和人生），自然文学的"自然"指向大自然（包括自然现象和自然环境以及存在于自然的一切生物）的原始形态。说到底，有什么样的"自然"，就会有什么样的现实，也会有什么样的表达。进而言之，文学与自然的关系就是人与不同的"自然"进行对话的关系，对"自然"的不同理解形成了三者不同的认知方式与文本形态，这意味着三者之间的差别不容混淆。

诚然，当明确了"自然文学""自然派"与"自然主义文学"并非是相同的文学现象和类别，在此需要明确一个重要的前提性问题，即为何将研究的标题界定为"英国小说中的自然主义研究"而不是"英国自然主义小说研究"？从文学史的角度来看，将题目定为"英国小说中的自然主义研究"并不是随意而为，而是源于以下几个方面的考虑：一是自然主义在英国的传播一直受到政府的干预，既没有形成流派也没有成立团体，不是当时英国文学的主流，只是一种文学创作倾向。二是在存在方式上，自然主义在英国不像在法国是一个陈述性的术语，而是一个评价性的术语，即关键的问题不是英国有没有自然主义的问题，而是自然主义在哪些作家身上、在哪些作品中，在多大程度上体现了自然主义的风格和倾向，更进一步地说是如何描述自然主义在英国文学中的分量、形态以及特色等问题。三是在作品体裁上，自然主义沿袭了现实主义的文学传统，偏重叙事，小说是大多数国家（包括英国）自然主义文学的表现形式，自然主义文学的成就也主要在小说方面。四是英国很少有作家自称为自然主义，只有为数不多的作家及作品受到影响。如果仅仅因为题材或某一方面与自然主义相似，我们就主观地给一些作家作品贴上自然主义的标签有些牵强，如直接称呼一些作家或作品为自然主义作家或自然主义文学确实有点不妥。因此，将标题界定为"英国小说中的自然主义研究"更为恰当。

二　研究述评

综观现有研究成果，世界各国自然主义文学的研究状况很不平衡，研究成果主要集中在美国自然主义文学、20 世纪中国文学中的自然主义以及日本自然主义文学方面，对英国自然主义的研究尚处于初步零散的阶段。迄今为止，国内外学者对英国自然主义的研究大致分为整体总论、归属研究、作家作品研究三个方面。

（一）整体总论

自然主义在英国的传播和影响是研究者首要论述的问题。在这方面，学术界主要侧重于自然主义在英国的传播和影响及其文化、道德等问题的研究。

在国外，对英国自然主义文学进行研究的学者中，较早的有狄克（Clarence. R. Decker）和费里尔生（William. C. Frierson）。1928 年，狄克发表了《左拉在英国的文学声誉》（*Zola's Literary Reputation in England*）一文，文章以比较的方法，论述了法国文学在那一时期的演变和左拉等自然主义作家在英国接受的差异，但在整体上缺乏深刻的社会历史和文化背景勾勒，没有揭示出文学传播背后的文化动因。同年，费里尔生发表的文章《1885—1895 年英国对小说现实主义的争论》（*The English Controversy over Realism in Fiction 1885–1895*），追溯了从 1885 年到 1895 年英国关于自然主义争论的原因、过程和结果，肯定了自然主义在英国取得的部分胜利，但文章在标题和论述中将自然主义与现实主义混为一谈。在此之前的 1925 年，费里尔生的专著《自然主义对 1885—1900 年英国小说的影响》（*L'Influence du Naturalism Francais sur les Romancirers Anglais de 1885 à 1990*）论述了英国小说所受的自然主义影响。J. 亨金（Leo. J. Henkin）的《英国小说中的达尔文主义（1860—1910）》（*Darwinism in the English Novel 1860–1910*，1963）和 J. A. V. 甫尔（John. A. V. Chapple）的专著《纪实和想象文学（1880—1920）》（*Documentary and Imaginative Literature 1880–1920*，1970）都对英国自然主义有所涉及。

　　当代英国学者利里安·R. 弗斯特和彼特·N. 斯克爱英合著的《自然主义》(*Naturalism*) 一书从文学史、读者心态和社会语境三个方面揭示了自然主义在英国遭遇冷淡的原因，即英国的现实主义文学传统、英国人思想观念的相对保守、自然主义作品在小说市场的流通中受阻。遗憾的是，弗斯特的观点仅仅停留在文学的创作、流通层面，没有看到这一现象背后的深层文化和社会心理原因。英国学者琳·皮凯特（Lyn Pykett）的论文《再现现实：英国关于自然主义的论争，1884—1900》(*Representing the Real：The English Debate About Naturalism，1884 - 1890*) 以时间为经，以事件为纬，具体分析了自然主义在英国接受每一阶段的历史命运，以及国家意识形态对文学事件的反映。但文章若能从更加广阔的社会历史文化视野中去考察这一文学事件，进而追踪事件背后的深层原因将更有说服力。当代法国学者莫尼克·热古（Monique Jegou）的论文《英国对法国自然主义作家的接受》[1]（*La Réception des écrivains naturalistes en Angleterre*，2006)，文章以时间为顺序，通过对自然主义在英法两国接受情况的比较分析，认识到了政治语境和文学背景对文学接受的影响，肯定了自然主义对英国传统小说美学创新所起到的作用，但对自然主义在英法两国接受的相似性缺乏明晰的论证。

　　在国内，在为数不多的研究者中，高建为的论述最具代表性，他在专著《自然主义诗学及其在世界各国的传播和影响》一书中专设章节，[2] 分期追踪了自然主义在英国传播的三个阶段，围绕英国对"左拉作品的性质和文学审查问题""英国小说的描写问题""新小说和小说描写中的性"三个问题的争论，阐述了英国接受自然主义的历史文化语境和受众态度，言他人所未言，显示出一种广阔的学术视野。高建为的论文《从自然主义在英国的读者反应看文化适应问题》运用读者反应理论，认为自然主义在英国的接受受阻其实体现了"文学与意识形态的冲突，主流文化与普罗文化的冲突，本土文化与外来文化的冲突"[3]。这一见解将自然主

---

　　① Monique Jegou, "La Réception des écrivains naturalistes en Angleterre", *Les Cahiers naturalistes*, numéro 80, 2006, pp. 237 - 251. （该文已由吕睿译出，本段陈述参考译文）

　　② 参见高建为《自然主义诗学及其在世界各国的传播和影响》，江西教育出版社2004年版，第209—233页。

　　③ 高建为：《从自然主义在英国的读者反应看文化适应问题》，《四川大学学报》2008年第3期。

在英国的传播从文学现象研究上升到民族文化和意识形态的高度，对于我们今天正确认识文学和道德、国家意识等之间的关系具有重要的启发作用。

在《左拉学术史研究》一书中，吴岳添比较清晰地勾勒了自然主义在英国的接受情况，认为"英国虽然有一些自然主义作家，也始终没有脱离现实主义的传统"[①]。整体上对英国自然主义的评价是客观中肯的。刘文荣在《19世纪英国小说史》一书中以英国文学所受的外来影响为切入点，用比较的方法具体分析了自然主义在英国遭到大多数小说家抵制的原因，如自然主义的理性倾向和英国清教传统互不相容、当时英国小说家和读者嫌弃自然主义对丑陋现象和性的描写等。刘文荣进一步从以上原因中看到了19世纪英国小说与同期法国小说的区别，但对二者之间的区别没有深入探讨。张介明在专著《边缘视野中的欧美文学》一书中采用边缘视野，认为英国出现的自然主义文学是对19世纪60年代盛行的循规蹈矩的维多利亚文学的反拨，但在理论和创作上"追求的是正宗的'法国式'的自然主义，而无意于改造和变化"[②]。张介明的论述认识到了英国接受和模仿自然主义是与文学创作的更新有关，但关于英国自然主义是刻板模仿法国自然主义的观点有些绝对化，并不符合英国自然主义文学的创作实情。李维屏认为维多利亚后期文学"从现实主义逐渐转向自然主义和宿命论是19世纪小说发展过程中的第三种倾向"[③]。此论宏观准确地概括了19世纪英国小说在不同发展阶段的不同倾向，注意到了英国现实主义文学发展中出现的自然主义，但不足之处是将英国文学中出现的宿命论和悲观主义倾向归咎于自然主义。王守仁、方杰主编的《英国文学简史》认为英国自然主义小说是现实主义小说的延伸，但"自然主义在英国并没有形成什么气候，不仅作者寥寥，而且和者可数"[④]。整体上对英国自然主义评价不高。

评论界对英国自然主义文学的整体论述并不多，专门的研究成果屈指可数，不成体系。造成这种状况的原因主要有四个：一是自然主义不是当时英国文学的主流。二是大多数研究者认为英国自然主义文学没有可圈可

---

① 吴岳添：《左拉学术史研究》，译林出版社2014年版，第106页。

② 张介明：《边缘视野中的欧美文学》，四川民族出版社2002年版，第77页。

③ 李维屏：《英国小说艺术史》，上海外语教育出版社2003年版，第120页。

④ 王守仁、方杰主编：《英国文学简史》，上海外语教育出版社2006年版，第131页。

点的成就。三是当时的英国小说家和学者几乎没有自然主义方面的理论建树。四是由于政治、意识形态等原因，人们不愿对自然主义进行过度地宣扬。究其原因，是人们对自然主义在英国的传播和影响缺乏客观的认识和评价，许多研究尚需进一步展开。

（二）归属研究

自然主义在世界各国传播和影响必然面临的问题之一，就是哪些作家作品可以归入自然主义的阵营中，或者在哪些方面遵循了自然主义的创作原则，这也是归属研究主要探究的问题。

国内外学者对英国自然主义作家的界定各不相同。利里安．R．弗斯特认为在英国可以称为自然主义的作家，主要有"吉辛（Gissing）、莫尔，[①] 莫里森（Morrison）、怀亭（Whiteing）等"[②]。侯维瑞主编的《英国文学通史》一书指出，在19世纪后期20世纪初期的作家中，吉辛和莫尔的作品具有浓厚的自然主义成分，哈代是具有最强烈自然主义色彩的作家，贝内特[③]在人生观念和创作方法上表现出自然主义倾向，毛姆在创作上更接近法国自然主义传统，劳伦斯在艺术风格和创作技巧上兼具现实主义和自然主义的传统因素。聂珍钊主编的《外国文学史》则以作品所描写的内容为标准（主要是"贫民窟"），认为受自然主义影响而出现了"贫民窟文学"。吉辛的作品和阿瑟·莫里森（Arthur Morrison）的《陋巷故事》等作品描写了伦敦贫民窟中的穷人形态和社会现实，具有自然主义倾向。

对同一作家而言，国内外学者们持有的看法亦不相同。以英国作家贝内特为例，美国学者考德威尔在《浪漫主义与现实主义》一书中，认为贝内特是英国最后一位现实主义者，他的创作具有资产阶级文化早期一些高雅、纯正的东西，即"法国龚古尔式的现实主义以及那超然的、俨若神明的观察者。即使在最好的朋友的葬礼上，作者也按照龚古尔方式，超

---

① 即乔治·莫尔，也译为乔治·摩尔或乔治·穆尔，本书使用乔治·莫尔。
② Lilian R. Furst & Peter N. Skrine, *Naturalism*, London: Methuen & Co. Ltd., 1978, p. 32.
③ 阿诺德·贝内特也译为阿诺德·贝奈（耐）特或阿诺德·班奈特，本书使用阿诺德·贝内特。

然物外、不露声色，忙着把自己的'印象'记录下来。"① 李维屏主编的《英国小说人物史》一书认为贝内特是满足于纪录的现实主义作家，经常将现实主义和自然主义融为一体。李公昭主编的《20 世纪英国文学导论》一书直接称呼贝内特为"自然主义小说家"。胡海的《显微镜中看人生——自然主义文学》一书认为贝内特是英国受自然主义影响最大、创作成果最突出的作家，其最富有自然主义特色的小说是《赖斯曼阶梯》。刘文珍所著的《20 世纪英国小说创作历程透视》一书则将贝内特定位为"城镇小说家"。

　　大部分文学史（包括英国文学史）都没有专门论述英国自然主义作家的章节，而是将具有自然主义创作倾向的作家列入 19 世纪后期或 20 世纪初的作家行列中。例如，迈克尔·亚历山大（Michael Alexander）所著的《英国文学史》尽管指出了乔治·莫尔所受的自然主义影响，其小说《伊丝特·沃特斯》（Esther Waters, 1894）是"以左拉的自然主义方式创作的，把来源于自然科学的客观物质现实主义和缺乏迷人魅力的哀婉动人的词句结合起来"②，但将乔治·莫尔置于 19 世纪英国现实主义的章节中。蒋承勇等著的《英国小说史》也指出了吉辛、莫尔等所受的自然主义影响，却将这些作家与萨克雷、狄更斯等现实主义作家一起列入 19 世纪后期的英国文学中。只有一些断代国别文学史才有所比较地将自然主义作家归纳在一起。刘文荣在《19 世纪英国小说史》将乔治·吉辛和乔治·莫尔归为自然主义一章并分节论述了两位作家的生平与创作、思想与风格等。高继海编著的《英国小说史》也设专节论述了以自然主义方式进行创作的查尔斯·里德和吉辛及其小说创作。苏联学者卡塔尔斯基把吉辛归为自然主义作家，但他认为自然主义的价值逊色于现实主义。陈嘉教授在《英国文学史》（1996）一书中把吉辛归入自然主义行列，却又将吉辛的代表作《新寒士街》（New Grub Street）③ 看作一部现实主义作品。约翰·古德（John Goode）以题材为基准，认为吉辛是"现代城市小说

---

　　① ［美］克里斯托弗·考德威尔：《浪漫主义与现实主义》，薛鸿时译，生活·读书·新知三联书店 1988 年版，第 104—105 页。

　　② Michael Alexander, A History of English Literature, New York: Palgrave Macmillan, 2007, p. 317.

　　③ "New Grub Street" 现有三种译本：1964 年朱原锟的译本《文苑外史》、1986 年文心的译本《新寒士街》和叶冬心的译本《新格拉布街》。本书统一使用文心的译本《新寒士街》。

家"。① 英国作家阿诺德·贝内特则认为吉辛是 19 世纪当之无愧的现实主义作家。与众不同的是，美国学者雷纳·韦勒克在《近代文学批评史》（第五卷）中将乔治·莫尔划归到英国象征主义一派中，认为在乔治·莫尔的早期理论著述中，他早就流露出对法国象征主义者的兴趣，并在《一个青年的自白》（1888）、《印象与看法》（1891）等著作中指出，莫尔"对象征主义理论表现了一些共鸣，虽然他的早期小说颇有自然主义倾向，在主题和技巧方面，甚至有左拉风格。"② 可见，作家作品的归属问题不仅是文学研究面临的问题，也是文学史书写遇到的普遍难题，不同的看法将直接影响文学史对一些作家的描述和定位。

依据国内外学者的论述来看，英国受到自然主义影响并以自然主义风格创作的作家主要有托马斯·哈代、乔治·吉辛、乔治·莫尔、阿诺德·贝内特、毛姆、劳伦斯等作家。遗憾的是，大多论述虽然找出了以上作家与自然主义的具体联系和影响，但归属并不明确，其原因在于：一是作家创作的多面性，二是标准的不稳定性，三是无法对作家所受的自然主义影响精确化。因此，我们只能从作家和作品本身出发，去研究作家作品中所包含的自然主义倾向以及具有的自然主义特色，这样才不会在逻辑论述上给人一种牵强附会之嫌。

（三）作家作品研究

与归属研究紧密相连的是作家作品研究，作家作品研究主要是对英国一些作家作品所具有的自然主义倾向和风格的分析阐述。

乔治·吉辛和乔治·莫尔是国内评论者一致公认的自然主义倾向最浓厚的作家。然而，人们在评论吉辛的小说时"往往会牵涉到他的人品，而一旦牵涉到作家的人品，文学批评也就演变为一场道德论争了。由于吉辛的小说又大多带有自传性质，所以这方面的问题似乎更为复杂"③。一些研究成果如薛鸿时的《论吉辛的〈文苑外史〉》、应璎的《乔治·吉辛对待穷人的态度》、张介明的《现代视野中的乔治·莫尔——解读〈伊丝特·沃特斯〉》等论文基本没有涉及吉辛与自然主义的关系问题。莫尔在

① John Goode, *George Gissing*: *Ideology and Fiction*, London: Vision Press, 1978, p. 20.

② ［美］雷纳·韦勒克：《近代文学批评史》（五），杨自伍译，上海译文出版社 2009 年版，第 32 页。

③ 刘文荣：《19 世纪英国文学史》，中国社会科学出版社 2002 年版，第 390 页。

20 世纪 20 年代就受到邵洵美、郁达夫、徐志摩等人的关注，但是中国学者编写的文学史很少提到莫尔。与自然主义在中国一开始受到的冷落一样，莫尔也"'由于种种原因'被'有所欠缺与不足'地遗漏了"①。阿诺德·贝内特及其作品的自然主义倾向和创作归属只有在少数文学史中有所涉及。如王守成、方杰主编的《英国文学简史》中认为贝内特的《老妇谭》对人物形象、日常琐事等进行精确的客观描写，"在思想内容上流露出自然主义的悲观倾向，在表现手法上也遵循自然主义创作原则"②。李维屏主编的《英国小说人物史》则认为贝内特以旁观者的视角记录了不同人物的日常生活，《五镇的安娜》《老妇谭》等作品"对小说人物采取了客观还原的描写手法，使男女主人的性格特征十分明显"③。李公昭主编的《20 世纪英国文学导论》对贝内特的评论呈现出两面性：一方面认为贝内特忠实、细致的笔触深受法国自然主义的影响；另一方面，贝内特作品的结构"大都松散，不够紧凑，对人物性格的刻画比较肤浅"④。

毛姆、劳伦斯、哈代是近年来国内研究者比较青睐的作家。如申利锋的《论毛姆小说创作的自然主义倾向》、赵祥凤的《毛姆的自然主义与现代主义特色》等文章从自然主义的创作原则出发，认为毛姆的创作中存在着动物性、环境决定性、客观真实性的自然主义倾向。在倾向探源问题上，有论者将毛姆的自然主义倾向归因为毛姆的英法双重身份，也有学者归为科学的发展，还有学者则归因为毛姆的个人（学医）经历的影响。评论者显然都认识到了毛姆自然主义倾向必有其因，而且并不仅仅局限于以自然主义理论为结论前提，而是更多地从作家体验、时代特征等因素考虑，这本身就成为推动这一问题不断深入的一个重要因素。杜隽的《自然主义在 D. H. 劳伦斯小说中的流变》一文认为劳伦斯的小说包含着自然主义的基本理念：一是真实地暴露社会的阴暗面；二是展现人的生物本能，张扬真实的人性；三是摆脱异化，回归自然。⑤ 周亚琴的《〈查泰来夫人的情人〉——一部杰出的自然主义作品》等论文认为《查泰来夫人

---

① 张介明：《现代视野中的乔治·莫尔——解读〈伊丝特·沃特斯〉》，《外国文学研究》2007 年第 4 期。
② 王守成、方杰主编：《英国文学简史》，上海外语教育出版社 2006 年版，第 167 页。
③ 李维屏主编：《英国小说人物史》，上海外语教育出版社 2008 年版，第 349 页。
④ 李公昭主编：《20 世纪英国文学导论》，西安交通大学出版社 2001 年版，第 32 页。
⑤ 杜隽：《自然主义在 D. H. 劳伦斯小说中的流变》，《湖州师范学院学报》2004 年第 3 期。

的情人》体现了人的命运是由环境决定（对机械工业文明的强烈反对、回归自然），人是受本能驱使的动物（对性本能的推崇）等自然主义创作理念，并在继承自然主义传统的基础上有所发展。此外，由于劳伦斯作品中大量的性描写与左拉小说在某种程度上的一致性，也被人们认为是劳伦斯小说具有自然主义倾向的一个重要原因。需要指出的是，性描写作为自然主义小说对人的生物性的具体描写，是自然主义小说创作理念的体现。而以往评论者仅仅认识到了性与自然主义文学的联系，并未对是否所有性描写或与性有关的文学描写都可以归入自然主义这一问题进行阐发，这是值得后来者关注和研究的一个问题。唐丽伟认为哈代"接受了达尔文主义思想，从遗传与环境等角度客观地研究人的生命活动的起因和结果，并坚持客观真实地描写个人与他人和个人与社会之间的矛盾冲突"[①]。此论揭示了哈代与自然主义的渊源关系，但尚未深入考察哈代的"宿命论"思想与自然主义的关系。李莉的《性格　环境　命运——从〈卡斯特桥市长〉管窥哈代与自然主义》一文认为《卡斯特桥市长》"对环境和遗传两者决定论的过分强调给作品涂上了一抹很强的自然主义色彩，充分证明了自然主义这一文学思潮对哈代的深刻影响"[②]。李维屏主编的《英国小说人物史》则认为哈代小说的自然主义描写使人物体现出双重性格："既不是完美无瑕的圣徒，也不是罪恶滔天的恶棍，而是人间悲剧的惨烈镜像。"[③] 论述宏观分析了哈代小说人物的悲剧与自然主义的关系，但没有论述人物悲剧的自然主义根源以及表现形态和意义。

　　英国自然主义作家作品方面的研究成果数量不多，质量不高，存在着三个方面的不足：一是对诸如吉辛、莫尔、贝内特等作家作品的自然主义研究缺乏足够的重视，这与国内译者对他们作品的翻译介绍不多有很大关系。二是机械地套用自然主义理论进行分析，忽略了作家作品与自然主义之间的有机联系，这是分析研究中普遍存在的问题。三是未能用比较的方法将英国具有自然主义倾向的作品与法国等自然主义经典作品进行比较，探讨作品的特色所在。

---

①　唐丽伟：《典型的自然主义者托马斯·哈代》，《岱宗学刊》2005 年第 2 期。

②　李莉：《性格　环境　命运——从〈卡斯特桥市长〉管窥哈代与自然主义》，《聊城大学学报》2006 年第 3 期。

③　李维屏主编：《英国小说人物史》，上海外语教育出版社 2008 年版，第 228 页。

三　研究设计

整体来看，尽管学术界对英国自然主义的研究取得了初步成果，其中也不乏真知灼见，但现有成果存在的问题和不足之处，恰恰为我们提供了继续深入探索的学术空间和研究动力。依据研究选题，本书主要以"英国小说""自然主义"为中心。因而，本书在内容对象的设定、重点难点的突破、思路方法的设计上，皆围绕"英国小说""自然主义"这两个关键词及其相互关系展开。

（一）研究对象内容

至今为止，自然主义作为一种文学遗产，依旧在英国继续得到传播和接受，并且比维多利亚晚期的传播更为多元，接受更为广泛，但自然主义在维多利亚晚期进入英国所引起的反响最大，也最能反映英国对待自然主义的接受态度和价值立场。与此相应，左拉作为法国自然主义文学的倡导者和代表人物，其自然主义作品在英国的传播引起的反应最为强烈，最能代表那一时期自然主义在英国的历史存在。因而，本书所述的"自然主义在英国的传播与接受"，聚焦于维多利亚晚期自然主义在英国的传播和接受；本书所述的"英国小说"主要以19世纪末20世纪初的英国小说作品为研究对象；本书所述的"自然主义"则基本以左拉为中心，以左拉的理论建构及其创作为论证的材料依据，与英国作家作品的比较也基本以左拉自然主义作品为比较对象，这样就能使论证更具合理性，论述更有说服力。以此为前提，本书的研究对象内容主要有四大方面：

第一，探讨自然主义文学的内涵指向、话语形态、观念逻辑。如何较为准确地认识自然主义是研究英国小说中自然主义的前提。具体分为三个方面：一是从意蕴演绎、内涵指向、误区辨正三个方面对自然主义术语进行阐释。二是以话语为切入点，具体分析自然主义的实证话语、科学话语及其话语互涉，探析自然主义话语的内核。三是通过对左拉自然主义小说理论的核心观念如"自然""客观性"，"真实""真实感"，"实验""实验小说"内在关系演变的考察，宏观地分析左拉自然主义小说观念的内在逻辑。

第二，探析自然主义在英国的引介与反应。具体内容分为四个方面：

一是以时间为经，以事件为纬，梳理阐释自然主义（左拉）在英国接受的历史脉络。二是从"小说描写""小说革新"两个方面论述英国关于自然主义的论争，认识和把握论争背后的话语问题。三是将自然主义放置在英国社会历史语境和民族文化心态中，探究文化过滤对左拉自然主义接受的影响。四是从英国文学的批评向度和道德话语为切入点，具体论析自然主义在英国接受受阻的文学场域。

第三，探究英国自然主义的名称和实指。具体分析从四个方面展开。一是以可比性为基础，从"逻辑基础""意义之源""价值取向""审美间距"四个方面论析自然主义与现实主义在文本系统层面的差异。二是对英国自然主义的文学史书写进行评析，进而对英国自然主义的定位进行反思。三是以自然主义小说的界定入手，在阐释文学间的实证与审美关系的基础上，论述英国自然主义的归属认定，提出英国自然主义归属的判定标准。四是依据判定标准，对英国作家与自然主义的关系进行厘定，阐述表现形态。

第四，对英国小说中的自然主义进行多维度阐释。这一部分具体分为五个方面：一是在分析自然主义客观再现的内在悖论和实证路径的基础上，以哈代的"威塞克斯小说"和吉辛的《新寒士街》为阐析对象，通过论析哈代威塞克斯小说与自然主义的关系、《新寒士街》中艺术追求的价值裂变，对英国小说中自然主义的社会认知进行论述。二是在论述自然主义对人的生物属性的书写和认知范式拓展的基础上，以贝内特的《五镇的安娜》和莫尔的《伊丝特·沃特斯》为阐析对象，通过对《五镇的安娜》中人物的主体间性、《伊丝特·沃特斯》中伊丝特的自我意识以及与自然主义的联系，对英国小说中自然主义的人物书写进行论述。三是在论述自然主义"丑"的内涵表现和价值影响的基础上，阐释英国小说中"丑陋""性爱"的自然主义呈现和书写，探析劳伦斯创作与自然主义的关系，对英国小说中自然主义的审美追求进行论述。四是以毛姆的《兰贝斯的丽莎》、吉辛的《新寒士街》、莫尔的《伊丝特·沃特斯》为分析对象，通过分析上述小说的对话叙事、隐含作者建构、非个人化艺术以及与自然主义的关系等，对英国小说中自然主义的艺术修辞进行论述。五是以近代科学为界限，按照文学发展脉络，分析梳理英国"自然主义"的存在形态，阐述英国自然主义与"自然"主义的历史渊源与区别。

（二）研究重点难点

毋庸置疑，研究内容的设置已表明，对英国小说中的自然主义进行多维度阐释是本著的研究重点。本书尝试从与自然主义密切相关的社会认知、人学审视、审美追求、修辞艺术、形态嬗变为切入点，紧扣具有代表性的小说文本，力求从宏观和微观的多层面视界，具体阐述英国小说中自然主义的多维存在形态，探究自然主义在英国文学中的独特内涵，由此探究文学自身发展的多种可能性和文学接受的可能性建构。

客观地说，对英国小说中的自然主义这样一个较大的论题来说，研究上也存在着一定的难度。例如，如何在逻辑上合理地论述英国自然主义的名称与实指，如何将作家独特的文学创作个性和自然主义有机联系等问题，都是研究需要克服的难点。此外，本书所涉及的作家作品较多，对相关问题的分析具有跨学科性，这为研究也增加了一定的难度。

尽管如此，本书还是要努力达到以下目标：一是明确自然主义术语的内涵指向，实现对自然主义在英国传播历程、接受状况的明晰评述，对英国小说中自然主义的名称与实指实现明晰的界定。二是对所涉英国作家作品与自然主义之间的关系实现明晰、客观的分析和判断。三是对英国小说中自然主义的社会认知、人学审视、审美追求、修辞艺术、内涵演变进行全方位多维度的剖析阐述，对学界争议的一些问题提出自己的思考，对英国小说中的自然主义实现系统的认知和把握。

（三）研究思路方法

从研究选题来说，由于英国学者和作家在自然主义理论方面建树甚少，因此，本书的研究重心不在理论阐释，而是在前人零散研究的基础上对英国小说中的自然主义进行整体系统地研究。

在研究步骤上，首先，从文学史的角度，在探讨自然主义文学相关理论问题的基础上，梳理自然主义在英国传播与接受的史实，具体分析自然主义在英国接受的文化过滤与批评向度。其次，以自然主义小说的界定为出发点，在确定作家作品归属的基础上，将重点放在英国具有自然主义倾向的小说文本细读上，并与法国（左拉）自然主义作品进行比较，对小说的主题认知、审美追求、修辞艺术等进行归纳。最后，将作品放置在作家的整个创作体系和英国社会文化语境中，灵活运用相关理论对作品进行具体分析。

在总体思路上，研究拟在剖析与借鉴前人成果的基础上，以"找准研究视点、突出问题意识"为导向，秉着"立足文献资料，拓展研究视域"的研究理念，遵循"围绕一个核心问题（英国小说中的自然主义），三个基本研究点（术语考辨、引介反应、名称实指）、聚焦五个维度（社会认知、人学审视、审美追求、修辞艺术、内涵演变）、沿着两条研究路径（比较分析、归纳演绎），形成一个研究体系"的设计思路。

在具体方法上，研究主要运用比较文学影响研究、平行研究的方法，结合叙事学、修辞学等方法，以英国具有自然主义倾向的作家乔治·吉辛、乔治·莫尔、阿诺德·贝内特、毛姆等跨世纪作家为主要研究对象，对自然主义在英国传播和接受背后的文化过滤、英国小说中自然主义的社会认知等多重维度、英国小说中"自然主义"的形态嬗变、性描写或与性有关文学描写的自然主义归属、英国小说中的自然主义对传统继承与艺术革新等一些还没有解决和有待深入的问题进行研究。通过对具体问题的研究，拓展对英国小说中自然主义的研究视野和深度，深化对英国自然主义的认识。

第一章

自然主义文学的考辨与阐释

从 19 世纪后期至今，学术界在自然主义理论和文学实践方面产生了许多研究成果。[①] 国外研究者对自然主义的研究大致集中在自然主义理论研究和左拉等自然主义作家作品研究两个方面。研究成果采用社会道德批评、马克思主义批评、符号学、神话学、隐喻等多种方法，各取不同的视角和依凭不同的理论方法及立场评价自然主义，观点迭出，各具特色。在国内，学术界对自然主义的研究经历了 20 世纪 20 年代的短期提倡到 30—70 年代的长时间冷落，再从 80—90 年代的重视与重评到今天数量质量提高的阶段。从研究历史看，国内外对自然主义的理解和评价存在一致的地方：一是在研究趋向上，对自然主义的评价都能逐渐意识到自然主义文学的功过参半。二是在价值尺度上，国内外差不多都用现实主义这一价值标准去评价自然主义及左拉等的创作艺术。趋向的总体变化一方面说明社会文化语境在自然主义文学评价中的历史作用，另一方面说明我们正在逐步地深入自然主义文学理论的逻辑内部，但离中心还有一定的距离。文学的发展演变和文学史上出现的任何一种文学现象，都代表着一种文化和审美观的变迁。自然主义文学理论作为由多重元素构成的诗学系统，代表着文学文化发展历史上动态的一环，由此我们对自然主义的研究也是一种历史的动态评价。任何一种批评视角和方法都代表着某一历史时期对某些元素（部分或整体）的评价，有起点而没有终点，研究还存在很大的空间，这是引起我们继续关注与思考自然主义的内在要求。在新的历史时期，我们若以自然主义赖以生存的文化为基点，沿着自然主义的批评历史，以更加客观、公允的态度，将自然主义置于世界文学的发展系统中，

---

① 参见吴岳添《左拉学术史研究》，译林出版社 2014 年版，第 254—274 页。

从意蕴内涵、文学话语和小说观念三个方面来进行重新审视，就会有新的收获，对自然主义文学的认识也会更加深入。

第一节　自然主义术语的内涵辨正

时至今日，"自然主义"这一术语除了在哲学、绘画、文学领域内使用外，还广泛应用于语言学、心理学、影视学、广告学等多个领域。毫不夸张地说，"自然主义"这一术语被广泛地运用和不断地定义，乃至于成为一个含混不清的术语。因此，当把"英国小说中的自然主义"中的"自然主义"作为批评术语时，就有必要搞清楚"自然主义"的历史意蕴、存在形态及其内涵，以此避免误解，以便在文学批评中准确地运用这一术语。

一　意蕴演绎

据学者考证，最早在文学批评中使用"自然主义"一词的人是法国作家波德莱尔。① 1848 年，波德莱尔称巴尔扎克为"自然主义者"，但是波德莱尔并没有明确地指出巴尔扎克为何是"自然主义者"，并且将"自然主义"和"自然主义者"相混淆。1858 年，法国批评家泰纳在《巴尔扎克论》一文中对文学"自然主义"进行了简单的界定，即"奉自然科学家的趣味为师傅，以自然科学家的才能为仆役，以自然科学家的身份描拟着现实。"② 泰纳对"自然主义"的界定注意到在文学创作中使用科学方法的必要性，但遗憾的是，泰纳对"科学方法"的内涵没有给出明确说明。1867 年，左拉在《戴蕾丝·拉甘》的第二版序言中首次使用了"自然主义"一词。左拉在序言中指出："现在，我似乎已听到这一伟大的，曾革新了科学、历史和文学的自然主义批评的判词：'《戴蕾丝·拉甘》是一件太例外的病例的研究；近代生活中的悲剧应有更多的曲折性，并很少发生在这样恐怖和疯狂的情况里。'""我荣幸所属的自然主义作家集团已有足够的勇气和活力去创造更多强有力的作品，它们本身就能为自

---

① 吴岳添：《左拉学术史研究》，译林出版社 2014 年版，第 3 页。
② 柳鸣九：《自然主义文学巨匠左拉》，载柳鸣九主编《自然主义》，中国社会科学出版社 1988 年版，第 41 页。

己辩护。"① 从左拉使用"自然主义"一词的语境来看，左拉的意图在于对《戴蕾丝·拉甘》所受的批评进行反驳。可以推断，"自然主义"一词要么是左拉"以子之矛，攻子之盾"的随心使用，要么是求新的刻意使用。左拉曾坦言："我的弥天大罪似乎是发明并抛出了一个新的名词（笔者注：指自然主义）……我相信这个词并非是我自己发明的，因为在某些外国文学中已经他用了这个词；我至多不过是把它应用在我们自己的民族文学的当前的发展中罢了。"② 尽管如此，可以明确的是，无论出于何种意图，左拉在最初使用"自然主义"的过程中其意义指向并不明确，甚至自己也并非十分清楚"自然主义"应为何意。

左拉作为自然主义在文学领域的倡导者，他对"自然主义"的界定时常被人们当作讨论的出发点。然而，问题的关键就在于，为了辩论和论争的需要，左拉常常将"自然主义"一词顺手拈来，不断赋予其新义。正如左拉所言，"我对'自然主义'这个词其实并不比你更在意，不过我还是一遍又一遍地重复它，因为事物需要命名，公众才会认为是新的"③。确实如此，左拉在他的著述中多次给"自然主义"命名。如左拉在《戏剧中的自然主义》中指出："在当下，我承认荷马是一位自然主义的诗人；但毫无疑问，我们这些自然主义者已经远不是他那种意义上的自然主义者。"④ 结合上下文，这里的"自然主义"包含有自然主义绘画的意味。在另一处表述中，左拉又写道："在我看来，当人类写下第一行文字，自然主义就已经开始存在了。……自然主义的根系一直伸展到远古时代，而其血脉则一直流淌在既往的一连串时代之中。"⑤ 此处的"自然主义"又体现出一种哲学意味。从诸如此类的表述中可以推断，左拉所谈到的"自然主义"已经将哲学与绘画领域中自然主义的部分意义混用在自己的文学论述中。对此，有学者如是指出：""自然主义"一词在文学领域出

---

① ［法］左拉：《〈黛蕾丝·拉甘〉再版序》，毕修勺译，载朱雯等编选《文学中的自然主义》，上海文艺出版社 1992 年版，第 124 页。

② ［法］左拉：《戏剧中的自然主义》，毕修勺、洪丕柱译，载朱雯等编选《文学中的自然主义》，上海文艺出版社 1992 年版，第 165 页。

③ ［法］左拉：《给安托尼·瓦拉布雷格的信》，郑克鲁译，载朱雯等编选《文学中的自然主义》，上海文艺出版社 1992 年版，第 263 页。

④ Emile Zola, "The Experimental Novel", in George J. Becker ed., *Documents of Modern Literary Realism*, Princeton, New Jersey: Princeton University Press, 1963, p. 198.

⑤ Ibid., pp. 198 – 199.

现时已带有源于哲学、科学和美术的种种含义。"① 进而言之，从左拉"自然主义"观念演变的历史来看，"自然主义"的历史在某种程度上就是被多次界定诠释的历史。

二 内涵指向

不可否认，"自然主义"进入文学批评领域后，其含义的模糊性其实要比在哲学和绘画领域复杂得多。结合以往关于自然主义的界定，"自然主义"实际上主要可划分为作为文学思潮（流派）、文学理论（诗学）、创作方法（叙事）、批评实践的四种形态内涵的"自然主义"。在这四种形态中，当自然主义作为一种批评实践时，往往是以自然主义的其他三种形态内涵为基础。因此，辨析"自然主义"作为文学思潮（流派）、文学理论（诗学）、创作方法时的内涵指向是理解自然主义批评指向的关键之处。

当"自然主义"作为一种文学思潮或文学流派时，需要从时间和空间两个方面来考察。从时间上来看，自然主义思潮是指兴起于19世纪60年代的法国，兴盛于70年代与80年代，90年代以后逐渐走向衰落且一直持续到20世纪初的一种文学现象。自然主义文学思潮形成于自然主义理论不断提出、自然主义文学创作及其影响逐步扩大的过程中。从空间上来看，从19世纪80年代开始，自然主义从法国传播到世界许多国家，并进而演变为一种世界性的文学现象，但自然主义在他国的传播时间和传播效果有所不同，特别是自然主义在许多国家并没有出现相应的自然主义流派（如俄国和苏联、英国等），只有部分国家或多或少地出现了自然主义作家（如中国、日本、俄国等），或者形成了具有"自然主义"性质的团体（如德国等）。

当"自然主义"作为一种诗学理论，其侧重点就是研究作为一种文学理论的原则和方法。左拉在逐步提出"屏幕""真实""气质""实验""实验小说"等范畴的基础上，建立了"客观性""真实性""科学性"的自然主义诗学原则。② 国内学者高建为所著的《自然主义诗学及其在世

---

① Lilian R. Furst & Peter N. Skrine, *Naturalism*, London: Methuen & Co. Ltd., 1978, p. 5.
② 参见高建为《自然主义诗学及其在世界各国的传播和影响》，江西教育出版社2004年版，第45—84页。

界各国的传播和影响》一书对自然主义诗学范畴和原则进行系统阐释的基础上，指出自然主义诗学是一种借鉴自然科学研究方法、强调客观与写实，具有实证、范例和认知特征，并以接受者为最终评价标准的诗学。

当"自然主义"作为一种创作方法时，其主要体现在题材选择、人物塑造、叙述艺术三个方面。作为一种创作方法，自然主义以底层社会生活为主要题材，借鉴遗传学、生理学等方法书写分析人的生物性，在叙述中大量使用"自由间接引语"，达到"非个人化"的艺术效果。如龚古尔兄弟的《热米妮·拉赛朵》、左拉的《卢贡－马卡尔家族》中的许多作品都是自然主义创作方法的具体体现。

当"自然主义"作为一种批评术语时，除了明确自然主义的具体内涵外，还需注意以下几个方面：一是"自然主义"术语的共时性与历时性，即"自然主义"这一术语在不同时代不同领域的指向差别；二是"自然主义"术语的空间性与时间性，即"自然主义"这一术语在不同时代不同国家的内涵差异；三是"自然主义"术语的动态性与差异性，即"自然主义"术语在不同语境和语言中的转化和变异。总之，应将"自然主义"看作一个动态变化而非静态固定的术语来理解，尤其要避免先入为主的偏见，需在特定的语言形态和批评语境中去理解和运用"自然主义"。

三　误区辨正

目前来看，当"自然主义"作为一种文学批评术语时，在使用上仍有一些不尽如人意之处。因此，在使用"自然主义"批评术语时，还需辨析和注意以下几个方面的误区：

第一，忽视"自然主义"与"现实主义"的差异性。这一方面突出地表现在如何看待"自然主义"与"现实主义"的关系方面。各国文学批评领域对"自然主义"的运用具有一定的国别性，因而在普世性下又具有一定的特殊性或差异性。然而，事实并非如此，正如有学者指出得那样，"无论评论现实主义作品，还是评论自然主义作品，批评家们几乎毫无例外地习惯于将这两个术语归在一起，或至少要同时涉及二者，很多人甚至明确断言'现实主义和自然主义完全相同无异'"[1]。如英国学者珊斯培尔就认为自然主义和现实主义实为一物，两者若论区别则只有客观化程

---

[1]　Lilian R. Furst & Peter N. Skrine, *Naturalism*, London：Methuen & Co. Ltd. , 1978, pp. 5 –6.

度之分。实际上，自然主义本身存在的合理性决定了它与现实主义之间肯定有所区别，否则就不会出现相关分歧与误解了。不得不承认，现有的大多数研究对"现实主义"和"自然主义"在术语层面的比较仍然较为混乱，在没有搞清楚理论、思潮流派的前提下，任意地将"自然主义"的流派与诗学相比较，或将"自然主义"的创作方法与诗学理论相比较，宽泛而缺乏可比性。按照比较文学的思路来看，至少应该将二者放在同一个层面上，或者在一定的标准或范畴内去比较，这样才具有可比性。

第二，"自然主义"评价标准或参照的单一化。在大多数时候，我们是以"是否写实"为基本标准来讨论自然主义的，或者以"自然主义"为标准评价"现实主义"（这种情况较少），或者以"现实主义"为标准衡量"自然主义"（这种情况较多），但其共同点在于将二者进行人为机械地"捆绑"。何以如此？除了对历史语境的认识不到位外，究其根源就在于我们文艺标准中惯用的"现实主义至上论"或中心论的判断标准，或以常量的"写实"去判定变量的"自然主义"，其结果就是对文学现象之间的特殊关系及其丰富性有意无意地遮蔽了，不利于深入认识自然主义的内核。因为从西方文学思潮的历史演变来看，现实主义和自然主义是一种前后相继的连续关系，而不是一种比较关系（尽管可以有所参照），其价值标准来自现实主义和自然主义本身及其文学影响力。因此，我们应当在文学观念或理论的内在逻辑中去审视二者之间的关系，而不是在一种纯粹的比较关系中认识二者的本质。

第三，"自然主义"术语在批评应用中的泛化倾向。由于自然主义和现实主义具有共同的写实性特征，在自然主义兴起的时代，许多作品被贴上了自然主义的标签，其中只有一小部分作品具有一定的文学价值，而大多数作品是为了盈利而创作的刺激感官的粗俗作品。尤其在自然主义传播到他国后，这一问题变得更加普遍。许多此前归入现实主义的作家或者仅仅因为题材或某一方面与自然主义相似，就主观地给一些作家作品贴上自然主义的标签，对"自然主义小说"的认识莫衷一是，或指向左拉等自然主义作家作品、自然主义创作手法的艺术选择，有时也指向法国的巴尔扎克、福楼拜等现实主义作家或作品，有时还指与自然主义有关的美学或思想等。若再涉及"自然主义者"（naturalist）与"自然主义的"（naturalistc）这些亦难把握的概念，那样可以引起困惑和争论的问题就更多了。难怪美国学者安奈特·T. 鲁宾斯坦在其著作《美国文学源流》如是指出："'自然主义'是个非常有弹性的词汇；它被用于界定许多在创作上非常不同的作家，连一些自称是自然主义小说家的人们对此的定义也不尽相同。对于文学批评而言，真希望这个词汇从未出现过！"[①] 除此之外，许多批评者在译语语境中使用"自然主义"时，将其有意无意地置换为"自然派""左拉主义"等术语来指称来自法国的自然主义。事实证明，"自然派""左拉主义"抑或"自然文学"等与"自然主义"虽有部分程度的交叉之处，但其内涵指向互不相同。因此，对这一类术语的运用和理解就需要根据具体语境和内容来甄别，既辨其同，又明其异。

第四，"自然主义"术语在不同国别文学语境中的误解。由于各国文学传统、民族心理、文化语境等方面的差异，自然主义从法国传播到他国后，其名称和实指都会有所变化。作为批评术语的"自然主义"在世界各国文学中的内涵和指向也会有所差别，如自然主义传播到日本产生了"私小说"，私小说与日本"自然主义"（しぜんしゅぎ）是否是同一语？意大利则将自然主义与本国写实传统结合产生了"真实主义"，那么，"真实主义"（Verismo）可以归入"自然主义"的范畴吗？美国和中国等国虽然继续沿用自然主义之名，但美国的"自然主义"（Naturalism）、中国的"自然主义"与法国的"自然主义"（Naturalisme）是否可以画等号或者具有对等物？同时，"自然主义"在不同的语言表述和语境中，具有不同的功能和意义指向。自然主义有时是作为一种陈述性术语出现的，有时却被当作一种评价性术语而使用，所谓"陈述性"主要侧重对有没有自然主义的描述，"评价性"主要侧重对是不是自然主义的判断。在相同的语言表述和语境中，"自然主义"作为陈述性术语和评价性术语大部分情况下又有混用的情况。特别是同一自然主义作家作品在他国的接受中并非被当作自然主义作家作品的情况。因此，作为一个不断引起困惑或争议的且一直处于"旅行中"的批评术语，当遇到"自然主义"在相同语言的不同表述和相似指向时，比较可靠的做法应该是将该词的普遍意义或转化意义悬置，将其放置在元语境和元语言体系中去理解把握该词的准确词义。

---

① Annette T. Rubinstein, *American Literature*：*Root and Flower*，Beijing：Foreign Language Teaching and Research Press，1988，p. 226.

当然，除了在法国语言文化语境中，其他任何对"自然主义"的论述，基本是在译语语境中对自然主义的阐释，包含着前人的视域融合抑或预设的文化语境。由此，深入探究自然主义在他国语境中的变异，其研究势必更加科学、准确和深邃。相应地，在当今全球化的时代谈论"自然主义"，实际上还意味着一种态度或视野，若忽视了"自然主义"术语在不同的文化文学语境使用时，因语言和文化传统不同而产生的不同变异形态，一味地生搬硬套则很难使"自然主义"术语具有持续的批评生命力，也难以深入自然主义的话语内核。

第二节　自然主义文学的话语变革

话语最初是指语言，根据中西学者的论述，[①] 话语通常包含两个最基本的含义：一是言说规则和范式；二是意义建构的形态和方式。基于这两点，从文学或诗学的角度来说，话语就可以被理解成一种在思想传播和意义制造中，对自身进行言说和建构的规则方式和存在形态。自然主义作为一种诗学理论，是在 19 世纪后半期欧洲实证主义哲学盛行和科学取得大发展的社会历史背景下所形成的文学规则和范式，其实质是由诸多不同元素构成的一种话语体系。托多罗夫曾说："诗学探究的是作为特定文学话语的内质。"[②] 就此而言，任何一种诗学研究赖以依凭的表达方式、范畴形态都应归于话语之中，基本上不能脱离诗学本身包含的话语及其文化语境。由此，对左拉自然主义诗学的研究也应从其最基本的话语构成入手。然而，以往对左拉自然主义诗学的研究不仅鲜有从话语角度的探讨，而且对其话语构成及其关系缺乏应有的关注，这在一定程度上势必会影响对左拉自然主义诗学的准确理解。自然主义作为一种话语系统，从其产生来看，主要由实证话语和科学话语构成，实证话语和科学话语及其相互关系

[①]　在西方，巴赫金、哈贝马斯、罗兰·巴特、葛兰西、福柯、热奈特等都对话语有深刻各异的理解和阐述。在中国，大多数学者沿袭西方话语理论，话语的使用和理解比较宽泛，或认为话语就是语言和言语，或认为话语泛指一种思想观念，或认为话语是一种体系化的理论，或认为话语代表一种微观权力等。其中，曹顺庆教授对话语进行的界定具有典型性，"所谓话语，是指在一定文化传统、社会历史和文化背景下所形成的思辨、阐述、论辩、表达等方面的基本法则。"参见曹顺庆等《中国古代文论话语》，巴蜀书社 2001 年版，第 8 页。

[②]　Tzvetan Todorov, *Intriduction to Poetics*, Minneapolis：University of Minnesota Press, 1981, p. 6.

构成了左拉自然主义诗学的内核。因此，深入分析实证话语和科学话语及其相互关系是深入理解左拉自然主义诗学的关键。

一　实证话语

从西方文学的发展来看，一种诗学的形成和诗学观念的整体变革，时常与新的哲学文化观念密切相关。作为社会意识的集中表现，哲学文化观念的革新在改变人们传统的思维定式后，也会不同程度地改变作家看待事物的方式，从而使文学获得新的风格。因而，在考察自然主义时，认清这一诗学背后的实证主义哲学及其话语就显得尤为重要。

实证主义由 19 世纪法国学者奥古斯特·孔德（Auguste Comte，1798—1857）所创。在《实证哲学》一书中，孔德提出了哲学、人类精神乃至科学都必须经过的三个发展阶段，即"神学的虚构状态，形而上学的抽象状态，科学的实证状态"。① 在神学阶段，人类以信仰和膜拜的方式来解释和探求万物背后的终极原因，宗教或神学是这一阶段的主要话语。在形而上学阶段，人类以抽象的逻辑推理和空洞的思辨来揭示事物的普遍本质，"玄学"成为这一阶段的主要话语。在实证阶段，人们依靠观察和理性的力量来探求事物彼此的关系，确立了"实证"的主导话语。从神学到玄学再到实证，人类认识世界的思维方式在不断地变化，其最终目的在于认识人类生存的客观环境和外在事物，建立知识的客观性。

"实证"（Positive）是孔德哲学的核心，其要义在于通过"实证"把握"确定"的事实，对知识进行一种新的建构。实证的意义就在于处理现实与空想、有用与无用、确实与虚构、正确与错误、肯定与否定、相对与绝对之间的对立关系，最后达到对事物的客观认识和获得科学的知识。要达到实证的目的，需遵循以下几个原则：首先，对世界的一切科学知识必须建立在观察和实验的基础上。其次，拒绝讨论事物的抽象本质。再次，由于人类认识事物的局限性，所获得科学知识则具有相对性。实证原则的基本思路就是在认识客观事物时，只表现结果（即研究事物是"怎样的"），不探究原因（即避免探究"为什么"）。孔德曾明确地说："实

---

① Auguste Comte, *Social Statics & Social Dynamics*, Leadership & Ambiguity: The American Classical College Press, 1979, p. 36.

证哲学的基本性质，就是把一切现象看成服从一些不变的自然规律"①。在孔德看来，在经验现象之间存在着一些规律，我们所努力的目标就是精确地发现这些规律，并把它们的数目压缩到最低限度。规律作为经验现象之间的相似关系和知识显现，科学就是要正确地发现规律之间的相互关系，并对这些规律进行观察和描述。由于科学只描述经验现象，而规律为何（为什么）的问题属于超验的范畴，人们很难探求。因此，科学只能说明规律的存在，而不能说明为什么会出现这些规律。进一步地说，就是将物质与精神的关系问题悬置起来，只研究实在和有用的知识，只探寻现象的不变规律，而不探寻现象背后的原因。

从内在逻辑来看，人类思维发展的三个阶段"神学—形而上学—实证"相对应的是"现象—本质—现象"，它们之间形成一种对应的话语关系，"话语在经验的既定编码与一连串的现象之间'往返'运动。这些现象拒绝融入约定俗成的'现实''真理'或'可能性'等概念。……总之，话语从本质上说是一种调节"②。从话语实践来说，话语的转变是对知识的一种建构和调节，其功能和意义在于调节事实与实践的双边关系。从言说对象来说，话语又是一种机制，在不同的体系中（诸如在神学、玄学、实证的话语体系中），当面对相同的对象时，新旧话语的更替则与思维方式的转变联系在一起，通过对现存话语的改造，以提升认识客观世界和阐释意义的能力。

实证话语的特点在于分析，分析的要义在于将推理和观察紧密结合起来，将自然科学与社会科学相结合，以"实证"为要义进行知识的建构。尤尔根·哈贝马斯曾指出："实证主义的真正意义在于废黜传统的形而上学的基础和前提，代之以纯粹的知识学，对于孔德来说，与认识的'奠基'相比，知识的'建构'（规则、方法、过程等）最为根本。"③ 就此意义而言，实证主义建构了一种新的认识世界和获得知识的范式。

孔德曾经宣称，实证主义是"创立真正的一般艺术论"的唯一哲学。

---

① ［苏］诺维科夫：《孔德"社会物理学"中的美学》，娄自良译，载朱雯等编选《文学中的自然主义》，上海文艺出版社1992年版，第14页。

② ［美］海登·怀特：《后现代历史叙事学》，陈永国、张万娟译，中国社会科学出版社2003年版，第5页。

③ ［德］尤尔根·哈贝马斯：《认识与兴趣》，郭官义等译，学林出版社1999年版，第67页。

可以说，19世纪中后期欧洲社会的文化思想无不打上了实证的烙印，文学也不例外。从左拉19世纪80年代的论述就可看出，实证主义对左拉的影响确定无疑（影响应该从19世纪70年代就已开始）。在实证主义的影响下，左拉在建立自然主义诗学体系时，从实证哲学中汲取自己所需要的东西，特别是自然主义诗学的一些术语就直接引自实证主义，并将实证话语贯穿于文学的话语建构中，其主要表现在以下几个方面：一是强调现象的非本质思想。左拉很早就明确指出应从研究客观现象入手，返回自然和生活本身，以揭示世界的秘密。如左拉在创作《卢贡－马卡尔家族》的过程中亲自去矿井与工人交朋友，参加工人起义，到贫民窟去体验生活，到妓院请妓女吃饭，丈量她们的房间。二是"求真务实"的态度。左拉强调寻求真理就是要从生理学、遗传学、病理学等科学中为人的非理性寻找依据，坚持"怀疑"的否定态度。如左拉在研读遗传学等著作的基础上，为马卡尔家族描绘了一幅清晰详尽的家族世系图，以此来说明马卡尔家族代代相传的遗传特征。三是保持中立的价值立场。实证话语回避价值判断的思想方法，为自然主义文学实践确立了客观的非个人叙事及其摒弃传统文学道德说教的原则。如在《戴蕾丝·拉甘》中，左拉从生理学的角度详尽地剖析了戴蕾丝和罗朗的情欲，放弃了对人物行为的道德判断。可见，实证话语作为左拉自然主义诗学的构成部分，对左拉自然主义诗学的建构起到了基础性的作用。当然，包含在左拉自然主义诗学中的实证话语，并非照搬哲学的一些机械教条，而是时代氛围和文化精神在文学领域的扩散和延伸，甚至变异。

左拉自然主义诗学以实证话语为基点，探索新的文学样式和理念，目的在于建立新的文学话语。自然主义话语旨在建立一系列事实的真实叙事，客观世界中的每一层面都可以当作一个事件来叙述。叙事者将客观世界中的任何一个话语事件都看作一次文本实践和话语实践。文本实践关注文本的组合形式，而话语实践关注文本生产的过程和意义阐释的性质。作家的话语实践侧重于话语事件的内在机制，关注如何构成话语的本质和如何分析社会。读者的话语实践关注话语建构的效果和意义传递。当然，新的文学话语也不是一个封闭的系统，而是由前后相继的历史事件和文学观念的转变形成的。正如福柯所言，"我们称一种话语形式替代另一种话语形式并不意味着一个对象、陈述、概念完全新颖的理论选择的整体突然地装备完善、组织良好地出现在某一文本中，这个文本对它作出一劳永逸的安置，而是意味着会产生关系的整体转换，但是这种转换不一定更改所有的成分"①。这表明，话语的转变是相对的，同一话语体系在不同的语境中概念有可能不同，但不同的话语体系所言说的对象有可能相同，这使实证话语与文学话语在言说对象上具有了相互交融的契合点，实际上演变为左拉自然主义诗学和文本实践寻找合法性和创新性一种策略性诉求。

二　科学话语

19 世纪中后期，在工业革命的大力推动下，伴随着细胞学说、能量守恒定律和达尔文进化论三大发现，自然科学取得了突飞猛进的发展。特别是 1859 年达尔文的《物种起源》发表以来，生理学、遗传学、病理学以及生物学都取得了突破，西方自然科学的发展使当时欧洲的经济文化、社会意识都发生了激烈的变化。随之，自然科学的边界从对人和自然界的研究扩展到了社会领域，诸如人类学、社会学和考古学等诸学科获得创立或者取得质的飞跃。其中，进化论思想对 19 世纪思想文化的影响起到了支配作用。美国学者罗兰·斯特龙伯格在《西方现代思想史》中指出，"达尔文进化论观念的形成有两个重要的思想契机：其一是马尔萨斯人口论赋予了其思想以灵感，其二则是孔德用科学方法来研究生命的做法帮助他摆脱了神学思维模式的思想禁锢"②。不仅如此，早在孔德实证主义那里，科学思想如科学是一切知识的基础、科学注重事实判断、保持价值中立等思想已有所体现。这些思想为当时的文化研究摆脱抽象玄奥的论断，促进人和社会研究的科学化，提升科学在大众中的影响起到了重要的推动作用。

通常而言，科学的任务和目的就是发现，即对客观世界进行系统的逻辑分析，探寻不同现象之间的关系和规律，认识未知的东西。然而，在科学发现的过程中，由于受到特定条件下形成的范式的制约，人的思维模式会受到一些假说、理论、准则和方法的限制，而这些限制进而又影响到科学发现的范围和深度。可以说，推动科学发展的内在动力不是科学家所共同拥有的答案或知识的积累增长，而是科学范式等重要因素的更迭和革

---

① ［法］米歇尔·福柯：《知识考古学》，谢强、马月译，生活·读书·新知三联书店 1998 年版，第 223 页。

② ［美］罗兰·斯特龙伯格：《西方现代思想史》，刘北成等译，中央编译出版社 2005 年版，第 293 页。

新，而科学范式的改变又会不同程度地引起人们思维观念、方式的转变，进而改变人对自身的看法。正如美国学者卡尔迪纳、普里勃所说："几条不同的科学探寻和思索的路线，正逐步交会于一点，这一相交点将大大改变人对自己的态度，同时也改变人对自己在自然中所处地位的看法。"① 可见，科学作为 19 世纪中后期的话语模式之一，代表着一种主导思维模式在人类主体领域内的扩散，打通了科学自身和社会文化的桥梁。

　　左拉也不例外，科学话语无疑是其自然主义诗学建构的一个重要层面。有学者曾指出："文学家对时代精神状况的敏锐感觉、对群体心理及社会问题的直觉把握，往往使得很多超越当下文化精神的先锋思想元素或先锋思想萌芽在特定文学思潮中大量涌现。"② 事实如此，自然主义实际上就是作家在欧洲自然科学迅速发展的指引下而引发的思想革命的反映，是科学话语在文学领域中的艺术显现。不过，自然主义并非科学主义的鹦鹉学舌，左拉建构的自然主义诗学是在借鉴自然科学，将文学与科学结合的一次大胆创举。那么，左拉在创立自然主义理论的过程中，为何将文学与科学结合在一起呢？原因有两点：一是时代的科学氛围使科学话语已经深入人心。作家从当代科学的最新发展中，有目的地寻找有所借鉴的观念和方法，进而以科学为手段，以生理学、遗传学、病理学的方式对文学进行新的审美观照，将文学话语用科学话语进行包装，实现文学的"科学"陌生化。二是左拉认为作家不应该沿袭古人，而应去探索革新，"希望找到一条从未有人勘探过的小路，希望能从当代多如牛毛的平庸作家中脱颖而出"③。左拉根据法国医生吕卡斯的《自然遗传论》、达尔文的《物种起源》、生理学家克洛德·贝尔纳的《实验医学导论》等当时较有影响的科学论著作为自己参照的理论依据，以近代科学理性精神来建构自己的理论，先后撰写了《戏剧中的自然主义》《实验小说论》《自然主义小说家》等理论著述。特别是在《实验小说论》中，左拉大段地引用克洛德·贝尔纳的《实验医学导论》的段落和片段，对"实验小说"进行界定和阐释。在左拉看来，文学创作就像针对某一科学课题所做的实验，作家要从生理学尤其是遗传学的视角来挖掘人的生物性，在创作中引入科学

　　① ［美］卡尔迪纳、普里勃：《他们研究了人》，孙恺祥译，生活·读书·新知三联书店1991 年版，第 73 页。

　　② 曾繁亭：《文学自然主义研究》，中国社会科学出版社 2008 年版，第 438 页。

　　③ ［法］马克·贝尔纳：《左拉》，郭太初译，上海文艺出版社 1992 年版，第 9 页。

方法，追求中立的叙述立场，以达到科学的精确性。

客观地说，左拉对生理学、遗传学等自然科学的崇尚和运用，一方面，确实给当时的文学创作注入了新的时代质素，开创了一种新的文学观念。因而，左拉将科学话语引入文学领域的尝试也具有了一定的前瞻性。法国当代学者马利纳斯在其著作《左拉和想象的遗传学》（1895）就曾指出，"左拉，作为早期的遗传学者，以一种容易阅读的小说形式推广了他那个时代在某些医学领域风行的遗传理论，这些理论当时更为经常地用于临床而非生物学。"[①] 显然，左拉对科学的重视和分析已经走在了同时代作家的前列；另一方面，科学与文学的机械结合也遭到了一定的质疑，即在文学领域，科学的运用在多大程度上是可行的？从自然主义的实践来看，左拉将文学与科学相结合的诗学观念在一定程度上来说是合理的，问题的关键在于二者如何结合。事实上，左拉自然主义诗学的创新和不足也在于此。

左拉虽然大胆地将科学引入文学，但不足在于将科学置于文学之上，将科学的目标和方法全盘照搬在文学创作中，或者说在追求科学性的同时无意地削弱了文学本身所具有的"文学性"，以致左拉的一些作品如《小酒店》《戴蕾丝·拉甘》等有时被读者当作医学或生物学著作。这表明，在某种程度上，左拉在文学领域中将科学推向了一个极端。左拉为何将科学推向极端？其中的原因大致为：一是源于左拉的科学情结，二是左拉在论战中采取的一种策略，三是左拉的文学求新心态使然。无论是哪种情形，不可否认的是，左拉在自然主义理论的建构中存在着一种科学决定论，以为文学创作都可以用科学说明，文学艺术要全方位地向自然科学靠拢，作家要用科学的观念和方法统摄自己的创作，自然主义就是把近代科学的公式运用到自己的文学创作中去。在某种程度上，左拉将科学从思维方式到价值取向全盘引入文学，把科学在文学领域推向极端，而没有考虑科学的目的和方法在多大程度上适合文学，也没有意识到科学是否可以充分揭示文学主体（作家、读者等）的全部。因此，左拉的这种做法又具有一定的片面性和机械性。

我们知道，文学和科学属于两个不同的话语系统，由于自然主义是在

---

① 转引自高建为《自然主义诗学及其在世界各国的传播和影响》，江西教育出版社 2004 年版，第 136 页。

科学与文学之间建立关系，在对自然主义讨论中延伸出的"文学与科学""文学话语与科学话语"的关系问题，自然备受关注。毋庸置疑，文学和科学各属不同的领域，有着各自独特的对象范畴、思维方法、理论原则等。从对象来看，科学以宇宙自然为对象，文学以客观世界存在为对象。从思维方法来看，文学建立在感性想象力基础之上，科学建立在理性实验基础之上。从理论原则来看，科学属于事实的认知判断，文学属于想象的审美判断。从实现目标来看，科学以发现规律、建立法则为旨归，文学以体验和审美为旨归。显而易见，文学和科学存在着一定的差异，但差异并不是比较文学和科学的目的，如何客观地认识这种差异才是目的。值得注意的是，尽管文学与科学之间的相通性不能随意夸大，但文学话语和科学话语作为一种社会意识形态的言说，都不是孤立存在的自在体和自生自灭的封闭体，它们之间的结合却是特定时代的必然，它们之间的跨越正是欧洲自然科学发展在文学领域的体现。直到今天，"面对 21 世纪新人文精神的发现，文学的跨学科研究可能会更多地集中于人类如何面对科学的发展和科学对人类生活的挑战"①。可见，自然主义文学研究也具有一定的跨学科研究性质。无论是文学科学化和科学文学化，还是文学与科学的对立和统一，都是话语在一维世界的二元观照，共同的目的在于如何认识和描述世界。

三　话语互涉

将文学的问题抛入哲学和科学的语境中去征求答案，就会涉及话语之间的跨越和互涉（或者说融合）。那么，构成左拉自然主义诗学的话语之间具有怎样的关系或者说是如何联系在一起的呢？

一般来说，不同话语之间的互涉时常与现实生活紧密地联系在一起。首先，在文学与现实的关系层面上，话语互涉将不同的话语通过一定的范式与实践相联系，使话语之间的沟通具有一定的意义性。话语之间的沟通一是为了说明不同话语之间的可跨越性，二是赋予新建构的话语及其意义不同的阐释能力。其次，在不同话语的关系层面上，话语的沟通模式不仅可以看作一种呈现现实世界信息的工具，更重要的是可以看作一种意义的生存手段。当然，话语之间沟通模式的改变，在很大程度上会改变话语生

---

① 乐黛云等编：《比较文学原理新编》，北京大学出版社 1998 年版，第 32 页。

成的意义，但未必会改变话语传递给现实世界的信息。不难看出，由实证话语和科学话语构成的左拉自然主义诗学显然是以话语之间的沟通为基础，旨在建立一系列真实叙事的文学创作理论：客观世界（现实）中的每一层面都可以被作为一个事件来叙述，叙事者将客观世界中的任一话语事件都看作一个文本实践和话语实践。其中，文本实践关注文本的组合形式，而话语实践关注文本生产的过程和意义阐释的性质。

巴赫金曾指出，话语所具有的特点就是"它的纯符号性、意识形态的普遍适应性、生活交际的参与性、成为内部话语的功能性，以及最终作为任何一种意识形态行为的伴随现象的必然现存性"①。在一定历史时期，话语的这些特点具有一定的稳定性，包含着对现实社会的理解和评价，并在解构或建构的过程中被赋予了特定的内涵。当言说相同的对象时，话语的调节又与思维方式连接在一起，旧的话语在思维转变中被新的话语所替代，旧的话语实践将现存的规则现时化，受制于现实又服务于现实，反过来改变它们早先建立的关系。换句话说，话语的实践性不仅体现了知识及其关系的多层次性，而且体现出阐释客观世界意义能力的进步。如果说，实证哲学作为对现实世界的一种认知方式，其内涵和外延所体现出的文化精神在与特定的时代精神互动中，建立了文学和科学之间的关联。那么，由实证话语和科学话语为主构成的自然主义话语便随着西方时代变迁和文化语境的变化实现了在文学领域的话语转变。基于此，自然主义文学的文本与现实之间则是以话语互涉的方式结合在一起。进而言之，自然主义兴起的时代，西方正处于社会文化结构发生转变的时期，实证话语与科学话语在特定时代的文化精神中产生的互动效果，不可避免地使左拉自然主义诗学话语具有了内在的逻辑关联，实证话语和科学话语及其相互关系也就理所当然地构成了左拉自然主义诗学的内核。

从话语实践来看，"实证"及其话语奠定了自然主义的思维基础，"科学"及其话语则奠定了自然主义的方法论基础，二者与文学话语的融合体现出一种极大的理论包容性。捷克小说家米兰·昆德拉在《小说的艺术》中谈道，"小说有一种非凡的融合能力：诗歌与哲学都无法融合小说，小说则既能融合诗歌，又能融合哲学，而且毫不丧失它特有的本性，

---

① ［俄］巴赫金：《马克思主义与语言哲学》，载《巴赫金全集》（第二卷），李辉凡等译，河北教育出版社 1998 年版，第 357 页。

这正是因为小说有包容其他种类、吸收哲学与科学知识的倾向"[1]。左拉自然主义诗学的包容性和吸纳性也在于此。尽管如此，实证话语与科学话语所具有的理性与文学话语所具有的诗性在其一系列的自身对立关系中，左拉又是如何在这种对立中建构起诗性与理性二者之间的统一呢？我们不妨从文学话语与现实世界之间的关系入手来寻求答案。首先，左拉将实证话语所表现出的强烈的科学文化、自然科学的理性精神与自己的文学构想互动，建立起文学、哲学和科学之间的关联。其次，左拉很好地处理了实证话语和科学话语之间互涉最终指向的问题——文学与外部现实世界的关系问题，即如何模仿或再现现实世界。以此而言，实证话语与科学话语所产生的共时性效果则为左拉自然主义文学话语内部的规则调整和新质确立提供了契机，并以此实现了自然主义诗学话语理性与诗性的统一。

由于实证话语和科学话语之间的互涉最终指向的是文学与外部现实世界的关系问题。从文学发生的角度来看，无论是不同话语的互涉，还是诗性与理性的统一，并没有拉开文学本体与现实世界的距离。每个文学思潮都以不同的方式来界定文学与现实的关系，通过对文学与外部现实世界的关系的不同回答来反映话语背后的秩序。当我们在深究"文学如何再现现实"的时候，其实是在对现实秩序进行确认和调整，从而彰显出不同的价值取向。同时，话语作为一种隐性规则，代表着一种微观权力，必然隐含一定的秩序形态。如现实主义对现实世界的秩序采取一种批判的态度，这种批判态度依赖于其背后的"话语"规则——用哲学或科学话语来对抗和反抗现存秩序。在左拉自然主义诗学体系中，实证话语体现出一种价值判断，而科学话语代表着一种事实判断。左拉自然主义的文本实践取消了任何对文本进行限制的价值倾向，对现实秩序时常体现出一种服从态度，它并不反对现存世界的秩序，而是将事实判断和价值判断联系在一起，选择以区别于先前的行动策略，争取合法的文坛地位。因此，自然主义文学地位的确立离不开文学话语背后的秩序形态，无论是解构还是建构，无论是文学哲学化还是文学科学化，其根本目的在于获得自身新质的确立。

从文学的发展演变来看，社会文化话语的转变会引起文学话语的转变，并在文学话语内部进行规则的调整和新质的重组。事实上，不仅左拉

---

① ［捷］米兰·昆德拉：《小说的艺术》，董强译，上海译文出版社 2004 年版，第 103 页。

的自然主义，西方文学发展每一历史时期文学观念都与其相应的话语转变联系在一起。在古希腊时代，神话是主要的时代话语。在中世纪时代，以基督教为核心的宗教话语是主要的话语。在文艺复兴时期，人文主义的提倡，人文话语变成了时代的共同追求。在启蒙主义时代，理性主义哲学的兴起，启蒙者追求自由、平等、博爱的理性话语成为时代主流，文学也以理性为旨归。浪漫主义时代，人们向往大自然，追求浪漫的情感体验，感性则是话语的主要模式。19 世纪上半期，人们更加关注对现实生活的把握，话语又带有客观性。实证主义、科学主义的兴起，社会话语在客观性的基础上转变为实证和科学的话语。到 20 世纪，非理性哲学的兴起，文学话语又以非理性为主要特性。这些话语的递进和转变并不是直线式的，而是间性递进的，这反映出新话语的出现总是在对传统话语的革新中出现的，旧的话语被新的话语所替代，新的话语受制于现实又服务于现实。社会文化语境是话语转变的选择标准。从这个意义上说，自然主义诗学是左拉等自然主义者努力探寻的结果，也是社会文化发展不断变革的产物。

　　总之，左拉建构的自然主义诗学话语不是在语言学的修辞意义上谈论话语，而是在哲学和科学的意义上谈论话语，这使自然主义的诗学话语具有了思想史和方法论的性质。左拉明显地摒弃了此前现实主义以其表面现象进行客观典型塑造的文学观念，将文学话语在哲学和科学的维度上进行延伸和尝试。正是在这一意义上，左拉实现了对先前文学范式和文学观念的更新。

第三节　自然主义文学的观念逻辑

　　如果将话语理解为在一定文化传统和社会历史中形成的思想、意义、价值的言说规则和范式，以及在思想传播和意义制造中对自身建构的具体方式和形态。那么，文学作为语言的艺术，其实质则是一种由诸多不同元素构成的话语体系。话语体系不同，言说方式自然就会不同。对于相同的现象，言说的方式可能有很多种，社会文化语境是其言说方式选择的标准。在大多数情况下，文学话语受时代话语的影响也会引起小说观念的演变，而小说观念的演变则反映了特定时代人们对小说的总体认识和看法，体现着特定时代各种话语的复杂关系。具体来说，小说观念包括"小说家的哲学、美学思想，对小说社会功能的认识，所恪守的艺术方法、原则等许多复杂内容"①。左拉作为法国自然主义文学的代表人物，其自然主义理论的提出不是一蹴而就的，也不是在一部著作中系统提出的，而是在断断续续的理论探索和文学实践中，以及与他人论战的过程中在不同篇章中提出的，这使自然主义理论时常存在矛盾和裂隙。正因如此，大多数论者对左拉自然主义理论的理解往往断章取义，特别是对左拉自然主义观念的内在逻辑缺乏应有的关注和明晰的认识，由此对自然主义理论缺乏准确全面的解读。

　　小说是自然主义文学的主要体裁形式，也是左拉自然主义理论的重心所在。左拉在明确"自然""客观性""真实""实验小说"等范畴的基础上，提出了真实感、客观性、科学性等诗学原则，并在二者的关系中建立了自然主义理论。一般来说，诗学原则是一种诗学成立的根本，范畴则是诗学观念的体现。从自然主义的形成来看，诗学原则和范畴并不是孤立的，而是有着紧密的内部关系和逻辑。一定程度上，内部逻辑是一种诗学理论存在的根本和灵魂，也是把握该理论的关键。那么，如何把握自然主义小说观念的内部逻辑呢？在此，借助左拉小说创作理论核心观念的考察，通过对左拉自然主义小说理论的核心观念如"自然""客观性"，"真实""真实感"，"实验""实验小说"内在关系演变的考察，宏观地分析左拉自然主义小说观念的内在逻辑，以求准确地理解自然主义小说理论的诗学内涵和审美追求。

一　"自然"与"客观性"

　　自然主义遵循模仿自然的传统，根本的问题是如何模仿自然，而如何模仿自然的根本在于如何理解自然。以往人们将讨论的重点放在了如何模仿上，而对自然本身却不求甚解。不同时代的人对自然的理解各不相同。那么，左拉自然主义文学观念中的"自然"具有怎样的内涵呢？

　　"自然"与左拉的"自然主义"是同根词，是左拉自然主义理论中使用频率较高的一个词，对自然的理解直接影响着对自然主义的理解。然而，在实际的论述中，作为"自然主义"之"自然"与自然主义的意义本身却亦难相提并论。"自然"历来是个比较含混的词。亚里士多德在《形而上学》中认为"自然"具有最初的生成物、自然物的内在形式等含

---

① 宁宗一：《中国小说学通论》，安徽教育出版社1995年版，第17页。

义。假古典派学者认为"自然"就是"真理"或者"人性"。蒲柏则说研究"古人"就是研究"自然"，而现代人认为"自然"在狭义上指自然环境和感官自然，在广义上指现实世界。与上不同，左拉在自己的理论文章中常常用两个不同的词来表达"自然"：la nature，la création。这两个词在法语中意思是有区别的。la nature 来源于拉丁语，有两个意思：一是性质，二是自然（客观世界）。la création 来源于法语动词"créer"（创造），与创造是同根词，基本的词义是"创造物"或"创造"，左拉用它指代被创造的自然。左拉在早期文章中常常将二者交替使用，在词义上没有区别。但在后期的文章中，左拉很少用"la création"，一般只用"la nature"来表示自然界、人类社会，也就是客观世界。"自然"一词的含义也逐渐明朗化。根据左拉的理论阐述和文学创作来看，左拉的"自然"实际包括两个方面的含义：一是外在世界，指的是自在和人为的客观之物，即所谓的"自然世界"。二是内在特性，指的是与生俱来的内在性情，侧重人的生理特征，即所谓的"自然状态"。

左拉指出，自然主义文学创作就是要从自然出发，为何要从"自然"出发？一个重要的原因是"存在于自然中的一切都是真实的，自然是由物体、行动和受某种原因支配的力量构成的"[1]。正是在这一点上，左拉声称自然主义作家的全部工作就是"从自然中取得事实，然后研究这些事实的构成，研究环境与场合的变化对其的影响，永远不脱离自然的法则"[2]。可见，左拉将"自然"作为其文学理论的逻辑基础，以"自然"为出发点，对"自然"赋予相应的内涵，是左拉自然主义小说理论形成的本源。

从"自然"出发，左拉强调自然的客观之维，即客观性。"自然即是一切需要；必须按本来的面目去接受自然，既不对它作任何改变，也不对它作任何缩减"[3]。从创作的角度来说，"客观性"是一种态度，代表着一种中立的立场，一种如何使模仿达到客观的观念或者效果。如何在自然的

---

① C. Hugh Holman, *A Handbook to Literature*, Indianaplis：The Odyssey Press, Inc., 1972, p. 337.

② Emile Zola, "The Experimental Novel", in George J. Becker ed., *Documents of Modern Literary Realism*, Princeton, New Jersey：Princeton University Press, 1963, p. 167.

③ ［法］左拉：《戏剧中的自然主义》，毕修勺、洪丕柱译，载朱雯等编选《文学中的自然主义》，上海文艺出版社 1992 年版，第 177 页。

模仿中实现客观性？针对这一问题，左拉提出了自然主义"非个人化"的叙事主张，认为"自然主义小说的特征之一就是它的非个人化"①。在左拉看来，小说家就好比一名记录员，在创作时应仅仅陈述他的所见，将真实的材料摆在读者面前，隐匿自己的情感，对事物不做任何评判和结论。一些评论者认为，"非个人化"削弱了文本的价值倾向，消解了作家的个性。若细读左拉的论述就会发现，事实并非如此。"非个人化"是左拉对自然主义小说叙事立场的指称，与指称外部世界的客观性一脉相承，目的在于保持一种中立的客观叙事态度，即摒弃传统作家的道德说教和价值判断，实现文本叙事的客观效果。值得注意的是，摒弃道德说教并不是放弃文本的道德元素，坚持价值中立也不是否认作家本人的道德判断，而是文本叙事客观效果（客观性）的自觉追求。

如果说"自然"代表的是一种客观存在，"客观性"代表的是一种"准确"的事实呈现。那么，"非个人化"则是实现客观与客观性的主观意愿。不过，作为左拉自然主义的主观追求，"非个人化"并不是绝对的，经过主观处理的客观性自然也不纯粹。正如罗兰·斯特龙伯格所指出得那样，"尽管口口声声要达成科学的客观性，但事实上，……在各种神话、原型以及价值判断的运用上，左拉与其他小说家并无根本区别"②。尽管如此，"非个人化"还是架起了"自然"与"客观性"的桥梁，打通了文本客观效果和作家中立立场的两极。之所以坚持比现实主义更彻底的客观性，是因为自然主义作家对文学创作在功能和态度上有了新的认识。

二　"真实"与"真实感"

文学是对现实生活的模仿，模仿的真实还是不够真实（即模仿的效果如何）？这是从亚里士多德以来人们就讨论的话题。可以说，从古希腊起到 20 世纪的西方文学，历来的文学思潮都在标榜自己的"真实"论。自然主义从产生起，备受争论的焦点之一也是真实论，即"真实""真实感（性）"的问题。非议者常常将自然主义小说中真实地表现人物的成功

①　Emile Zola, "Naturalism in the Theatre", in George J. Becker ed., *Documents of Modern Literary Realism*, Princeton, New Jersey: Princeton University Press, 1963, p. 208.

②　Roland N. Stromberg, *Realism, Naturalism, and Symbolism: Modes of Thought and Expression in Europe, 1848–1914*, London: Macmillan & Co Ltd., 1968, p. xvii.

之处归为现实主义的胜利，而将所谓的对人物的生理、生物、遗传性等描写归罪于自然主义的真实论。如何认识真实、真实感？同样也是自然主义文学理论不可忽视的重要方面。

针对模仿与真实的问题，左拉在《给安托尼·瓦拉布雷格的信》一文中提出了独特的"屏幕说"。左拉根据艺术原则将文学史上的屏幕分为：古典主义、浪漫主义、现实主义三类屏幕，并以比喻的方式从成像机制到影像差别对三类屏幕做了描述和区别：古典主义的屏幕是"一个具有增大特性的玻璃体，它扩张线条，阻挡颜色通过"[①]。浪漫主义的屏幕是"一个折射力很强的棱镜，它能击碎一切光线，变幻成耀人眼目的光闪闪的幽灵"[②]。现实主义的屏幕是"一块完整的玻璃，十分透明而不太清晰，映出一块屏幕尽可能忠实地反映出来的影像"[③]。依据屏幕的功能，左拉指出三种屏幕都是对现实的变形或折射，功能基本一致。因为在艺术中"绝对不能证明有必要的理由去抬高古典屏幕压倒浪漫主义和现实主义的屏幕；反之亦然，因为这些屏幕全给我们传递虚假的影像"[④]。而从个人审美观念出发，左拉又声称，"我不会完全只单独接受其中一种；如果一定要说，那我的全部好感是在现实主义屏幕方面；它满足了我陈述的理由，我感到在现实主义屏幕中有坚实和真实的无限的美"[⑤]。也就是说，喜欢这一屏幕而不喜欢那一屏幕，仅仅是个人兴趣和气质的问题。然而，左拉笔锋一转，紧接着又强调："不过，我重复一遍，我不能接受它想显现于我的样子；我拒绝承认它给我们提供真实的影像；我断言，它本身应当具有扭曲影像，并因此把这些影像变成艺术作品的特性。"[⑥] 显然，若从屏幕的功能和个人的兴趣角度来看，左拉对屏幕的认识又具有一定的随意性，其表述很容易使我们认为其"屏幕说"存在着自相矛盾的地方：一方面左拉说三种屏幕的价值是一样的，不能一方压倒一方，另一方面左拉又强调在现实主义屏幕上的优越感。左拉的屏幕说是否有矛盾？实际上，左拉对"屏幕说"的阐述在根本上并不矛盾。因为从模仿的效果和

---

① ［法］左拉：《给安托尼·瓦拉布雷格的信》，郑克鲁译，载朱雯等编选《文学中的自然主义》，上海文艺出版社1992年版，第270页。

② 同上。

③ 同上书，第271页。

④ 同上书，第269页。

⑤ 同上书，第271页。

⑥ 同上。

价值来看，不同的屏幕尽管有不同的特性，每个作家的偏爱也各有不同，但三种屏幕在功能上都是对现实不同程度的折射，在价值上都是对现实与模仿之间关系的表述，皆源于对真实的理解和追求，折射出对真实的三种不同理解：古典主义的"真实"是理性的真实，浪漫主义的"真实"是主观的真实，自然主义（左拉）的"真实"则是"使真实的人物在真实环境里活动，给读者提供人类生活的一个片段"①。由此可看出，若从文学与生活的关系来看，左拉自然主义的"真实"实际具有三方面的含义：一是让人物在真实环境里得到真实的展现，二是作品应该反映作家的真实个性和情感，三是让读者感受生活片段的真实。

左拉之所以将"真实"看成文学的生命，主要目的是想要求小说创作应该摒弃毫无事实依据的虚构和人为的胡编乱造，返回自然，返回事物本身。左拉指出，"如果这印象离奇古怪，如果这幅画没有立体感，如果这作品流于漫画的夸张，那么，无论它是雄伟的还是凡俗的，都不免是一部流产的作品，注定要很快被人遗忘。它不是建立在真实之上，就没有存在的理由。"② 为了体现真实，自然主义作家首先就要以大量的文献资料和事实数据作为小说创作的参照。如左拉在创作《卢贡－马卡尔家族》时，就用了很大的篇幅对卢贡家族的起源作了详尽的考证。其次是事无巨细的观察和详尽无遗的细节描写。如《萌芽》详细记述了矿工在矿区的洗澡、吃饭等生活细节，展示了工人集体罢工、示威等诸多具体场景。最后是大胆地描写人的生理性和生物性。如左拉在《戴蕾丝·拉甘》中用生理解剖刀详尽地剖析了女主人公戴蕾丝人性中的情欲和病态心理。

左拉时常强调，"真实"是自然主义的最高原则，"真实感"是小说家的最高品格。那么，何为"真实感"？左拉认为，"真实感"就是"如实地感受自然，如实地表现自然。"③ 虽然"真实"与"真实感"的交集在于"真（真实）"，但写真实和真实感并不一样。所谓"写真实"，就是"客观"的书写，就是忠实地模仿现实。所谓"真实感"就是"可信"，就是如实地感受或表现自然。写真实是小说创作中的一种艺术要求

---

① ［法］左拉：《论小说》，柳鸣九译，载柳鸣九主编《自然主义》，中国社会科学出版社1988年版，第501页。

② 同上书，第502页。

③ ［法］左拉：《论小说》，柳鸣九译，载柳鸣九选编《法国自然主义作品选》，天津人民出版社1987年版，第778页。

或艺术标杆，而真实感或真实性是艺术的美学效果和评价。在大多数情况下，"真实"与"真实感"是联系在一起的。左拉认为，浪漫主义时代的想象一词已经不再是小说家的最高品格，现在小说家的最高品格就是真实感，什么也不能代替真实感，"当我读一本小说的时候，如果我觉得作家缺乏真实感，我便否定这作品"①。德尼丝·勒布隆－左拉在传记《我的父亲左拉》一书中这样写道："这就是左拉的理想，这就是他的生活目的：文学的真实，人类的真理，全部的真相。"② 从真实到真实感，"真"是贯穿左拉艺术追求的灵魂所在，客观性、科学性都建立在"真"的基础上。

那么，怎样如实地表现自然进而实现"真实感"呢？左拉指出："你要去描绘生活，首先就请如实地认识它，然后再传达出它的准确印象。"③左拉主张以科学的分析和观察，以细节和现象的写实取代对生活本质的解释，将真实的历史背景与客观的文本叙事相结合，对社会现象和生活作记录式的描写，让所有的真实都起源于"第一个思考着的头脑"。换言之，左拉自然主义的"真实"是一种实证性的真实，它要求小说家应该像科学研究那样细致观察和验证，考察文学作品中的人物、景物、社会的叙述和描写是否符合自然规律和科学事实，由此而获得"真实感"。这表明，自然主义的真实也是一种科学的真实，要通过科学的实证分析来检验。

依据自然主义的真实观来看，文学的真实感总是与科学的真实交织在一起，对自然主义文学真实的思考总是包含着对科学性的思考，就要考虑文学作品中的人物、景物、社会的叙述和描写是否符合自然规律和科学事实。作家的创作过程就是把生活中的现象用语言加以再现，把生活真实转化为艺术真实的过程。在创作过程中，生活真实与艺术真实表现为客观与主观的关系。由此，绝对的真实并不存在，纯粹的客观现象与艺术真实也不能随意画等号，文学的真实性应该看作对生活印象的直接概括和逻辑简化，其来源于作家对生活的印象与读者对作品的感受和印象，来源于艺术

---

① ［法］左拉：《论小说》，柳鸣九译，载柳鸣九选编《法国自然主义作品选》，天津人民出版社 1987 年版，第 780 页。

② ［法］德尼丝·勒布隆－左拉：《我的父亲左拉》，李焰明译，广西师范大学出版社 2002 年版，第 232 页。

③ ［法］左拉：《论小说》，柳鸣九译，载柳鸣九选编《法国自然主义作品选》，天津人民出版社 1987 年版，第 780 页。

真实与生活真实的交叉关系。因此，从客观实在经由真实到主体实感，从真实到真实感是一种内在规定性与外在感受性的艺术呈现，并由此从生活真实向艺术真实靠拢和过渡。

三　"实验"与"实验小说"

如果将自然主义的真实看作客观实在（"第一真实"），真实感看作主体实感（"第二真实"），自然主义的创作就会在"第一真实"和"第二真实"之间形成一种无形的张力，以求达到二者之间的最大平衡与和谐。那么，如何在"第一真实"和"第二真实"中实现平衡呢？针对这一问题，左拉大胆借用克洛德·贝尔纳《实验医学导论》的"实验"概念，提出了"实验小说"的理论。

为何"实验"？在《实验小说论》中，左拉指出："……在大多数情况下，我只需把'医生'两字换成'小说家'，就可以把我的想法说清楚，并让它带有科学真理的严密性。"① 之所以如此，首先，左拉试图把自己的文学理念都建立在贝尔纳的论点上，将实验方法用于小说，但左拉此举并不是要把贝尔纳的实验医学理论改造成文学理论，也并不是将已有的创作方法进行完善，而是将科学的实验方法照搬到小说创作上。其次，左拉将"医生"换作"小说家"，认为新的文学可以用"实验方法"得到解释，其出发点在于借用实验医学来阐明作家的思想，使自然主义文学理论的阐述具有科学真理的精确性。最后，左拉不是简单地将小说家变成医生，而是小说家在贝尔纳理论中取出"所需之处"来作为自然主义理论"无可辩驳的依据"，借助科学使小说走上科学化的道路，也就是逐渐将人类智慧的各种表现形式推上科学的道路。可见，在科学主义的文化语境中，左拉使用"实验"的目的在于以类比的方式，以构建自己的小说理论。

如何"实验"？在左拉看来，"实验"就是依凭观察和记录，对客观世界和人类进行一种检验和审视。小说家既是一位观察家，同时也是一位实验家。观察家把已经观察到的事实原样摆出来，制定实验，将人物的行为和事件的发展置于一个具体的环境，然后，实验家出现并介绍一套实验

---

① ［法］左拉：《实验小说论》，毕修勺、洪丕柱译，载朱雯等编选《文学中的自然主义》，上海文艺出版社1992年版，第126页。

方法，即"从自然中取得事实，然后研究这些事实的构成，以环境和场合的变化来影响事实，永远不脱离自然的法则。"① 概括起来，实验步骤可以归纳为："观察—实验—观察—记录"。在此过程中，小说家必须保持客观中立的姿态，精确地观察，忠实地记录，冷静地判断，以此来判定实验结果是否与小说家的预期目标一致。当然，左拉的小说实验将科学实验与文学创作的机械对应，也引起了人们对小说"实验"可靠性的质疑。如韦勒克在《近代文学批评史》中指出："科学实验室里的实验这种含义上的'实验'小说显然是不存在的"②。事实上，左拉对"实验"的强调，目的并不在于在小说创作中遵循一套简单的创作程序，而在于追求和践行一种实事求是的科学精神，因为科学的真实就是要以科学的实证分析来检验，而文学的真实感总是与科学的真实交织在一起，对自然主义文学真实的思考自然也就包含着对科学性的思考。循着这一思路，左拉指出，"实验方法既然能导致对物质生活的认识，它也应当导致对情感和精神生活的认识。从化学而至生理学，再从生理学而至人类学和社会学，这不过只是同一条道路上的不同阶段的问题。实验小说则位于这条道路的终端。"③ 显而易见，左拉通过对科学"实验"和小说"实验"的简单推理和转换，同时以科学方法对情感或者精神进行"实验"，用科学的方式将实验和小说联结起来，便合乎逻辑地形成了"实验小说"。

何为"实验小说"？左拉在《实验小说论》中描述道："实验小说是本世纪科学进步的结果，它继续并补充了生理学，而生理学本身又是建基于化学和物理学的；它以服从物理化学定律并由环境影响所决定的自然人的研究来代替抽象人的研究，代替形而上学的人的研究，一句话，它是我们科学时代的文学，正如古典文学和浪漫文学是相应于经院哲学和神学的时代一样。"④ 左拉提出"实验小说"的概念，一方面强调了在科学化时代实现文学科学化的观念；另一方面则将"实验小说"看作一种可靠的叙述方式，以此对客观未知世界进行探究。这里的问题在于，科学在文学

---

① ［法］左拉：《实验小说论》，毕修勺、洪丕柱译，载朱雯等编选《文学中的自然主义》，上海文艺出版社 1992 年版，第 131 页。

② ［美］雷纳·韦勒克：《近代文学批评史》（四），杨自伍译，上海译文出版社 2009 年版，第 19—20 页。

③ ［法］左拉：《实验小说论》，毕修勺、洪丕柱译，载朱雯等编选《文学中的自然主义》，上海文艺出版社 1992 年版，第 127 页。

④ 同上书，第 141 页。

创作中是否具有纯粹性？毫无疑问，科学既然不能等同于文学，那么，强调文学中的科学因素和文学科学化也并非等同。况且，左拉小说理论中的科学观念并不纯粹。之所以按照科学的方式来创作小说，是因为左拉想对小说预设的人与自然及其关系进行验证。而实验小说不能与自然主义理论画等号，是因为"实验小说"所提倡的"科学"与"实验"仅仅是自然主义小说的一个维度，正如韦勒克所言，"即使左拉，这种最科学的理论阐述者，实际上也是一个采用最极端的情节剧和象征主义手法的小说家"[①]。确切地说，左拉对小说所做的"实验"，通过科学的方式架起了文学诗性与科学理性之间的桥梁，实验小说应该是科学理性与文学诗性相融合的产物。

如果说"实验小说"的方法论要义就在于"实验"的话，那么左拉的"实验小说"实际上是"小说的实验"，因为实验的方法"不论在文学还是在科学中，正在决定着自然的现象——个人和社会的现象，而形而上学对这些现象至今只能给出些不合理的，超自然的解释"[②]。由此，"实验小说"的方法论目标就在于依照生理学等自然科学的知识，在环境和遗传等因素的影响下，把握人的精神行为和肉体行为之间的关系，呈现出动态环境中人体的内在机理及其变化。不过，问题和质疑也由此而生，"实验小说"是否具有可实践性？这一问题其实在《实验小说论》的开篇就有所解答，即"只有还在幼稚时期的实验医学才能够实验文学以精确的观念，而后者还只处于胚胎状态，甚至还没有到牙牙学语的时候呢"[③]。很明显，左拉的这一表述不仅在一定程度上回答了"实验小说"理论在左拉小说理论中的地位问题，也表明自己的"实验小说"理论仅仅是一种设想或者诗学理想，还需要在创作中去检验。由此可判断，一些学者将左拉的"实验小说"理论看作左拉自然主义小说理论的核心或者本质、抑或理论总结的看法是不准确的。

当然，不可否认的是，左拉的"实验小说"对小说创作理念、叙事方式、审美追求等方面的实验，其精神内核在于传统中的不断创新。进而

---

① ［美］雷纳·韦勒克：《现实主义与自然主义》，杨正润译，《文艺理论研究》1987 年第 1 期。

② ［法］左拉：《实验小说论》，毕修勺、洪丕柱译，载朱雯等编选《文学中的自然主义》，上海文艺出版社 1992 年版，第 141 页。

③ 同上书，第 129 页。

言之，左拉实验小说的"实验"不仅是一种方法，更是一种思维和观念，因为实验的观念和方法及其本身就包含着在"不确定"中寻找"确定"，在已知中探索未知，发现新质并开拓新的模式。更为重要的是，这些实验既在传统中注入新的血液和引入新的视角，对客观自然进行重新组合和审视，也对文本形式的革新和读者审美趣味进行调和，由此对时代文艺观念作出的回应。纵观西方文学史，从亚里士多德的《诗学》，到文艺复兴莎士比亚的"镜子说"，到布瓦洛的《诗艺》，到黑格尔的《美学》，到雨果的《〈克伦威尔〉序言》再到福楼拜、巴尔扎克的理论，无疑不是在进行文学实验。到了20世纪，现代主义和后现代主义文学已经明确地标榜文学就是一种实验。可以说，在每一历史时期出现的文学思潮和创作方法都对原有的文学传统不同程度地有所颠覆，在文体形态和叙事艺术方面对小说的革新都可以说带有实验的性质，只是有些作家或评论家有意无意地冠以实验之名，而有些以其他名称代之，这些不同于以往文学传统的方法本身就是一种实验。无论是新颖还是守旧，褒扬还是诟病，都无一例外地在实验一种新的文学范式，并且相对于后继的小说观念来说都是一个起点，而不是终点。从文学观念的更新来说，实验的本质就是试验和尝试，每一次实验都是对文学本质论、认识论、创作论、目的论等进行的一次新的审视，其实验的过程则是对某一时期某种文学类型与时代政治、文化、宗教等不断糅合和超越的过程。与此同时，当实验的观念和方法成为现代社会的一种基本方法时，那么小说家就必须尽可能多地了解科学复杂的最新进展，以充实实验方法。当实验作为对探究对象的认知方式时，那么小说观念和文本实践之间在实验中的不断磨合，使小说家和读者的传统关系和期待视野就会有所调整，而在此基础上小说内部进行的话语资源整合，则以寻求小说创作和客观现实新的契合点为旨归。

四 "理论逻辑"与"创作裂隙"

通过对"自然"与"客观性"、"真实"与"真实感"、"实验"与"实验小说"内在关系的分析可见，左拉自然主义小说理论的内部观念并非孤立分离，而是具有严密的内在逻辑关系。左拉正是在"自然—客观性""真实—真实感""实验—实验小说"的内在逻辑关联中建立了自然主义小说理论。在此，如果我们将左拉的自然主义小说理论作为一个整体，将其核心观念依内在关系排列，左拉自然主义小说理论的内在逻辑关系就会更加明晰，如图 1-1 所示：

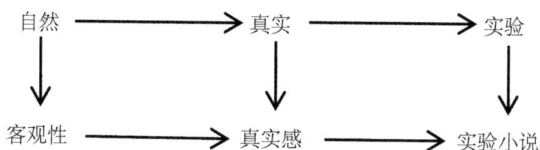

图 1-1

　　按图 1-1 所示，结合前面对"自然""真实""实验"的具体阐述，我们就可发现，"自然""真实""实验"（"自然—真实—实验"）实际上代表了左拉自然主义小说创作的基础和起点，即"自然"是左拉自然主义小说理论的出发点，"真实"则是左拉自然主义小说创作的基本要求，而"实验"则表明了左拉自然主义小说创作的基本方法。而通过前面对"客观性""真实感""实验小说"的具体阐述也会发现，"客观性""真实感""实验小说"（"客观性—真实感—实验小说"）实际上明确了左拉自然主义小说的追求和目标，即"客观性"表明了左拉自然主义小说的中立立场，"真实感"则是左拉自然主义小说的效果呈现，而"实验小说"则是左拉自然主义小说创作的理想目标。整体地看，从"自然—客观性"到"真实—真实感"再到"实验—实验小说"的内在逻辑表明了左拉自然主义小说理论的纵向延伸联系，从"自然—真实—实验"到"客观性—真实感—实验小说"的内在逻辑则表明了左拉自然主义小说理论的横向演变关系，这种纵向延伸联系和横向演变关系共同显示了左拉自然主义小说理论的形成过程。循此逻辑，左拉自然主义小说理论内在逻辑的明晰紧密无可厚非。

　　然而，不可否认的事实是，尽管左拉是自然主义的倡导者，但左拉本人远非纯粹的自然主义作家，其小说理论与创作之间还存在着一定的裂隙，正如有学者指出，"自然主义的诗学确实不与文本一起开始，更不是与文本一起结束：在很大程度上，当然因作家的不同而有所区别，它是对历史的迎击"[①]。学界尽管对此有所共识，但在其原因探究上观点各异，

————————

　　① ［法］伊夫·谢弗雷尔：《自然主义诗学》，载让·贝西埃等著《诗学史》（下），史忠义译，百花文艺出版社 2002 年版，第 624 页。

甚至语焉不详。那么，怎样看待左拉自然主义小说理论的内在逻辑与创作裂隙之间的关系呢？

回顾左拉的整个创作轨迹，左拉早期创作的小说如《给妮侬的故事》《克洛德的忏悔》主要以浪漫主义手法为主，而后左拉以反对浪漫主义的姿态开始构建和践行自然主义理论，如左拉在《小酒店》《娜娜》的创作中明确主张与浪漫主义划清界限，却不经意地与现实主义交融。到了晚年，左拉的创作如《三名城》《四福音》又体现出对浪漫主义的回归。可见，左拉从创作伊始到晚年的创作，自然主义并非唯一的创作方式，其间的手法转化也并非彻底，并且作为自然主义理论建构者的左拉和自然主义文学创作者的左拉之间并非同一。这表明，一个作家的创作往往是多元变化的，鲜有哪一作家在一生的创作都恪守一种创作理念，哪怕是自己所建构的理论原则。同时，一个优秀的作家总是在创作中不同程度地汲取新旧文学的精华，或者变换自己的创作手法，以使文学创作获得读者的认可，左拉的自然主义小说成就与此不无关系。实际上，不单单在左拉的创作中，自然主义传播到世界各国后，受左拉自然主义影响的作家几乎都对自然主义小说理论有所突破，如田山花袋的《棉被》介入了心理的维度，茅盾的《子夜》等则突出了"为人生""文以载道"的社会主题，他们在创作中并没有将自然主义作为一种教条，而是更多地从各自的生命体验和艺术选择上对自然主义有所借鉴和改变。以此而言，自然主义为何在世界各国呈现的面目有所差别就不难理解了。诚然，若我们完全按照自然主义小说理论的内在逻辑去对应理解自然主义的创作逻辑，这样就会人为地夸大理论与创作之间的裂隙，其结果就是不可避免地对自然主义产生诸多误解。

综上可见，左拉在"自然—客观性""真实—真实感""实验—实验小说"的内在逻辑关联中建立了自然主义小说理论，其小说理论形成的内在逻辑彰显了左拉自然主义内部观念独特的诗学内涵和审美追求。正因为左拉自然主义小说理论具有严密的内在逻辑，我们在探究左拉的自然主义小说理论时，就要避免对左拉自然主义小说理论的断章取义、望文生义，主观夸大或贬低左拉自然主义小说理论某些方面的价值，避免将左拉自然主义小说理论中的逻辑演绎作为其文学实践的结论和价值判断，避免机械套用左拉自然主义小说理论对作品进行分析。唯其如此，才能有效避免对左拉自然主义小说理论的误解。

第二章

自然主义文学在英国的历史境遇

在某种程度上，自然主义内含的实证话语和科学话语所具有的时代性，决定了自然主义的影响力并非仅仅局限在其诞生地法国。从 19 世纪 80 年代开始，自然主义开始传播到德国、意大利、英国、美国、日本等世界许多国家，并对这些国家的文学创作产生了不同程度的影响。法国学者谢弗勒尔曾概括道，"在其他地方（笔者注：指法国以外），我们还发现一些与左拉的某些观点相近的人士：如西班牙的帕尔多·巴桑和克拉林、葡萄牙的埃萨德·克·罗兹、意大利的维尔加、挪威的易卜生、瑞典的斯特林堡，甚至还有俄国的托尔斯泰………有时，事情以另外一些名义出现而得以顺利进行：意大利的真实主义、荷兰的'80 年代派'、斯堪的纳维亚作家们的'突破的年代'、波兰的实证主义。左拉还远远不是上述作家的先驱者，何况，其中有些人是他的前辈，列举的那些文学运动也远远不是德国和法国的文学运动的移印"①。尽管谢弗勒尔所指的其中一些作家是否真的受到了左拉的影响尚需实证，但不可否认的事实是，自然主义在世界诸国的传播与影响既是客观存在的文学现象，也是自然主义研究需要关注的重要问题。

第一节 自然主义在英国的引介与反应

客观地说，自然主义在英国国内和国际上的影响虽不及德国和意大利等国，但自然主义在英国的传播和接受在当时还是引起了不小的轰动和影

---

① ［法］伊夫·谢弗勒尔：《左拉和自然主义》，谭立德译，载谭立德编选《法国作家、批评家论左拉》，安徽文艺出版社 1994 年版，第 426—427 页。

响，这突出地表现在：首先，左拉的自然主义作品译介到英国引起了关于自然主义的论争。其次，尽管左拉自然主义在英国引起了诸多误解，但仍然出现了几个受自然主义影响而创作的作家。因而，我们在这里谈论自然主义在英国的引介和反应，主要以左拉及其自然主义为中心。依据当时英国对左拉及其作品的译介和评论，左拉自然主义在英国的传播与接受大致可以分为三个阶段：第一阶段是 19 世纪 70 年代后期至 1885 年，是自然主义接受批评的源起阶段。第二阶段是 1886 年至 1889 年，是自然主义遭遇严峻挑战的阶段。第三阶段是 19 世纪 90 年代末期至 20 世纪初，是自然主义评价态度发生转变的阶段。梳理和探讨这一文学史实，不仅可以使我们更好地认识和理解左拉及其自然主义在英国的传播和接受状况，而且对于我们今天正确处理外来文学与本土文学及文化建设之间的关系具有重要的启发作用。

一　自然主义接受的批评源起

左拉及其自然主义在英国的传播最早可以追溯到 19 世纪 70 年代后期。如 1876 年，斯威本就对《小酒店》描写丑恶的人物和事件进行公开谴责。1877 年，斯文伯恩（A. C. Swinburne）则对自己的姓名与《小酒店》同时出现在《文学界》上表示非常不满。他言辞激烈地宣称，英国没有人会不顾道德去印刷这些"恶心的玩意儿"（即左拉的作品），左拉应该"赶着他的猪到其他市场上去"。1878 年，圣茨伯里（Saintsbury）批评左拉的自然主义作品是"粗糙的标签"（grossière étiquette）。亨利·詹姆斯（Henry James）则将《小酒店》视作一股"阴沟的挥发物"。1879 年，左拉的《小酒店》被改编为戏剧，在伦敦公主剧院上演，英国观众认为《小酒店》故事情节的粗俗和邪恶，对恪守道德原则的他们来说犹如一次巨大的冲击，批评声由此不绝于耳。这表明，英国一开始对左拉及其自然主义作品持批评和排斥态度。

1881 年，安德鲁·朗（Andrew Lang）发表了关于左拉的评论，他的评论被认为是 1885 年前在英国出现的仅有的认真和严肃的研究。安德鲁·朗在其评论中一方面承认左拉是一个勇敢和诚实的作家，他的作品创造了那个时代极具美感的场景；另一方面则认为左拉非个人化的写作态度和生物学家一样冷静、客观，缺乏幽默感。对于左拉的《戴蕾丝·拉甘》（Thérèse Raquin），安德鲁·朗认为，"左拉故意选择卑鄙的性格，他的想象和记忆能够影射最令人讨厌的环境，他几乎竭尽全力地在词典中努力寻找适合描述不愉快所用的最不愉快的词"①。对于左拉的《娜娜》（Nana），安德鲁·朗表示："左拉诉求于卑劣的好奇心，虽然不能认为是对不道德行为的诱人描述，但是幸灾乐祸地阅读和传播着知识的秘密与无名的邪恶。"② 对于左拉的《欲的追逐》（La Curée），安德鲁·朗尽管反对斯威本对《欲的追逐》的谴责，但又认为《欲的追逐》是可怖而道德的。安德鲁·朗对左拉的评价在当时来说是独到中肯的，因为他既看到了左拉作品在文学创作方面的创新，又看到了左拉创作的不足。同时，安德鲁·朗预料到，未来十年英国公众将不会怀着愉悦的心情去对待左拉。事实确实如此。当左拉处于强烈的道德谴责时，英国小说传统仍提倡以"寓教于乐"作为文学创作的旨归，这无疑使英国在内容和形式上对左拉及其自然主义不满。

　　1882 年，留居法国并与左拉有过交往的英国作家乔治·莫尔回到英国，开始在英国宣传左拉及其自然主义的主张。1884 年，左拉的《娜娜》、《妇女乐园》（Au Bonheur des Dams）在英国出版，引起了很大的轰动。在对左拉的批评声中，左拉的支持者乔治·莫尔率先在《波迈公报》（Pall Mall Gazette）上发表《新文学审查》（A New Censorship of Literature）一文，提出了"文学代表谁在言说""文学应该可以涉及哪些主题""文学的流通由谁决定"等文学的权利问题，以支持左拉。亨利·詹姆斯（Henry James）则一反先前对左拉自然主义的批评态度，开始对英国小说中那种空洞无物的乐观主义提出批评，他重新评价左拉说："左拉先生是非同凡响的，但他被英国读者看作无知；他好像总是在黑暗中摸索……"③玛丽·沃德（Mary Ward）则在《近来英国和法国的小说》（Recent Fiction in England and France）一文中声称，"感谢巴尔扎克的伟大职业，借助一些机构的支持，法国现在完全具备了写实和科学的方法，而这些文学方法已开始影响英国小说"④。这里"写实与科学的方法"指的就

---

① Clarence R. Decker, "Zola's literary reputation in England", *PMLA*, Modern Language Association, Vol. 49, No. 4, December 1934, p. 1142.

② Ibid..

③ Henry James, *Partial Portraits*, London: Macmillan, 1899, p. 408.

④ Mary Ward, "Recent Fiction in England and France", *Mcmillan's Magazine*, May 1884, p. 250.

是以左拉为代表的自然主义创作手法，玛丽·沃德看到这种创作方法已经
开始默默地影响英国的小说创作。

　　1885 年被认为是自然主义在英国传播史上具有标志性的一年，因为
从这一年开始，英国维泽特勒公司陆续翻译出版了左拉的《小酒店》、
《家常事》（Pot - Bouile）、《欲的追逐》、《萌芽》（Germinsl）等自然主义
小说。然而，翻译出版量的增加并没有扭转英国对左拉及其自然主义的批
评态度。英国批评家 W. S. 李利（W. S. Lilly）首先公开指责左拉的自然
主义作品是摄影术的简单努力，指出左拉"从来没有在泥浆中上升，这
是他的原生态"①。他在《双周评论》（Quarterly Review）上发表的题为
《新自然主义》（New Naturalism）的文章则以更为清晰的论争语调，公开
谴责左拉和左拉主义，批评自然主义的写作立场将人类行为的不同阶段归
咎于社会和机体的力量。但是，李利在《新自然主义》一文中对左拉及
其自然主义的批评呈现出一种矛盾的心态。一方面李利肯定左拉自然主义
代表了一种新的文学样式和风格，认为"左拉的吸引力"受益于 19 世纪
的科学研究，将人和兽的各种状况及其变异归在一起，然后以实验的方法
着重分析他们的本能所在，使读者能"从娜娜中寻找歌颂普选的诗"；另
一方面李利也为自然主义的传播深感忧虑，他担心左拉自然主义文学会对
普通民众和社会稳定产生不良影响。李利的担忧不无道理。就在同一年，
英国半官方的机构国家治安协会（National Vigilance Association）围绕左
拉及其自然主义作品掀起了一场论争。

　　这场争议带来的影响是巨大的，它引发了英国批评界对左拉及其自然
主义作品的集中攻击。攻击的焦点主要体现在两个方面：首先，左拉作品
对丑陋、淫秽的偏爱。如英国一个批评家尖锐指责道："左拉站在比龚古
尔兄弟和莫泊桑更高的一个平台上，和自然主义流派的部下像狗一样在咬
食腐肉。"② 其次，左拉作品对性爱的大胆描写。英国的文学评论者曾明
确指出，"对这种正在横渡英吉利海峡的小说的反对，一个最明显的反应
是对性行为描写的厌恶"③。特别是左拉作品在性方面的纯理性倾向，使
当时的许多英国作家大惊失色，就连曾经抨击维多利亚道德观的"叛逆

---

① 　William C. Frierson, "The English controversy over Realism in fiction 1885 - 1895", PMLA,
Modern Language Association, Vol. 43, No. 2, June 1928, p. 534.

② 　Ibid., p. 538.

③ 　Ibid., p. 537.

小说家"梅瑞狄斯也指出左拉自然主义忽视了小说的道德价值，称自然主义为"下流的行为主义"。

在争议的过程中，面对左拉及其所代表的自然主义这一新型的文学观念和样式，一方面，居于统治阶级的保守批评者对自然主义文学进行干预，以维护社会安定；另一方面，左拉的支持者则站在先锋派的立场来还击传统保守势力的干预，以转变公众观念。然而，英国的文学传统历来是现实主义，并且在19世纪后半期，英国的现实主义文学创作取得了举世瞩目的成就，涌现了狄更斯、萨克雷等一大批享誉世界的现实主义文学大师，他们的文学贡献决定了当时占据英国主导地位的文学场是现实主义的文学场。然而，文学场的争斗并不是孤立的，而是和道德场、政治场等联系在一起的。首先，左拉的自然主义作品所包含的道德倾向和价值判断与英国维多利亚时期的社会宗教语境在一定程度上是背离的。英国自上而下严苛的道德规范在摧毁左拉自然主义纯理性物质主义的同时，努力将描写丑陋和污秽的文学改造为伟大和崇高的现实主义。其次，英国人以清教为信仰的行为方式和情感生活，使得英国读者和批评家接受现实主义和自然主义有着不同的习性。英国学者安德鲁·朗曾指出，与左拉在俄国、意大利、德国等国的流行和受欢迎程度相比，"我们不太走运的清教，哎呀！阻止我们去理解左拉和自然主义的乐趣"[1]。最后，在左拉引介到英国的时期，自然主义在法国与反对势力进行的较量已经基本取得了胜利。由于英法两国处于不同的社会和文学发展阶段以及文化方面的差异，左拉及其自然主义在英国的接受则远远地落后于自然主义在法国的发展，遭到批评是情理之中的事。总之，在这一阶段，英国批评者对左拉及其自然主义更多地持反对和批评态度。

二　自然主义遭遇的严峻挑战

从1886年开始，左拉的自然主义作品开始在英国大量出版，如《卢贡家的发迹》（*La Fortune des Rougon*）、《克洛德的忏悔》（*La Confession de Claude*）、《土地》（*La Terre*）、《巴黎之腹》（*Le Ventre de Pairs*）、《卢贡大人》（*Son Excellence Eugène Rougon*）、《玛德莱娜·费拉》（*Madeleine*

---

① Clarence R. Decker, "Zola's literary reputation in England", *PMLA*, Modern Language Association, Vol. 49, No. 4, December 1934, p. 1142.

Férat）等在 1886—1889 年陆续出版。据翻译家出版商欧内斯特·维泽特勒粗略地估计，左拉的自然主义作品在英国的流通数量已经接近一百万册。

1888 年，左拉小说《土地》的出版，在英国引起了一阵抗议风暴，因此这一年被看作左拉在英国传播达到高潮的一个标志年份，英国批评界对左拉及其自然主义作品的谴责接踵而来。《十九世纪》（Nineteenth Century）等期刊和丁尼生（Tennyson）等作家都加入到攻击左拉及其自然主义的行列中。对左拉及其自然主义的谴责主要体现在三个方面：其一，批评者抗议人们将左拉的自然主义小说当作社会哲学，自然主义小说的确定性和解构性不仅不能提升和鼓舞人心，而且使人感到幻想破灭和情绪沮丧。如 W. T. 斯泰德（W. T. Stead）以革新者的姿态率先对左拉和维泽特勒发起攻击。斯泰德特别关注维多利亚社会的道德名誉问题，他担心左拉的作品对妇女和孩子会造成不好的影响。其二，英国的批评者认为左拉自然主义小说是不道德的、下流的，带有污蔑性。艾米莉·克劳福德（Emily Crawford）在《双周评论》声称，在大多数情况下，虽然左拉不是一个邪恶的人，但他粗俗和淫秽的品位不合时宜，年轻人若细读左拉的作品，思想就会像化脓一样感染。其三，英国的批评者反对自然主义小说的写作技巧和方法。一位作家在《双周评论》撰文指出，左拉及其自然主义的"不良分析已经被当作一个单纯心理学的冷宫……这种形式困扰着诗人的心灵和排斥想象的王国"[1]。诸如此类的批评还有许多。

毫无疑问，评论者对自然主义的攻击反映了当时普遍的态度，这引起了国会的注意。1888 年 5 月，国会下院议员史密斯（Samuel Smith）声称，"最近这几年在伦敦乃至全国的恶俗文学都在大量的增加，恶俗文学对青年人的道德观念产生了严重的影响。它造成的破坏如此之大，以至于只能将它看成是巨大的民族危险"[2]。史密斯毫不留情地指出，左拉的作品在穷凶极恶方面达到了极致，它们会使人们的思想腐化，只适合于下流胚和猪猡们。鉴于此，史密斯建议应着力加强对淫秽出版物等非道德文学在国内传播的管理，并因此提出动议。史密斯提出动议的原因正如国会所

---

① William C. Frierson, "The English controversy over Realism in fiction 1885 - 1895", *PMLA*, Modern Language Association, Vol. 43, No. 2, June 1928, p. 536.

② George J. Becker ed. , *Documents of Modern Literary Realism*, Princeton, New Jersey: Princeton University Press, 1963, pp. 352 - 353.

录："他向下议院承诺没有别的什么原因，仅仅是责任感促使他承担了这个令人痛苦且不愉快的题目"①。针对左拉自然主义作品的翻译出版，史密斯认为维泽特勒是传播有害文学的罪魁祸首。史密斯的动议被一致赞同执行。在新闻界的鼓动下，政府对维泽特勒发起了诉讼。1888 年 8 月，维泽特勒出庭辩护，但被判罚 100 英镑和服役 12 个月。与此相应的是，出版公司决定以审查左拉作品的形式使英国公众接受，但是左拉的自然主义作品并没有因此而停售。不幸的是，维泽特勒因此再次被判 3 个月的监禁。出乎意料的是，英国数百人和 25 个杰出的政治家、生物学家、医学家、艺术家、图书馆馆员自发向国会秘书处递交了一份要求释放维泽特勒的呈文。哈代、莫尔、贝赞特等许多作家则联名签署了一份请愿书，以期释放维泽特勒。可见，这一次对维泽特勒的判决与英国民众的观点并不一致。

　　1889 年，针对左拉等自然主义文学的负面影响，英国国家治安协会出版发行了小册子《有害的文学》（*Pernicious Literature*），发起一场反对出版发行"有害文学"的战役。《有害的文学》指出"有害文学"在青年中的广泛传播，已经对英国的宗教、社会和民族生活造成威胁，为防止不道德的文学和淫秽图片对社会造成的巨大罪恶，需要加强法律监管，以唤醒英格兰的男子气概。除此之外，许多期刊对左拉及其自然主义仍然持批评态度。《观察者》（*The Spectator*）杂志将矛头直指左拉，认为左拉对其所认定的溃烂的世界、人类邪恶的怪物、不可思议的罪孽逐步地、全部地在他身上变成现实。《当代评论》（*The Contemporary Review*）则陈述了19 世纪 80 年代人们对左拉及自然主义的普遍看法："青年人对恶习的最好保护来自猥亵的适应和本能的萎缩。无论如何，我们期望年轻人能逃离那些跳跃的摧残，好像'美丽'与'自然'在提前预防，以防被淫荡好色的文学挫败，引起我们的脸红。"② 与此相反的是，左拉的支持者尽管苦于寻找支持左拉的期刊，但在期刊上已发表的支持左拉及其自然主义的少量文章，在一定程度上对左拉反对者也是一种不小的反击。

　　总的来看，英国在 1886 年至 1889 年对左拉及其自然主义的态度带有

----

① 　George J. Becker ed. , *Documents of Modern Literary Realism*, Princeton, New Jersey: Princeton University Press, 1963, p. 352.

② 　Clarence R. Decker, "Zola's literary reputation in England", *PMLA*, Modern Language Association, Vol. 49, No. 4, December 1934, p. 1150.

鲜明的功利性。英国对自然主义的态度聚焦于左拉的自然主义作品到底适不适合英格兰的民族性，从而对其进行严格审查。莫尔在谈到自然主义作品的审查和流通问题时说："在我们这个时代，文学的斗争不是在小说的浪漫主义和现实主义之间展开，而是在图书馆管理员的无知审查下获得自由。"① 在政治和文学审查的双重压制下，左拉及其自然主义被纳入意识形态之中，左拉自然主义作品的教化功能和政治功能被统治阶级无限地夸大，审美和认识功能被有意识地贬低。从维泽特勒的审判和英国国家治安协会的反应来看，维多利亚时期的英国非常强调民族国家的政治功效，主张文学对国家意识的认同和坚守。英国上层机构将左拉的自然主义文学意识形态化，把文学作品当作宣扬国家意识形态和政治道德的工具，将其上升到了国家意志的范畴和高度。左拉及其自然主义的合法性便来自统治阶级的认可，其作品的传播、接受和消费必然受到统治阶级的制约。这意味着，当某一文学思潮、某一作家或文本其潜在意识形态与相关历史时期的主流社会政治意识形态相左时，文学作为意识形态的潜在形式，其丰富的审美价值和深刻的现实意义势必遭遇压制或尘封的命运。在英国强大的意识形态压制中，左拉自然主义这个"他者"只能在英国文学的夹缝中求生存。

三　自然主义评价的态度转向

自 19 世纪 90 年代以来，左拉的自然主义作品在英国继续得到翻译出版，有些作品还出现了多个翻译版本。同时，自然主义作品逐渐地进入了英国公众的书签中。尽管如此，英国批评界对左拉自然主义作品的批评依然严苛，如从 90 年代的报纸期刊发表的文字来看，它们大都表达了对左拉比较一致的看法："左拉，特别在他的后期著作中，仅仅是恐惧和肮脏的暴露者。他以一名医生发展的眼光，以看一些可怕疾病的方式和强烈的兴趣来看待一个穷凶极恶的恶棍。他好像在男人的爱和女人的奉献方面没有兴趣，一切对他来说都是昏暗的，没有光亮、没有信念。道德粪坑的恐怖氛围好像适合他，事实上，更令人厌恶的是，在国内，'邪恶，你是我

---

① 　Lyn Pykett, "Representing the Real: The English Debate About Naturalism, 1884 - 1890", in Brian Nelson, ed., *Naturalism in the European Novel*, Oxford: Berg Publishers, Inc., 1992, pp. 176 - 177.

的上帝'好像是他的格言。"① 相反，左拉及其自然主义的支持者也不甘示弱，如英国批评家高斯就在同一年高度评价了左拉自然主义对欧美作家所产生的影响："多亏了左拉，而且唯有左拉，自然主义各种散乱的倾向才得以集中。在某种类似独一无二的体系的东西中，他应该有可能把福楼拜、都德、陀思妥耶夫斯基和托尔斯泰、奥威尔士和亨利·詹姆斯走过的路程联系起来。是他发现了所有这些天才的一个共同的主宰，发现了一个恰如其分的方法把他们与其余的人区别开来，并使之互相连接。正是通过他的努力，实验小说才能够悄悄形成一个确切的模式而并没有任意地朝多种方向发展。"② 可见，这一时期英国对左拉及其自然主义的态度不再以批判谴责为主，批评和赞同意见开始平分秋色。

　　1893 年，左拉访问了英国，在市政厅受到了列队欢迎和市长的亲自接见，并被授予荣誉军团勋章。《观察者》杂志以讽刺的口吻评价了这一事件："一个国家惩罚了一个作家的出版商，一个记者（期刊）始终如一地攻击他的作品，应当给他一个值得在英国心中已被接受作家的荣誉。"③ 针对这一现象，《威斯敏斯特评论》（Westminister）上的文章称，左拉在接受勋章和享受军团荣誉的时候，他的作品却频繁地受到攻击。同年，左拉的《实验小说》（The Experimental Novel）在英国发行。与左拉其他作品的命运相似，《实验小说》一出版就受到几乎所有批评家的一致反对，他们认为左拉来自克洛德的实验理论是不切实际的理想主义思想，让所有的小说家依照科学来写作是在从事一项不可能完成的任务。

　　不过，与 19 世纪 80 年代相比，从 1892 年开始到 19 世纪末，英国读者在总体上对左拉及其自然主义持宽容的态度，批评者对左拉及其自然主义的态度也逐渐由质疑责骂向宽容肯定转变。1893 年，威尔斯（B. W. Wells）在美国《西沃恩评论》（The Sewanee Review）杂志上发表文章，将左拉奉为自雨果辞世之后的第一散文诗人。他认为左拉的理论

---

①　Clarence R. Decker, "Zola's literary reputation in England", *PMLA*, Modern Language Association, Vol. 49, No. 4, December 1934, p. 1151.

②　［法］伊夫·谢弗勒尔：《左拉和自然主义》，谭立德译，载谭立德编选《法国作家、批评家论左拉》，安徽文艺出版社 1994 年版，第 428 页。

③　Clarence R. Decker, "Zola's literary reputation in England", *PMLA*, Modern Language Association, Vol. 49, No. 4, December 1934, p. 1150.

虽有不足，但左拉是个天才，其文学才能从其稳定上升的销量中就能得到明证。维侬·利（Vernon Lee）则在《左拉的道德学说》（*The Moral Teaching of Zola*）一文中声称："天才能依据自己的条件，你不能被打倒或无所事事，因为他能提供比破坏或缺陷更重要的拥有物，人类正开始感到表达什么，人类正开始思考方式是什么。……事实、缺点和所有已经正在被接受，证明了左拉向世界提供了一些值得拥有的东西。"[1] 这种变化表明一种新的文学态度正在形成。英国一些学者由此则夸张地宣称，在1894年英国批评界已经完全赞同了左拉的自然主义。事实上，绝对的时间规定并不足以揭示史实的真相和事件的连续性。1917年，英国作家阿诺德·贝内特（Arnold Bennett）明确指出，英国对于左拉及其自然主义品位的转变还没有完成，左拉及其自然主义在一些地方强烈的敌视被容忍取代，而在另一些地方被好奇心取代，也有一些地方则被富有同情的理解所取代。显然，英国对左拉及其自然主义的接受是逐步渐进的，左拉自然主义作品的价值被重新关注，一些学者认为左拉自然主义作品不仅为英国研究婚姻的不和谐提供了技术和需求，而且对1895年至1900年在英国流行的浪漫主义冒险小说给予积极的响应。如亨利·詹姆斯在题为《英国现实主义与浪漫》（*English Realism and Romance*）的评论中声称，"标准的英国文学便是传统式的三卷本，这成了一种固定仪式，就像是花上二先令六便士到海滨度假胜地（Brighton and Margate）周末游，或者是一个不幸针织妇的避难所，或者一件对于我们寻常如不列颠金属和下午茶的事情"[2]。需要一提的是，翻译家出版商维泽特勒在这一阶段对左拉及其自然主义的传播作出了巨大的重大贡献：1899年，维泽特勒出版了《左拉在英国》（*With Zola in English*）一书，介绍了左拉及其作品在英国的情况；1891—1902年，维泽特勒出版公司不仅几乎翻译了左拉的全部作品，而且在英国报刊上发表关于左拉的谈话，在美国市场上维护左拉的版权；1904年，维泽特勒又出版了《小说家兼改革家左拉：生平与著作》（*Emile Zola*，*Novelist and Reformer*：*an Account of His Life & Work*），全面介绍和评价了左拉的作品和社会影响。这些都客

---

　　① 　William C. Frierson, "The English controversy over Realism in fiction 1885 – 1895", *PMLA*, Modern Language Association, Vol. 43, No. 2, June 1928, p. 534.

　　② 　Monique Jegou, "La Réception des écrivains naturalistes en Angleterre", *Les Cahiers naturalistes*, numéro 80, 2006, p. 247.

观地推动了左拉及其自然主义在英国的传播。同时，左拉及其自然主义在英国持续不断地抓住公众的兴趣作为争论的主题，这种争论直到1896年开始才逐渐淡出人们的视线。

1900年前后，尽管我们不能绝对地说自然主义已经在英国扎下根来，但客观地说，左拉及其自然主义在英国已经被一部分作家和评论家所接受，对那一时期的读者和作家产生了不可忽视的影响，不仅对英国文学的艺术评价标准有所影响，而且促使人们聚焦于现代社会的道德和社会结构，将广泛和新鲜的人类经验作为调查主题。受到左拉自然主义的影响，英国部分作家也创作了一些带有自然主义倾向和风格的作品，并取得了成功。如乔治·莫尔的《伊丝特·沃特斯》（*Esther Waters*），瑞查德·怀亭（Richard Whiteing）的《第五约翰街》（*No. 5 John Street*）、伯西·怀特（Percy White）的《腐败》（*Corruption*，1895），阿瑟·莫里森（Arthur Morrison）的《查戈之子》（*Child of the Jage*，1896）和毛姆（William Somerset Maugham）的《兰贝斯的丽莎》（*Liza of Lambeth*，1897）等在当时都有很好的销量。毋庸置疑，自然主义小说的大量销售，一方面表明读者和市场已经逐步地取代了批评家的权威，另一方面则表明维多利亚后期的大众读者在审美和道德方面对左拉及其自然主义的逐渐认同。

第二节　英国关于自然主义文学的论争

自然主义在英国传播的伊始，英国批评者围绕自然主义就展开了论争，论争的焦点主要涉及两个方面：一是关于小说的描写问题，二是关于小说的革新问题。

一　关于"小说描写"的论争

自然主义在英国的传播之所以引起很大的争论，一个很重要的原因，就是小说中的描写问题。具体来说，就是在小说中如何描写和描写什么、是否应该或者应该以何种方式在小说中描写人类的性爱，以及将小说与女性形式相联系的倾向。

左拉的自然主义作品一出版，李利就公开指责左拉的作品是摄影术的简单努力，指出左拉的自然主义"除了老虎和猿，将全部人性剔除，留

给人的仅仅是兽性"①。英国《波迈公报》的报道说，左拉自然主义作品
在描写方面达到了穷凶极恶的地步。《布莱克伍德》（*Blackwood*）杂志批
评自然主义说，"巴黎小说家把生活描述为可耻的激情和肉欲的组合"。②
针对上述批评，自然主义的支持者乔治·莫尔反驳道："19世纪应该拥有
具有紧张、激情的文学特色，我认为是值得的，也会像曾经被陷害的最大
专营权法案一样达到长远的效果。"③ 可以看出，英国批评者基本将矛头
指向自然主义小说对"兽性"和粗俗的描写。之所以如此，其中的原因
在于，在自然主义的反对者看来，对"兽性"和粗俗的描写不仅暗示着
一种小资阴谋，而且在以一种令人讨厌的方式揭示社会的疮疤。

　　从1890年开始，英国小说中的"诚实"成了争论的焦点。沃尔特·
贝赞特（Walter Besant）为没有教养和艺术无知的人、大众观念、英国有
文化阶级妇女反对自由和通奸的文学等辩解。哈代和伊丽莎·林恩·林顿
表示，小说不应当被正在发育的少女习俗所束缚，要求小说必须适合于家
庭阅读（household reading），并从影响的角度将小说分为两类：一类是适
合于妇女和年轻人的家庭小说和女性小说，另一类是受众比较广泛、包括
受巴尔扎克影响的"男性"小说。伊丽莎·林恩·林顿认为"英国女总
管"（the British Matron）是期刊的真正审查者，对小说实施的压力限制了
"躺在英国小说家手中的主题"。哈代则将小说范围的限制归咎于为广大
读者服务的流动图书馆和杂志所进行的小说管理和销售。杂志和流动图书
馆的目标是大多数读者，而哈代和林顿则是为了少数优秀的小说和有鉴赏
能力的成熟读者。1890年5月，D. F. 汉尼根（D. F. Hannigan）在《折衷
主义者》（*Eclectic*）上发表文章说，赤裸裸的真实对法利赛人的中产阶级
读者来说是难以接受的，以此来安抚读者的愤慨是难以实现的。由此，关
于"小说中的诚实"的争论不可避免地将19世纪80年代关于左拉主义
和90年代自然主义的特定描写联系了起来。一方面，就是如何对待性和
不良爱情，讨论人类的性是否或者应当以怎么样的方式在小说中进行描
写；另一方面，就是关于性别批评的话题，这种倾向又将小说与女性危险

　　① Clarence R. Decker, "Zola's literary reputation in England", *PMLA*, Modern Language Association, Vol. 49, No. 4, December 1934, p. 1143.

　　② William C. Frierson, "The English controversy over Realism in fiction 1885–1895", *PMLA*, Modern Language Association, Vol. 43, No. 2, June 1928, p. 538.

　　③ Ibid. , p. 535.

的形式联系起来。在一定程度上，英国小说的内容构成正呈现出一种衰竭的倾向："语言的衰减和民族的危险也伴随着疾病的意象，问题的当务之急就是要让喧闹的媒体和国会议员促使性的虚构描写沉默。为什么性不应该被清楚地表达的原因，或许应该被看作是一个更广泛的关于性的话题的一部分。"①

　　然而，这一阶段关于性的争论是充满矛盾的，矛盾的根源在于维多利亚人内心深处的性别意识形态。如何描写女人和对待女性，这是英国关于自然主义争论后期的一个焦点问题。威廉·詹姆斯（William James）作为一个男性现实主义作家，以"女人头脑和心脏、自然真相的神秘运行和无与伦比的知识"来衡量女性。安德鲁·朗（Andrew Lang）认为一些自然主义者对女性的本质几乎没有一个合理的认识，使读者感到一种被打扰和非人性的感觉。维侬·李（Vernon Lee）则反对法国自然主义者主张的女性经验，声称要了解和描绘出女人的真正意义。《波迈公报》上发表的大量关于女性与工作、女性与政治、女性与教育、女性与社会角色的文章，揭示了年轻女孩（young girls）在1884年通常不仅是"一个不稳定和有争议的术语"，而且在19世纪八九十年代，女性和女性问题是期刊出版物中常常讨论的话题。人们从不同的角度定义女性化，探明和揭示女性的本质。关于男性生活和女性生活的一些章节越来越多地被公开评论，这些现象可能与关于性行为，尤其是增加医疗的性行为话题有关。小说中女性的描写和讨论则又与小说中的性联系在一起，沃尔特·贝赞特在关于"小说诚实"的争论中把世界看作一本性别书（a gendered book）。他声称，小说对男性生活的描绘更全面，比中产阶级、有文化的女性描写也更开放。然而，早前反对左拉主义的人则害怕女性化可能会导致无节制的描写。1884年，左拉曾接受《波迈公报》采访时提出，他不喜欢女性作家为妇女创作的那种既不需要语言的诗意，也缺乏对生活和风俗进行观察的小说。与他写作《萌芽》过程中与矿工的亲密关系和自己积累的几百页笔记相比，他对妇女小说家一年写两本至三本小说不以为然。事实上，在英国关于自然主义的争论中，来自理想主义的审美残余对细节的敌视扮演着一个很重要的角色。自然主义的反对者习惯地将自然主义对女性的限

① Lyn Pykett, "Representing the Real: The English Debate About Naturalism, 1884 – 1890", in Brian Nelson, ed., *Naturalism in the European Novel*, Oxford: Berg Publishers, Inc., 1992, p. 175.

制、受贬损的粗俗之气和野蛮的性能力联系起来。自然主义的支持者则试图揭示限制女性的隐含意义，赋予细节价值。

1894 年，亚瑟·沃的《文学中的含蓄》一文具有一定的代表性和总结性，他在文中指出英国文学中的现实主义运动在各种名号之下呈现出不同的派别。而不同派别的出现，实际上是由过度地扩大可描写的范围导致的，描写危机由此引起。在当时，左拉的支持者们将细节的描写赋予一种男性化的价值，并将男性化的价值与职业化、劳动、科学等联系起来。亚瑟·沃在《文学中的含蓄》中却认为，"艺术世界在以下两种方式之间有着完全的不同：一方面，和我们发现的样子去描绘生活一样，从外面以冷静、果敢的批评视角从始至终严厉、冷酷地去审视它；另一方面，使我们屈服于它过度的温暖和颜色，迷失我们的判断……变成一个词语：女性化"①。可以看出，亚瑟·沃将描写与"左拉主义"相联系，认为现实主义一方面是科学的，另一方面是女性化的。"女性化"则与严厉审视和果断注视的"男性化"相对应。亚瑟·沃表现出对家庭女性和妇女作家将经验领域暴露的关切，他进一步宣称："男人依靠观念来生活，女人则依靠感觉，……只有当我们作为公正的观察者以无拘束的观点来看待生活，或者深入到物质内层去寻找激发它活力的观念时，我们才能接近艺术的气质。"② 亚瑟·沃在此指出男人和女人对生活的不同依托，而要接近艺术的气质，就要以客观的态度来观察生活，以中性的视角，既不偏向男性化，也不侧重女性化，以此去激发创作者的灵感和活力。

概括而言，19 世纪八九十年代，英国围绕自然主义和现实主义争论而发表的各种言论，揭示了关于描写论争的核心所在，即小说在审美上应该代表谁，由谁来表达，以什么样的方式，表达什么内容，为了谁而表达等问题"深深地陷入关于政治代表的辩论和权力控制渗透文化的忧虑"③。这种情形一方面与左拉主义的影响有很大的关系，另一方面与英国小说史上长期存在的敌视细节的美学倾向（理想主义）有关。

---

①　Lyn Pykett, "Representing the Real: The English Debate About Naturalism, 1884 – 1890", in Brian Nelson, ed., *Naturalism in the European Novel*, Oxford: Berg Publishers, Inc., 1992, p. 182.

②　Ibid..

③　Ibid., p. 169.

二　关于"小说革新"的论争

伴随着自然主义关于女性描写和小说中的性、易卜生自然主义戏剧的讨论，描写的危机和女性化的倾向，内在地要求人们对小说进行新的观照和革新，即如何改变扭曲和错误的描写是革新小说的关键问题。19 世纪90 年代以来，关于新小说①的争论在这一时期显得格外突出，原因在于当时的许多文学批评者倾向于将失败、病态、无趣而不加选择囊括一切的描写视为歪曲描写。

19 世纪 90 年代英国批评关于新小说的讨论，都习惯性地将小说的革新与妇女运动联系起来。如玛格丽特·奥利芬特的《反婚姻联盟》回忆了关于年轻女性读者强加于小说的争论，并以异样的讽刺目光看待目前小说和妇女的解放。《性的罢工》（*The Strike of a Sex*，1894）明确地将当前小说发展和妇女问题联系起来。当时一个评论将莎拉·格兰德（Sarah Grand）的《天赐双生子》（*The Heavenly Twins*）和玛丽·沃德的反女权主义的《马尔切拉》（*Marcella*）与一些关于妇女近代历史和当前主张非小说性作品归纳在一起。亚瑟·沃在《文学中的含蓄》一文中指出，自然主义的最新发展已经开始入侵家庭空间和暴露所有经验领域，特别是女性经验的方式，认为自然主义的最新发展应和现代妇女运动联系起来，并将其看作女性反抗的组成部分。

当自然主义与女性相联系，关于妇女描写的争论就变得激烈起来。一方面，期刊杂志上基本都是为女性说话和谈论女性的文章，揭露了在妇女和女性方面（错误）描写的特定兴趣和焦虑。另一方面，关于妇女处境和小说的文章互相复制，从各自立场出发，以自己对女人的定义来反对他人荒谬的歪曲描写，各执一词。人们在接受梅瑞狄斯、莫尔、哈代时，总会关注到"妇女应该如何分析和描写"的问题，特别是哈代小说的自然主义和"现代妇女小说"问题。1894 年，批评家 W. T. 斯泰德在一篇文章中提出了"现代妇女小说"的含义，认为现代妇女小说是"从妇女立场出发，由妇女所写，为妇女而写的小说"。② 在斯泰德看来，现代妇女

---

① 当时批评家对新出现的一些小说的称呼。

② Lyn Pykett, "Representing the Real: The English Debate About Naturalism, 1884 – 1890", in Brian Nelson, ed., *Naturalism in the European Novel*, Oxford: Berg Publishers, Inc. , 1992, p. 185.

小说是随着妇女社会地位发生变化而产生的新的小说类型，女性的自我描写是妇女社会地位变化的自然结果。而另一个批评家休·斯塔特菲尔德却指出在这种新的小说中，妇女"将自己的内在翻出来"，她们在镜子里不断地检查"精神的自我"，并分析和探查她们的内在矛盾。一定程度上，关于新小说的争论一方面被关于描写女性的哪些方面和怎样描写的矛盾想法所影响，另一方面，女性的另类（otherness）作为一个更精细的感觉容器限制了描写的领域，却为文学批评提供了取之不尽、用之不竭的材料。这二者之间的矛盾根源于维多利亚女性意识形态。但是，当关于女性的政治和社会角色的争论不可开交的时候，分歧就会越来越大，相关术语也会逐渐地被提出异议。19 世纪后期现代妇女小说的发展是妇女自我检查的外在表现。在一些地区，尽管新小说的许多作家在创作时采用非自然主义的方法，习惯性地回避科学客观的自然主义立场，但是现代妇女小说的讨论仍然重述和循环使用先前争论中关于自然主义的许多术语。

　　在关于小说革新的论争中，一些用来指责自然主义的语言被多次使用，以此反对新小说。新小说被看作自然主义经由法国颓废者的间接继承者。休·斯塔特菲尔德（Hugh Stutfield）谴责新小说的"超级精妙""病态的悲观情绪"和"显微镜式的自我审视"，他认为新小说是双重的模仿，是影子的影子，表达了对丑陋的崇拜，细微和专一地刻画了阴暗和污秽。女性作家在盲目地复制法国的方式，变成了所谓现实主义者的跟随者。詹姆斯·阿什克洛夫特·诺伯（James Ashcroft Noble）批评小说《天赐双生子》时认为，"新的性小说以凸透镜折射的方式给我们提供了一系列画面，由支配生活的巨大胃口描写出在面庞之上突现的巨大鼻子"①。佩妮·鲍姆哈（Penny Boumelha）则指出，现实主义的词汇最近被看作蛮横的、不像话的，并被迅速压制去指责这些新作家在强调性方面的不对称。詹姆斯·阿什克洛夫特·诺伯的批评尽管不是简单地挪用现实主义的词汇，但也挪用了 19 世纪 80 年代反对现实主义的一些元素：失败的病态选择、没有意义的包容性范围、扭曲一切和错误描写一切的观念。根据亚瑟·沃的说法，19 世纪 90 年代新小说的呈现方式是将现实主义的柔弱和阳刚、声色和外形、妓女的语言和船夫的语言准确地联结起来。

---

　　① Lyn Pykett, "Representing the Real: The English Debate About Naturalism, 1884 – 1890", in Brian Nelson, ed., *Naturalism in the European Novel*, Oxford: Berg Publishers, Inc., 1992, p. 184.

　　19 世纪八九十年代，关于现实主义和自然主义的争论导致了一个共同的结果——焦虑，争论者都竞相给每个性别类型贴上特定的标签和赋予特定的价值。如休·斯塔特菲尔德将书写女性的小说看作病理小说，指出"女性是神经质、狂乱、病态、内省，是感官和肉欲的奴隶或者生产者，在一定程度上是病理小说的鼻祖。病理小说破坏健康、理性和男性公民社会。"① 与早期批评者把自然主义小说看作社会无序的表征和对社会稳定的威胁一样，病理小说破坏健康、理性和男性公民社会而受到责备。

　　19 世纪 90 年代的一些批评者将"病理小说"（pathological novel）与"无政府主义"（anarchical spirit）联系起来，声称"无论在政治或是在艺术中，病理小说都有削弱男子气概、使人们松弛的不可避免的相同影响。一如以往（曾经），英国的男子气概被当作女性和大陆衰退的解毒剂。好歹在这个国家有很多良好的意识和男子气概存在"②。评论界将病理小说当作疾病柔弱、女性化和民族的威胁。对此，休·斯塔特菲尔德希望从无政府状态和贴近生活的反抗中，建立一种怀旧的愿望，以回归到纪律和责任、男子气概和自我信赖、女人的女人味和稳定的怀旧理想。

　　基于以上所述可以看出，英国对小说革新的争论实际上是对关于小说描写争论的延续。现代妇女小说是女性化问题在小说革新中的继续。而对新小说的讨论则是对小说描写问题的进一步探索，将自然主义小说与"病理小说"与"无政府主义"相联系，已经突破了自然主义问题本身，涉及了女权主义、社会意识形态、艺术形态等问题，超出了自然主义小说的讨论范畴。

　　不可否认，尽管左拉的自然主义作品在英国逐步地获得众多读者的青睐，但英国的文学传统、政治环境、道德宗教等导致了左拉及其自然主义并没有得到统治阶级和主流文化的认同。之所以受到阻碍，根本的原因在于批评者所持的话语不同，特别是自然主义和现实主义属于不同的话语体系，代表着不同的言说方式，法国自然主义对英国现实主义文学尽管有所冲击，但自然主义尚不能改变英国文学传统的话语内核，因而也就不能改变当时英国文学的整体面貌或引起巨大的文学变革。

---

　　① Lyn Pykett, "Representing the Real: The English Debate About Naturalism, 1884 – 1890", in Brian Nelson, ed., *Naturalism in the European Novel*, Oxford: Berg Publishers, Inc., 1992, p. 187.

　　② Ibid., p. 186.

第三节　自然主义接受与英国文化过滤

简单地说，文化过滤就是"一种文化依据自身的价值标准对另一种文化进行的选择性解释"①。即依据文学交流中接受者的文化传统和文化背景对外来文学进行甄别、筛选和借鉴。在文学文化交流过程中，一国对一国文学的接受总是在一定的文化框架中选择取舍的。在文学"影响—接受"过程中，接受者特定的文化构成与时代背景又往往制约着文化过滤的程度效果。自然主义在英国的传播和接受就受到英国社会历史文化的制约。

一　英国历史语境中的自然主义

对维多利亚时代的英国来说，自然主义文学既是一种影响客体，也是一种接受客体。相比当时英国社会的主流文化，自然主义文学无疑被看作可以直接影响社会道德风俗和意识形态的一种精神文化产品，因而国家治安协会才会印发具有法律效力的《有害的文学》，并在文化层面上对自然主义发起攻击。在此期间，英国批评界对自然主义文学的批评显然是伴随着文化过滤的过程而进行的，特别是自然主义文学中那种赤裸裸的丑陋和性爱的展示——是否适合本国国情？该如何选择？在此情况下，作为接受者特定的英国社会历史语境及其文化构成在文化过滤中必然得到凸显，即社会历史语境、读者接受屏幕、民族文化心态等都会起着潜在的过滤作用。

回顾英国文学发展史，从 16 世纪伊始，英国文学就受到意大利和西班牙文学的影响。17—18 世纪，英国文学又受到德国和法国文学的影响。18 世纪末 19 世纪初兴起的浪漫主义则主要受到德国文学的影响。19 世纪30 年代，现实主义成了连接英法两国文学的桥梁。19 世纪 50 年代以后，法国现实主义对英国文学的影响逐渐增大。② 到了 19 世纪后期，英国小说家受到的外国影响较大的则是法国自然主义。尽管如此，我们应该认识到，英国社会发展的历史需求在一定程度上制约着具体的文化需求，这对

---

① 杨乃乔主编：《比较文学概论》，北京大学出版社 2014 年版，第 166 页。
② 刘文荣：《19 世纪英国文学史》，中国社会科学出版社 2002 年版，第 303 页。

外来文化的传播进程产生一定的影响。英法两国虽然在地理位置上相近，但毕竟在文化的诸多层面上存在差异，对自然主义的理解也会不同，并且"为了适应本国的条件，以反抗本国固有的传统背景，自然主义在不同的国家打出的旗号不尽相同，突出的目的也有所不同"①。况且，每一种文化都先天地具备自我保护的功能。结合《有害的文学》就可判断，自然主义文学作品所传达的文化信息存在着与英国文化相异、排斥的地方，具体表现为：

首先，自然主义与当时英国文学的时代诉求不相符。与自然主义文学在描写方面的平淡无奇不同，维多利亚时代的英国小说在反映社会问题方面多呈现出一种深刻的批判性，如萨克雷对上层社会的讽刺和批评、狄更斯基于批评基础上的人道主义思想、哈代作品为女性权利抗争而彰显的社会向善论等，这些都与自然主义作家提倡的理想主义策略有很大不同，即自然主义的理想策略是展示一种客观的状态，作家保持中立的立场而是让道德家和立法者去思索和寻找药方。因此，自然主义文学所追求的理想主义和英国现实主义所追求的批判性不可相提并论。

其次，自然主义与当时英国文学的审美观念不相符。维多利亚时代以道德而闻名，英国资产阶级把道德标准及其社会效应扩展到个人的情感趣味，并转化为一种审美价值的文学实践，因而当时大部分作家都主张小说应具有道德说教的重要功能和目标。如萨克雷的代表作《名利场》就是以蓓基等人的生活遭遇为故事主体，其中凸显着道德训诫的意图和目的。而自然主义文学将遗传学和病理学理论应用于文学，以生物学的方式处理赤裸裸的肉体，这些超出了当时英国审美传统的接受限度，特别是自然主义在性描写方面的纯理性倾向，势必会对英国社会保守的文化观念产生一定的冲击。

最后，自然主义作品中体现的进化论等观念与英国的宗教文化语境相冲突。从自然主义文学的思想基础来看，大多数自然主义文学作品都贯穿着一种崇尚科学和人的自然规律、否定实证经验之外的虚构想象和自由意志，在某种程度上对当时的保守思想无不起着冲击作用。特别是作为自然主义文学思想基础的达尔文进化论观念，在维多利亚后期已经得到广泛流传，在一定程度上推翻了传统的有关人与自然、宗教超自然等种种观念，

---

① Lilian R. Furst & Peter N. Skrine, *Naturalism*, London：Methuen & Co. Ltd. , 1978, p. 25.

对当时英国的基督教正统教义提出了怀疑和挑战。在此背景下，自然主义作品中或隐或现呈现的达尔文进化论观念以及体现的科学主义观念，就会与英国的宗教文化语境相冲突，由此英国对自然主义的抨击难以避免。

通过分析可见，英国社会所需的保守与稳定的文化观念在自然主义作品中几乎缺乏充分的表现，而自然主义作品所包含的道德、科学倾向又与当时英国的社会文化语境相背离。这样一来，英国上流社会阶层和具有政治话语权力的机构难以容忍不符合主流文化的自然主义小说。因此，上层社会除了从道德的角度进行约束外，还从政治和法律的角度来扼制自然主义的传播。

二 英国文化心态中的自然主义

从文化过滤的角度审视自然主义在英国的传播，当时英国普遍盛行的"功利主义"思想不容忽视。自然主义在英国传播的时期，正是功利主义哲学思想在英国盛行的时代。从 19 世纪初开始，杰里米·边沁（Jeremy Bentham）、詹姆士·穆勒（James Mill）等人或者提倡传播实用的文化知识，或者参与"实用知识传播协会"的组织活动，共同主张"任何事物的合理性都取决于其用处"的实用论观点，并且在 19 世纪中叶使这一思想得到了英国思想文化界的普遍接受。

由于功利主义思想深入人心，它为强调小说各种实用功能的观点提供了坚实的哲学方法，这也影响到文学批评领域。譬如，英国文学批评家约翰·罗斯金（John Ruskin）在强调艺术反映真实的同时，就关注其服务和实用功能，认为"艺术的全部生命在于它是否符合真实，或者真正实用"，"它的正确存在便是它成为知识的工具，或成为优雅生活的媒介。"①不仅如此，英国还是一个特别讲究实用的民族，尤其是工业革命的成果所带来的社会进步使英国人沾沾自喜，有点夜郎自大，他们不希望这种现状被外来文化所改变。鉴于此，马修·阿诺德（Matthew Arnold）曾一针见血地指出，"正是以为文学批评很少停留在纯粹智性的范畴内，很少与实用目的脱离，它专事辩论、引发争议，所以在这个国家文学批评把最好的精神工作做得一团糟。而这种工作却应该让人认真考虑其中的卓越之处，

---

① John Ruskin, *Selections from the Works of John Ruskin*, Chauncey B. Tinker, ed. , Cambridge, Massachusetts: The Riverside Press, 1908, pp. 257 – 258.

考虑事物绝对的美和适当性，从而摒弃使人心智迟钝、庸俗化的自我满足的心理，引导人们走向完美"①。阿诺德的表述一方面明确指出当时英国的文学活动是以"实用"为目的，另一方面表明当时英国对待外来文学（自然主义）的方式稍显极端，特别是将自然主义作品的缺点无限放大，或将其进行道德绑架，或将其意识形态化，以致遮蔽了自然主义的审美特色。这突出地体现在文学的审查和流通方面，如英国作家乔治·莫尔在谈到自然主义作品的审查和流通问题时说："在我们这个时代，文学的斗争不是在小说的浪漫主义和现实主义之间展开，而是在图书馆管理员的无知审查下获得自由。"② 如此，维多利亚时代那些被主流文化认为具有实用性的文学才有可能在文学接受、文学形式与意识形态之间形成一种"表述关系"，更好地传递出社会所需的精神观念。

此外，19 世纪后半期兴起的"英文研究"，其中一个主要目的就是给资产阶级的政治需要服务。如牛津大学教授乔治·戈登（George Gordon）在其就职演说中坦言："英国得了病……英国文学一定要救它。教会（照我的理解）已经失败，社会医治缓慢，因此英国文学现在有三重作用，我认为它仍然给我们以享受和教育，但同时，也是更为重要的，它拯救我们的灵魂，治愈这个国家。"③ 因此，对于维多利亚后期的英国来说，自然主义文学的社会功效其实所对应的是"有用的文学"或"实用的文学"，自然主义是否对英国有用便成了判断自然主义是否能被接受的潜在标准。在一定程度上，尽管我们不能确切地说实用主义思想在多大程度上影响了自然主义的传播与接受，但不可否认的是，当时英国的思想文化氛围与强调自然主义小说的现实功利性具有内在一致性。

第四节　自然主义与英国文学批评场域

与自然主义在德国、意大利和日本传播并产生的深远影响相比，自然

---

① William Savage Johnson, ed., *Selections from the Prose Works of Matthew Arnold*, Cambridge: Riverside Press, 2004, p. 14.

② Lyn Pykett, "Representing the Real: The English Debate About Naturalism, 1884–1890", in Brian Nelson, ed., *Naturalism in the European Novel*, Oxford: Berg Publishers, Inc., 1992, pp. 176–177.

③ ［英］特里·伊格尔顿：《当代西方文学理论》，王逢振译，中国社会科学出版社 1988 年版，第 44 页。

主义在英国经过批评家、官方的激烈论争之后，尽管受到广大读者的欢迎，但在英国没有形成一股文学思潮。原因何在？学术界普遍认为，自然主义在英国没有形成流派（思潮）的主要原因在于自然主义文学所体现的道德价值与英国社会的价值取向相悖。从英国针对自然主义的批评来看，自然主义在英国的传播接受过程中，道德标准的确是不容忽视的重要原因。那么，这里关键的问题在于，道德为何在自然主义的传播中起到了重要的作用？这一问题需要从英国文学创作的传统和批评历史中寻求答案。

一　英国文学创作批评的价值向度

回顾英国的文学批评历史，就会发现，从道德角度审视文学是英国文学批评的一种传统方式。在18世纪英国小说兴起、发展的时代，诸如丹尼尔·笛福、萨缪尔·理查逊和亨利·菲尔丁等小说家就已经初步提出了小说应具有道德训诫功用的思想。如笛福在多部作品的序言中都会提倡重视文学的道德教诲作用。理查逊对18世纪盛行的"理想的正义"道德观颇为推崇，并努力寻求一种能够将道德标准和美学标准熔为一炉的小说创作原则。到19世纪上半叶，关于小说道德教诲功能的著述有所增加，如布尔沃·利顿在其作品《论小说的艺术》中指出："小说的构思要受道德目的的支配，而菲尔丁是这方面的典范。"[1] 一位不愿具名的批评者在其《论新近的小说》中认为，"当社会开始觉醒并反思自身的一些重大利益时，小说的领域就会扩张，因为它是讨论道德、宗教、社会和政治等困扰人们的棘手问题的上佳手段"[2]。可以说，英国小说从兴起到发展的各个阶段，重视道德教诲的观点和思想在英国文学批评中都或多或少地有所体现，这成为了英国文学批评传统的重要内容。

到了维多利亚后期，英国社会、经济、文化等各方面的巨大变化尽管给这一时期人们的生活带来了极大的改善，但社会存在的贫富差距、劳工矛盾等，以及由此引发的文化危机，使批评家往往具有一种社会责任感和使命感，文学批评便成为他们试图干预社会、指导人们生活的媒介工具，

---

① 殷企平、高奋、童燕萍：《英国小说批评史》，上海外语教育出版社2001年版，第55页。

② 同上书，第57页。

相应地探究小说的功能和效用成为了文学批评的主旋律。如维多利亚时期的文学批评家托马斯·卡莱尔（Thomas Carlyle，1795—1881）认为，文学批评对道德的考虑和介入要远胜于审美的需要，因为"他发现，或者相信他发现，在他的那个时代里，假冒、虚伪与谎言比过去任何时候都严重"[①]。罗斯金虽然不提倡直接的说教艺术，但是将艺术看作社会美德与政治美德的阐释，侧重于艺术对"伦理生活的准确阐释"。亨利·詹姆斯则评价艾略特的小说"与其说是生活的图景，不如说是道德寓言"[②]。马修·阿诺德则将道德与诗歌联系，将诗歌视为解决道德信仰问题的良方，需要"让它来为我们诠释生活，抚慰我们，维系我们"[③]。奥斯卡·王尔德（Oscar Wilde，1854—1900）尽管一直提倡"为艺术而艺术"，主张"艺术无用论"，但他也将文学艺术批评看作干预生活的一种途径，并指出"对伦理道德而言，审美实际上应被归为文明意识的范畴，正如性欲属于自然选择的范畴一样。"[④] 由上可见，维多利亚时代的文学批评基本围绕"道德"展开，以"道德"作为评判文学价值的重要标准。

以文学批评为向导，英国资产阶级强调艺术与现实之间的关系，把道德标准转化为文学实践的一种审美价值，这使得现实主义在英国长期占据主导地位。苏联学者阿尼克斯特指出，"英国的批评现实主义，本来就具有强烈地表现出来的宣扬道德的因素"[⑤]。在此背景下，维多利亚后期的大部分作家普遍认为小说的主要功能除了认知和审美，还有一个重要的功能目标就是道德说教。作家应将小说创作与实际生活紧密结合，将道德作为小说叙述的中心主题，一是为了适应维多利亚时代的社会状况，二是为社会的道德发展需要服务，指导人的道德价值取向，对读者的道德实践起到一种良好的导向作用，因为小说家有责任"用叙述的形式来展示人类在道德方面的困境，并且用不容争辩的现实图景来抨击那些使人苟且偷安

---

① Charles J. Goodwin, "Carlyle's Ethics", *International Journal of Ethics*, Vol. 15, No. 2, January 1905, p. 202.

② Lettice Cooper, *George Eliot*, Essex: Longman Group, 1951, p. 13.

③ William Savage Johnson, ed., *Selections from the Prose Works of Matthew Arnold*, Cambridge: Riverside Press, 2004, p. 33.

④ 转引自 Hilary Fraser, *Beauty and Belief Aesthetics and Religion in Victorian Literature*, New York: Cambridge University Press, 1986, p. 192。

⑤ ［苏］阿尼克斯特：《英国文学史纲》，戴镏龄等译，人民文学出版社1959年版，第378页。

的社会准则"①。因此，许多作家在创作实践中都或多或少地遵循小说的说教功能，具有道德说教的意味。如萨克雷的代表作《名利场》就是以蓓基等人的生活遭遇为作品主体，其中就有道德训诫的意图和目的。而狄更斯的小说《双城记》则以人道主义为出发点，倡导道德良心和规范，颂扬仁爱的道德理想。阿尔弗雷德·丁尼生、托马斯·卡莱尔、乔治·艾略特等一批作家"在当时被视为一支强大的精神道德力量"②。究其原因，英国 19 世纪的工业革命和科学的大力发展在带来物质繁荣的同时，也带来了拜物主义、金钱崇拜等现象，以及由此导致的道德衰落、社会分化以及宗教信仰动摇等问题，这些存在的现象或问题会不可避免地影响批评家对文学的整体看法和审美诉求，同时自然会影响到文学批评的认识维度和评判标准。

二 英国自然主义批评的道德话语

综观自然主义在英国的引介和批评，就会发现，大多数反对左拉的批评者都不约而同地以道德为批评为基点。特别是 1885 年，英国担心自然主义文学会对普通民众产生不良影响和对社会稳定产生威胁，英国国家治安协会因而发行了小册子《有害的文学》，发起了一场反对出版发行"有害文学"的战役。英国国家治安协会作为致力于抑制刑事犯罪和公共非道德事件的半官方机构，由它发行的《有害的文学》集中体现了那一时期英国对待自然主义文学的态度。英国为何对自然主义文学会产生这种反应？英国学者弗斯特曾分析过其中的原因：一是现实主义长期以来就是英国的文学传统和艺术基础，根深蒂固。二是英国人思想观念相对保守，自然主义作品中的沮丧观点和肮脏方法引起了接受者的道德斥责。三是自然主义作品引起了大型图书馆的敌视，不仅在小说市场流通受阻，而且使支持自然主义的一些作家如乔治·莫尔等望而却步。③ 可以看出，弗斯特尽管揭示了自然主义在英国遭遇冷淡和受到阻碍的原因，但其阐述仅仅停留在文学创作、流通的表层，而在一定程度上忽视了道德的重要作用。那么，如何看待维多利亚时代的道德与自然主义的道德呢？

---

① 殷企平、高奋、童燕萍：《英国小说批评史》，上海外语教育出版社 2001 年版，第 56 页。

② 常耀信主编：《英国文学通史》（第二卷），南开大学出版社 2011 年版，第 266 页。

③ Lilian R. Furst & Peter N. Skrine, *Naturalism*, London：Methuen & Co. Ltd. , 1978, p. 33.

　　从英国历史来看，维多利亚时代的社会以讲求道德而闻名。资产阶级为了巩固统治，维护其阶级利益，在政治、文化、生活中高举道德的旗帜，使英国社会在精神和信仰方面体现出一种对现存秩序的稳定感，社会政治思潮相对保守。在文学领域，维多利亚时代的一些小说家在不违背道德的前提下，时常在作品中处理各种错综复杂的社会冲突和人物冲突，小说创作往往从功利主义和人道主义的道德观出发对小说中的道德问题作出价值判断。左拉的自然主义传播到英国后，针对左拉及其自然主义的道德问题，英国学者怀特利（C. H. Whiteley）曾著文讨论道德的界定问题。他认为道德可以从两个方面来考虑，一方面从心理学的角度，将道德当作个体信息的代言人；另一方面从社会学或政治的角度，道德主要描述如何将其应用到一个社区居民品德的所有方面。以这两方面为出发点，怀特利将心理学上的道德界定为"在个人意识和行为上的一种特定的品德"①。在社会学或政治学方面，道德可以被界定为"每个社区的每位成员都被教化和命令，并鼓励去适应其他的成员，道德行为是与建议的行为模式相适应的，道德依据来自适应和接受的规则，道德问题是涉及需求标准的问题，……（道德）存在于品德中的自发行为惯性地与符合于来自任何动机与约定的习俗相一致"②。针对这一时期关于道德的界定和讨论，有一个关键的问题需要澄清，那就是自然主义的作品到底是道德还是不道德的？或者说自然主义作家是如何看待道德的？

　　左拉在《实验小说论》中曾宣称："倘若人类愚昧无知，制造谎言，宣称在错误和混乱中走得越远便越伟大，哪里还谈得上高尚、尊严、美、道德。表达真理的作品才是伟大的和道德的作品。"③ 可见，左拉的道德是与真实联系在一起的，并且左拉的道德是以真实为基础，他在论及文学真实性的时候指出，"这里不需夸张，也不要强调，只要事实，值得称赞的或值得贬黜的事实。作者不是一位道德家，而是一位解剖学家，他只要说出他在人类的尸体里发现什么就够了"④。仅就左拉的表述来看，我们

---

① C. H. Whiteley, *On Defining Moral*, *The Definition of Morality*, G. Wallace & A. D. M. Walker, eds., London: Methuen & Co., 1970, p. 23.

② Ibid. .

③ ［法］左拉：《实验小说论》，吕永真译，载柳鸣九主编《自然主义》，中国社会科学出版社1988年版，第487页。

④ ［法］左拉：《戏剧中的自然主义》，毕修勺、洪丕柱译，载朱雯等编选《文学中的自然主义》，上海文艺出版社1992年版，第404页。

实际上不能随意或直接说自然主义是道德或者是非道德的，因为文学所具有的道德属性在一定历史时期如何被看待更为重要。从左拉自然主义作品所采用的主题、人物、语言、环境及其产生的预期效果来看，左拉自然主义作品涉及的"道德"常常与社会学意义上的道德理论有类似之处，但其实与心理学上的道德也紧密相连。因为通过探究道德现象所存在的原因及其影响，个体的德行在一定程度上可以改变。毫无疑问，左拉的自然主义作品在英国被道德过度地绑架了，或者说其作品中的艺术呈现方式和特征被道德化了。以此而言，自然主义作品所包含的道德倾向和价值判断与英国维多利亚时期的社会宗教道德语境在一定程度上的背离，而背离的根本在于价值取向的不同。

　　需要肯定的是，左拉自然主义作品在特定道德语境中的传播和接受，并不会削弱左拉作品本身的审美价值和艺术价值，这一点正如阿尔玛·伯德（Alma W. Byrd）所说的那样，即"虽然左拉的作品因为道德的原因被扔到一边，但是有充分的证据证明这位小说家的作品为他在文学中伟大道德的力量赢得了一个位置"①。确实，我们应该清楚地认识到，英国政府和一些保守的评论者对左拉自然主义小说的反对，虽然是对英国文学"英格兰性"的一种坚守，但过分注重以道德为标准的文学评价机制也在一定程度上影响了英国文学对新的艺术形式的吸收，而如何对待和处理艺术的民族性和民主化，则制约着左拉自然主义在英国传播的广度和深度。

---

① Alma W. Byrd, *The First Generation Reception of the Novels of Emile Zola in Britain and America*, Lewiston, New York: Edwin Mellen Press Ltd., 2006, p. 14.

第三章

英国小说中自然主义的名实辩证

自然主义对法国来说是"本土产物",对英国来说则是一种"外来品种"。英国文学界在内容上习惯将"健康的现实主义"和"淫秽的自然主义"相对照,在名称上或者将现实主义和自然主义相混淆,或者交叉使用,或者刻意避免使用"自然主义"一词,更有甚者否认在英国文学中存在自然主义。这些现象或观点不免使人产生一些疑问:英国所谓的"自然主义"和法国的"自然主义"是不是一回事?或者说,自然主义在英国有没有对等物?英国现实主义和自然主义之间是否可以画等号?它们之间有何联系和区别?若将这些疑问放在一起,其实又可归结为一个问题:名称与实指(名与实)的问题,即接受国对外来文学(思潮)的命名问题。针对上述情况,该如何比较准确地认识这些变化和不同呢?有三个方面的问题需要探究:第一,由于各国自然主义的出现基本都是伴随着或受到现实主义(写实)传统的某些影响而出现的,因此如何区别自然主义与现实主义在文本建构方面的异同是探究英国小说中自然主义名称与实指的基础。第二,由于英国文学史对自然主义定位标准的多样性,进而影响到英国小说中自然主义的归属,因此探寻归属标准是探究英国小说中自然主义名称与实指的关键。第三,由于文学创作和接受之间的不确定性,英国小说中自然主义与现实主义的辨析存在模糊性,因而厘定英国作家作品与自然主义的关系是探究英国小说中自然主义名称与实指的主体。

第一节　自然主义小说建构的文本界限

现实主义和自然主义作为前后相继产生的两种文学思潮,二者之间的关系历来是学者讨论的热门话题。然而,以往的研究主要从它们出现的承继性、异质性、同构关系及价值尺度来判断二者之间的异同，还处在简单比附的层面，并不能有效地辨别自然主义和现实主义在文本系统中的文化逻辑及审美价值。是否可比，寻找理论契合点是关键。依据艾布拉姆斯的观点来看，文本系统主要涉及艺术家（作家）、宇宙（客观世界）、作品、观众（读者）四个基本要素，自然主义和现实主义文本建构大致如此。由此出发，我们可以从逻辑基础（客观世界）、意义之源（作品）、价值取向（作家）、审美间距（读者）四个层面来探讨自然主义和现实主义文本系统的建构。

一 逻辑基础的同源性

英国学者利里安·R. 弗斯特和彼得·N. 斯克爱英认为："现实主义和自然主义有着共同的理论基础，即艺术的本质是模仿，是客观地再现外部现实（这与遵循以主观想象来美化世界的浪漫主义理论形成对比）。"① 从其描述来看，自然主义和现实主义都是对客观世界的再现，即"模仿"和"如何模仿"，其共同的逻辑起点和基础是"模仿"。

如何模仿？即如何对待现实和如何达到真实，这是自然主义和现实主义在理论阐述和实际创作中面临的首要问题，也是二者立足的逻辑起点。达米安·格兰特说过："'现实主义'源自哲学，描述一种'目的'，即现实的获得。'自然主义'源自自然哲学即科学，描述一种'方法'，有助于获得现实的方法。"② 从现实的认知来看，现实主义是以作品意义为旨归对客观世界进行筛选。自然主义是以读者的意义判断为旨归对客观世界精确描写。从创作出发点来看，现实主义"按照事物应该有的样子去模仿"，执着于社会生活本质意义的真实。自然主义"按照事物本来的样子去模仿"，强调科学意义上更大范围、更为彻底的全面真实。自然主义和现实主义在逻辑上以模仿为起点，共同追求"真实"，但它们对浪漫主义都持反叛的立场，自觉摒弃浪漫主义的夸张想象和主观抒情，将客观性和真实性视为文学的基本出发点，将写实当作基本的艺术追求，注重对社会生活的真实记录。

与模仿相对应的是，自然主义和现实主义的"真实观"不同。现实

---

① Lilian R. Furst & Peter N. Skrine, *Naturalism*, London: Methuen & Co. Ltd., 1978, p. 8.
② ［英］达米安·格兰特:《现实主义》，周发祥译，昆仑出版社 1989 年版，第 43 页。

主义追求典型的真实，侧重社会生活的本质真实，而自然主义追求科学的真实，侧重揭示存在或现象背后的真理性认识。自然主义和现实主义都属于从古希腊以来就有的模仿范畴的诗学。模仿本身与被模仿的事物之间由于"真实"程度和视角的不同，在自然主义与现实主义文本中形成一种张力，张力的大小程度各不相同。大多数情况下，二者在不同的文本中相互交织在一起。在英国，自然主义和现实主义常常混为一谈，原因正如朱光潜先生所说，"因为在法国，这两个应该区别开来的流派具有共同的哲学和美学的思想基础，这就是孔德的实证哲学以及丹纳根据实证哲学发展出来的自然主义的美学观点。"① 事实上，在真实性和客观性的维度上，自然主义和现实主义的模仿不甚明确的区别和界限，常常导致人们将二者混淆。

二　意义之源的别异性

尽管自然主义和现实主义都将"模仿"作为文本实践的共同逻辑起点，但在文学意义生成之源上有很大的差别。文本的意义来自哪里？从文本系统来看，文本的意义来源既有作者，也有读者，还有文本自身。如果将文本的意义划分为主观意义和客观意义两种。由于阐释主体及其相关因素的差异，主观意义产生的不确定性等使我们很难把握其中的意义，而客观意义虽然也有多种可能性，但生成的意义之源是一元性的，即客观世界或存在。客观存在作为小说创作的基础，既是现实主义和自然主义模仿的对象，也是文学艺术活动的意义创造之源。

自然主义与现实主义对待客观存在的侧重点各不相同。现实主义强调作品和客观世界的关系，塑造典型环境中的典型人物，突出了人在社会关系中的位置，注重人物和环境的社会性和阶级性，其意义来自社会性和阶级性的客观事实，以及这些事实中的相互制约因素，其侧重点和落脚点主要是一种"社会现象学"。现实主义反映的是社会中人的生存现状，并在批判现实的基础上，探寻出路。自然主义则强调科学与客观世界的关系，注重人和事物的生理属性，为人的行动和命运寻找生理学和遗传学的原因。在描写现实时反对想象的发挥，不流露作家的感情，其意义来自对科学性和生物性的客观事实事无巨细地描绘，侧重点和落脚点主要是一种

① 朱光潜：《西方美学史》（下卷），人民文学出版社 1979 年版，第 732 页。

"生理现象学"。与现实主义不同,自然主义关注的是人的情欲、身体的机能和难以自制的天性,忠实地记录现实,拒斥各种形而上学和社会意识形态,否定观念的先入为主,让描述对象自身言说,让意义在自我呈现中显现,抵达准确客观的目的。

三　价值取向的异质性

现实主义与自然主义不仅在文学的意义生成之源上存在着认识上的分野,而且在文学艺术活动的价值取向上也存在着巨大的差别。

首先,从诗学的性质来看,传统诗学强调文学对社会的协调与改良,注重文学在内容方面的价值,而现代诗学强调文学对人的自由意志的实现,注重文学的形式性因素。现实主义和自然主义都处在传统诗学向现代诗学的过渡阶段,都是注重内容性的诗学,但侧重点有所不同。现实主义侧重以真理的方式向人们呈现现实世界的面貌,自然主义侧重以科学的方式向人们呈现客观世界的结果,让一切蕴含于文本及构成文本的词汇中。从这个意义上来说,自然主义比现实主义在现代性的道路上走得远一些。

其次,从文学的功能来看,现实主义是强调劝说功能的诗学,其价值并不在于对社会现状的彻底超越,而是对客观世界的不和谐之处进行批判,重心在于改良。自然主义是强调认知功能的诗学,其价值并不在于对社会现实进行意义评判,而是对客观世界统一性的全面描述,重心在于描述,"目的是提供某种社会和历史环境以及生活于这种环境下的人的有关情况,提供气候和地理方面的详细情况,提供三教九流、各种职业——农民、医生以及军官和家庭主妇这些人物的有关情况"①。

再次,从文本的实践来看,自然主义与现实主义都关注社会下层现状(自然主义比现实主义的关注面更广),突破了以往文学只描写王公贵族的局限,将工人阶级、贫民窟等作为文学的主要描写对象,真实地反映贫民和平民的生存状况,忠实地再现他们的悲惨处境,带有平民性倾向。在相同的倾向背后,现实主义和自然主义的价值尺度又有所差异。一般来说,现实主义的价值尺度是人道主义,将文学创作看成一种对现实世界进行人道主义的改良行为,强调文学创作与社会改良的统一性,以能否达到

---

① 〔荷〕佛克马、蚁布思:《文学研究与文化参与》,俞国强译,北京大学出版社1997年版,第194页。

现实世界的真、善、美为旨归。自然主义的价值尺度是科学主义，将文学创作看成一种把握和认识现实规律的科学行为，强调文学创作与科学行为的同一性，以能否达到对于现实世界的科学性认识为旨归。

最后，从文学的形式来看，现实主义作家在创作时采用全知全能的上帝视角，随时可以在作品中发表议论，干预文本叙事的进程，主张文学活动的有"我"之境。而自然主义在创作时采用"非个人化"的叙事话语，小说家只充当记录员的角色，不允许介入文本的叙事进程，避免在作品中发表议论，主张文学活动中的无"我"之境。

四　审美间距的差异性

审美观念在文化领域的变化，也会影响到文学审美观念的变化，即审美间距的变化。之所以说是审美间距，而不是审美差距，主要是因为"差距"侧重审美主客体之间一种简单的对比，而忽视了它们之间的统一。比较而言，"间距"则突出了审美的关系性，不仅关注作品所蕴含的审美标准，而且更加突出了读者的审美期待与作品文本之间的关系。

从审美间距来看，现实主义侧重作者对读者的劝诫，在启示中来改造世界，现实主义作品与读者之间形成一种审美统摄关系。自然主义侧重作品与读者的对话，是在互补、互证中来审视客观世界。自然主义作品与读者之间形成一种审美对接关系。特别是自然主义大量的丑陋描写和社会阴暗面的暴露，使"世间无论多么可怕的境遇，都没有不能暂时放开怀抱在审美的观照中求得慰藉的。这样，悲哀本身就变成并非全然是痛苦了；我们的回味给它添上一种甜美。最悲惨的情景在审美中也可能失其苦味。"[1]

在审美间距中，影响读者接受的因素是多方面且不确定的。情感作为产生艺术的主观条件，是影响审美间距的一个重要因素。列夫·托尔斯泰曾指出艺术的感染度取决于以下三个条件：①所传达感情的独特性，②感情传达的清晰度，③艺术家的真挚程度。[2] 据此，当读者接触一部文学作品时，读者与作品的情感距离（如直观的喜欢和不喜欢）总是居于第一

---

① ［美］乔治·桑塔耶纳：《美感》，缪灵珠译，中国社会科学出版社1982年版，第150页。

② ［俄］列夫·托尔斯泰：《艺术论》，人民文学出版社1958年版，第150页。

位，作品意义的探究则位于其次。文学的情感功能总是由读者来实现，作家的情感越真挚和深沉，所唤起的读者情感就越强烈。从审美效果来看，文学的情感功能和读者的情感效应在文学功能的范畴中是——同构的关系，贯穿其中的是情感需求，情感需求则是审美需求的内在动力。读者的情感与作家的情感在共同审视统一审美对象时，有背离也有一致，而且大多数情况下是不同步的。许多作品如福楼拜的《包法利夫人》、左拉的《娜娜》等作品在问世之初，反对批评声不绝于耳，赞同支持者寥寥无几，审美间距基本是背离的。换句话说，当读者在情感上还无法接受作者所要传达和作品体现的情感观念时，审美间距就处于背离状态。而经过一段时间后，当读者的阅读习惯改变了起初对这些作品的态度后，审美间距则逐渐由背离走向了一致。从批评到接受、从背离到一致的过程，也是作品情节与审美主体相互理解的过程。

德国美学家伊瑟尔在谈到"背离理论"时认为，"人们可以把背离的范围从违背语言规范或者审美规范，一直延伸到使熟悉的东西全部失去意义。正是这个事实强化了本文的语义学内涵，所以这种内涵形成了一种特殊的张力，违反被转化成一种刺激物，这种刺激物开始把读者的注意力引向违反自身"①。即是说，当读者的情感观念基本上与作家作品的某些情感观念吻合时，审美间距就处于一种平衡状态，即所谓的"共鸣"，就是"作品中的某种情绪引发了接受者相同的情绪，是以作品为媒介的不同心灵之间的沟通和一致"②。显然，共鸣通常是和审美期待联系在一起的，不同的审美期待会给读者带来不同程度的共鸣。可以说，自然主义的审美期待视野包含有科学主义的时代因素，但现实主义的审美期待视野未必包含有科学性因素，自然主义比现实主义引进了更多的自然科学成分。

第二节　英国文学史中的自然主义书写

在 19 世纪后期 20 世纪初期的英国作家中，真正受到自然主义影响和以自然主义方式创作的作家并不多，国内的诸多国别史或者断代史在提到

---

① ［德］伊瑟尔：《审美过程研究》，霍桂桓、李宝彦译，中国人民大学出版社 1988 年版，第 121 页。

② 方克强：《文学接受论》，北京师范大学出版社 2006 年版，第 100 页。

英国自然主义文学时总是简要地概括叙述，或者蜻蜓点水两三句话带过，甚至一字不提。

一　英国自然主义的史论评析

参考国内出版的几部重要的英国文学史或涉及自然主义的文学史，试举几例来看。如陈惇主编的《比较世界文学史纲》在谈到英国自然主义时写道："左拉的大部分作品在1885—1900年介绍到英国，自然主义因此传播到英国，但是英国并没有因此而出现一场自然主义运动。80年代至90年代出现了一些自然主义小说，例如乔治·吉辛（1857—1903）所创作的《伊萨贝尔·克拉林顿》（1886）和乔治·穆尔（1852—1933）所创作的《伊斯特·沃特斯》（1894）等，但这些作品影响并不很大，很快被人忘记。"① 蒋承勇等著的《英国小说发展史》在用一页篇幅介绍法国自然主义的基础上，写道，"自然主义文学思潮对欧美文坛影响很深，除法国作家外，挪威的易卜生，德国的豪普特曼，英国的梅瑞狄斯、哈代、吉辛、莫尔和美国的德莱塞等都或多或少表现出自然主义的倾向。"② 王守仁、方杰主编的《英国文学简史》在谈到维多利亚时期的小说时这样描述，"除了现实主义主流以外，维多利亚时期的小说还呈现出多样化发展态势。在法国文学风潮的影响下，有些作家还表现出一定的自然主义倾向，比如乔治·摩尔（1852—1933）和乔治·罗伯特·吉辛（1857—1903）。摩尔的主要作品有《一曲穆斯林戏剧》（1886）和《埃丝特·沃斯特》（1894），吉辛的代表作是《新寒士街》（1891）。自然主义小说是现实主义小说的延伸，它以贫民窟等下层社会为写作对象，关注猥琐不堪的生活细节，过分渲染人的'动物属性'，并试图用'科学'的方法对其进行解释。不过自然主义在英国并没有形成什么气候，不仅作者寥寥，而且和者可数。"③ 侯维瑞主编的《英国文学通史》在《毛姆》一节提及自然主义时写道，"自然主义是十九世纪后期欧洲文学中的一个重大运动，它的中心在法国，虽流入英国但并未汇成潮流，只表现为某些作家创作中的自然主义倾向。十九世纪后期作家中，乔治·吉辛和乔治·摩尔的作品

①　陈惇主编：《比较世界文学史纲》（中），江西教育出版社2004年版，第372页。

②　蒋承勇等：《英国小说发展史》，浙江大学出版社2006年版，第193—194页。

③　王守仁、方杰主编：《英国文学简史》，上海外语教育出版社2006年版，第130—131页。

带有浓厚的自然主义成分，托马斯·哈代是具有最强烈的自然主义色彩的作家。20世纪初的作家中，贝内特在对人生的观念和创作方法上表现出自然主义倾向，但毛姆更接近法国自然主义的传统。"① 牛庸、蒋连杰主编的《十九世纪英国文学》中对于自然主义只字不提。

即使在提到受到自然主义影响的作家作品时，大部分文学史习惯使用"自然主义特色""自然主义倾向""自然主义传统"等类似表述，但缺乏这些作家作品与自然主义渊源的表述和论证。如李维屏的《英国小说艺术史》这样书写哈代："与狄更斯和萨克雷不同的是，哈代不仅在创作中体现出明显的自然主义倾向，而且还经常流露出宿命论的观点。……哈代的宿命论思想和自然主义倾向不仅为其大部分小说奠定了悲观主义基调，而且也对他的叙事艺术产生了重要的影响。"② 谈到劳伦斯的《恰特莱夫人的情人》时，该文学史写道，"作者的语体充分体现了写实与抒情、原始主义与浪漫主义以及自然主义与象征主义竞相争妍却又彼此交融的现象"③。蒋承勇等著的《英国小说发展史》在谈到贝内特时认为，"在英国作家中，他是第一个，也是唯一的一个，决心在英国的土壤里栽培出欧洲大陆，主要是法国式的现实主义小说"④。谈到"克雷亨格"三部曲［包括《克雷亨格》（1910）、《希尔达·莱斯维斯》（1911）、《这一对》（1916）］时，李公昭主编的《20世纪英国文学导论》这样写道："作者表达的观点倾向于自然主义的世界观：接受现实，顺从生活和命运的安排。"⑤ 侯维瑞主编的《英国文学通史》认为，乔伊斯"在创作上他受法国文学影响颇深，从自然主义和唯美主义两大潮流中汲取了他所需要的东西，然后另辟蹊径"⑥。不难看出，简略的论述往往使归属缘由语焉不详，特别是缺乏详细的例证支撑和实证分析，因而难以确认具有自然主义的风格或特征的依据是什么，作家创作与自然主义之间的有机联系也就难以清晰地揭示出来。

---

① 侯维瑞主编：《英国文学通史》，上海外语教育出版社1999年版，第583页。
② 李维屏：《英国小说艺术史》，上海外语教育出版社2003年版，第173页。
③ 同上书，第242页。
④ 蒋承勇等：《英国小说发展史》，浙江大学出版社2006年版，第200页。
⑤ 李公昭主编：《20世纪英国文学导论》，西安交通大学出版社2001年版，第31页。
⑥ 侯维瑞主编：《英国文学通史》，上海外语教育出版社1999年版，第620页。

二　英国自然主义的定位反思

在世界许多国家，自然主义和现实主义不仅存在普遍混淆的情况，而且在文本的建构中，自然主义与现实主义常常交织在一起。因而，学术界大多从自然主义与现实主义的交集性、承继性、异质性等方面进行异同辨析，并以此探究英国文学所受的自然主义影响。然而，以这种思路探讨英国文学与自然主义之间的影响关系是否有效呢？实践证明，这样的研究路径并不能很好地探究影响关系，研究逻辑也不能令人信服，其理由如下：

其一，简单的"同"或"不同"并不能全面地厘清英国现实主义与自然主义在文本系统方面的异同关系。即使我们对现实主义和自然主义在理论上有所区分，它们之间的异同关系也只能作为我们参照的标准，并不能机械地套用，况且理论的抽象概括并不能反映创作实践的全部。事实上，在具体的文学创作中，我们经常会看到自然主义作家的作品中包含着现实主义的成分，现实主义作家的创作中也存在着自然主义的因素，这两方面并不那么容易分辨和精确区分。

其二，当时英国的许多小说家都不以自然主义自称，他们更专注于写实的文学传统，仅仅是在"与现实主义传统的真实保持一致的基础上佐以幽默，以及在对人生的荒诞洞察时，偶尔才向自然主义投去一瞥"①。鉴于此，有人就将一些作家作品笼统地界定为"具有自然主义特色的现实主义"或者"具有现实主义特色的自然主义"，抑或在"自然主义"前加上各种定语来称谓一些作家作品，但这样的界定依然不够明晰。如毛姆，国内文学史或将他列入自然主义或现实主义两个不同的流派，或认为毛姆的创作在本质上是现实主义的，却具有法国自然主义的特色。国外学者杰拉尔德·古尔德则认为，"如果说毛姆属于一个流派，那应该是法国派"②。"法国派"这一称谓显然是两难处境中的折中选择。可见，学术界对诸如此类作家的定位在自然主义和现实主义之间摇摆，用不同术语（词汇）界定相同的内涵，甚至处于模棱两可的状态。

其三，从创作实践来看，英国文学中的一些作品确实是以左拉等的自

---

① Lilian R. Furst & Peter N. Skrine, *Naturalism*, London: Methuen & Co. Ltd. , 1978, p. 32.

② Anthony Curtis & John Whitehead, eds. , *Maugham: the Critical Heritage*, London: Routledge & Kegan Paul Ltd. , 1987, p. 10.

然主义小说为典范，或者说是受到自然主义的影响而创作的。然而，当我们对这些文学现象进行整体归纳时，往往会给一些作家作品贴上"某某主义"的标签，或划归入某一流派和阵营，即以一定的标准（主题、题材、叙述等）将作家作品在属性上进行归纳。归属需要一个标准，但寻找标准的最大问题是并没有一个一以贯之的标准可以去参照，而只能找到归属的理由，如法国的巴尔扎克、福楼拜，英国的哈代、劳伦斯，美国的德莱赛等作家，归入现实主义是合理的，归入自然主义也有道理。即使同一作家的不同作品，哪部属于自然主义，哪部又可归为现实主义，对号入座也不那么容易。并且，不同国家或不同时代对同一作家的归属也各不相同，问题的关键在于，人们对自然主义本身持有不同的看法。这使英国自然主义文学的归属问题变得更加扑朔迷离。

其四，从文学史的角度来看，现有涉及英国自然主义的文学史（包括学术史）书写，往往会以一定的标准（主题、题材、叙述等）将作家作品在属性上进行归纳，却没有一个相对固定的标准来衡量和评定英国作家作品所受到的自然主义影响。如《左拉的学术史研究》一书在谈到吉辛时写道："乔治·吉辛也是维多利亚时期重要的小说家，他一生贫困，以'贫民窟文学'揭露英国社会的腐败现象，突出环境和遗传的影响，作品表现出自然主义的特征。"[1] 在这一简短表述中，作者之所以认为吉辛的作品具有自然主义的特征，标准大概有两点：一是以贫民窟为文学题材，二是突出环境和遗传的影响。具体来看这两点，首先，左拉的自然主义提倡以"底层人物的生活"为题材，以"贫民窟"为文学题材的确与自然主义小说的创作要求相吻合，但问题在于以"贫民窟"为文学题材的小说就一定是"自然主义小说"？其次，左拉的自然主义倡导在环境中塑造人物性格，特别是突出遗传学的影响，但是，比起自然主义对环境的重视，现实主义作品则更加突出"典型环境中的人物性格"，而突出了遗传影响的小说还有可能是科学小说或者其他的小说类型。以此来看，这两点尽管与自然主义有关系，但不能准确地判断这一作家的作品具有自然主义特征，或者这一作家就是自然主义作家。

---

① 吴岳添：《左拉学术史研究》，译林出版社 2014 年版，第 106 页。

第三节　英国小说自然主义的归属认定

自然主义在英国传播的时代，一大批的小说被随意地贴上了"自然主义"的标签，然而，这些所谓的"自然主义小说"中只有很少部分作品是追求艺术质量的严肃作家之作，大多数只不过是为了商业牟利吸引读者眼球而创作的粗俗之作，不屑一提。如何有序合理地探讨英国自然主义文学的归属问题呢？由于自然主义沿袭了现实主义的文学传统，偏重叙事，小说是大多数国家（包括英国）自然主义文学的表现形式，自然主义文学的成就也主要在小说方面。因此，我们首先面临的问题便是——何谓"自然主义小说"？

一　"自然主义小说"的界定

不可否认，给自然主义小说下一个标准的定义绝非易事。一些作家（包括左拉）和学者对"自然主义小说"进行过不同的界定和描述。

在《戏剧中的自然主义》一文中，左拉对"自然主义小说"进行过笼统的描述：

> 自然主义小说不过是对自然、种种存在和事物的一种调查研究。因此它不再把兴趣放在按某些规则来精巧地构思并展开的一个寓言方面。想象不再有用武之地，情节对小说家来说也无关紧要了，他不再去操心故事的编排、前后承接和结局；我的意思是，自然主义小说家并不插手对现实进行增删，他也不服从一个事先构思好的观念的需要来制造用以构筑一个屋架的种种部件。①

英国学者利里安·弗斯特在《自然主义》一书中对"自然主义小说"进行过界定：

> 自然主义小说是一种旨在最大限度地以科学家的客观态度来写作

① ［法］左拉：《戏剧中的自然主义》，毕修勺、洪丕柱译，载朱雯等编选《文学中的自然主义》，上海文艺出版社1992年版，第177页。

的小说，它力求表达人作为一种生物受遗传、环境和时代压力所支配
这一新的观点。不管这个定义多么不完善，它毕竟道出了自然主义小
说与来源于科学的方法和内容相互依存的观点的关系。人们往往轻易
地给一部小说或戏剧贴上自然主义的标签，仅仅因为它的题材或自然
主义的题材类型相似，比如关于贫民窟生活、酗酒或是性的堕落。其
实，要真正认识自然主义文学，至少必须意识到它的创作方法的特点
应和题材的选择同样重要，只有当作者是以科学家分析的客观性去处
理题材时，我们才能称其作品为自然主义作品。当然，应用这一标准
我们将会遇到许多问题，但是，我们必须以此为起点，因为这正是自
然主义作家为他们自己提出的标准。①

美国学者詹姆斯·纳格尔（James Nagel）曾对"自然主义小说"简
单地描述道：

　　　自然主义小说倾向于强调人类无能为力的生存状态、个性特征的
完全缺失、生活态度的绝望与毁灭、环境控制的无奈。②

就上面的描述界定来看，左拉作为自然主义理论的建构者，主要侧重
于从小说的内在要素来界定自然主义小说。不过，左拉对"自然主义小
说"的定义似乎并不明确，只有结合他的理论才能够理解。但就上面的
定义来看，左拉内在地规定了自然主义小说客观性、真实性的原则，而且
说明了想象、情节在作品中的地位。当然，左拉对自然主义小说的定义不
是绝对的。弗斯特则侧重于从创作方法来界定自然主义小说，比较详细地
指出了自然主义小说在创作方法和题材选择方面的特点，并且阐明了定义
自然主义小说的矛盾和难点所在。难能可贵的是，弗斯特表明自己对自然
主义小说的定义不是绝对的，仅仅是自然主义作家提出具体标准的前提。
纳格尔则主要陈述了"自然主义小说"在主题内容方面的倾向性，但其
描述带有一定的意识形态性，仅仅是一家之言，并非一个通用的定义。

---

① Lilian R. Furst & Peter N. Skrine, *Naturalism*, London：Methuen & Co. Ltd. , 1978, pp. 42 –
43.

② James Nagel, *Stephen Crane and Literary Impressionism*, University Park & London：The Penn-
sylvania State University Press, 1980, p. 105.

　　尽管学者们对自然主义小说界定的侧重点和方式有所不同，甚至还不够明确，但他们对自然主义小说的界定还是为英国自然主义的归属提供了可供判断的参照依据。正因此，结合前述界定，可以从中归纳出自然主义小说的几个基本特征：一是强调小说创作的真实性，二是强调小说创作与自然科学（生理学、遗传学等）的结合，三是提倡小说的纯客观写作。通过以上论述可见，之所以将自然主义小说的界定作为探讨出发点，一个很重要的原因在于将研究建立在文本细读的基础上。

　　从自然主义在世界各国的传播来看，由于文学之间影响与被影响关系的复杂性、微妙性和不可量化性，对自然主义小说进行界定去探讨英国作家作品的自然主义归属还远远不够。因为从英国文学史来看，一些作品虽然不能在事实联系中找到与自然主义的直接关系，但在作品中对人的生物性、环境与性格、科学等的书写，却与自然主义有相通的地方。那么，这些相通的东西是受了法国自然主义的影响还是作家们不期而然的共同体验？这是需要区分但又无法精确区分的问题。令人疑惑的是，对自然主义产生影响的哲学（家）、生物学（家）、时代的科学基础等也对一些作家的创作有所影响，是否因此可以说这些作家具有自然主义属性，可以归入自然主义行列呢？如哈代的创作受到了达尔文主义的影响，就可以认为哈代是自然主义作家吗？这显然又会涉及文学研究中实证批评与审美批评的关系问题。

二　文学间影响的实证与审美

　　比较文学的法国学派提倡以客观事实联系为基础进行文学关系研究，但忽视了文学的审美特性，"实证能证明科学事实和科学规律，但不能证明艺术创造与接受上的审美意义"[1]，即从文学的外部出发来求证文学创作过程中存在的审美价值几乎难以实现。即便是不同的作家，在文学创作中也会不约而同地存在着共同的生命体验和文体形式，在那些没有互相影响的文学之间存在着许多共同的艺术思维，这些相通的因素，为研究文学的规律和特征提供了很多可能。基于此，美国学派主张在无客观事实的文学间建立起一种主观的审美价值联系，即"把问题提到一定的范围之内，

---

　　①　陈思和：《20 世纪中外文学关系研究中的"世界性因素"的几点思考》，《中国比较文学》2001 年第 1 期。

也就是提出一个特定的标准，使不同的现象之间具有可比性，从而进行比较"①。但这样的可比性又缺乏一定的实证性。

如何处理二者之间的矛盾呢？众所周知，一个作家或一部作品的艺术魅力是多元而又呈复合型的，文学研究一个很重要的目的就在于揭示这些艺术特性并进行归类。例如，人们比较熟悉的哈代和劳伦斯，既可归入现实主义的作家阵营，也可归入自然主义的作家行列，原因何在？我认为主要原因在于文学批评的立足点和方法不同。显然，翻阅哈代和劳伦斯的作品及文献，我们几乎无法用实证的方法去判定哈代和劳伦斯是否与自然主义有必然或直接的联系。若从审美批评来看，哈代的作品关注环境对人物性格的作用、劳伦斯作品露骨的性描写以及他们对工业文明的展示等都具有类似于自然主义的风格，由此他们被一些评论者看作具有自然主义风格的作家。事实上，一些作家作品与自然主义的联系是"先天"的，可以依据一定的事实材料推导出来，而另一些作家与自然主义的联系则是"后天"的，以审美价值为纽带联系在一起。甚至有些作家作品我们是无法以某种价值标准去衡量的。况且，大多时候标准在研究者和读者手中，这也将评判处于矛盾的境地。就连作家本身的宣言，我们也得以分析的目光来看待，正如吴岳添所说："对作家要用作品而不能只用他的宣言来衡量，因为写出来的作品不可能完全符合作家的创作意图。"② 这说明，文学的审美批评和实证批评是文学批评经常遇到的两种矛盾。同时，在英国文化的过滤下，自然主义文学的一些元素已经发生了变异。影响与变异同在，自然主义的面目变得更加难以辨认。并且，许多作家并不希望读者给自己及其作品一个固定的标签，称为"某某主义"或"某某"流派，这样将会消解作品的多样性和丰富性。

尽管我们还未找到充分足够的证据来证实一些作家是否自觉地汲取了自然主义的理论观念，但通过阅读分析这些作家的作品，我们却能从中发现这些作家与左拉自然主义的相似性和契合点。这些相似性和契合点或许未必是这些作家创作的初衷，但是，作品的意义不仅仅由作家赋予，读者也赋予了作品多种多样的意义。比如有些作品的一些深刻内涵作家本人在创作时并没有意识到，而文学批评家则不经意地从作品中挖掘了出来。从

---

① 卢康华、孙景尧：《比较文学导论》，黑龙江人民出版社 1984 年版，第 133 页。
② 吴岳添：《法国文学散论》，东方出版社 2002 年版，第 25—26 页。

逻辑上来看，一个作家受到的影响有多大，我们无法用准确的比例数据来描述，而且文学史对一种文学现象的描述，其实是对零碎的文学史实进行的一种建构，运用的逻辑思维不同，文学史的建构方式也不同，文学史所要传达的作家作品信息包含了建构者的思考和建构逻辑。例如，有论者在谈到鲁迅所受的表现主义和象征主义影响时，为了证明鲁迅受到象征主义的影响，就先将《苦闷的象征》从内容到主题论证为是象征主义的，再以鲁迅翻译过《苦闷的象征》为证据，最后得出结论说鲁迅受到了象征主义的影响。对鲁迅所受的表现主义影响也是如法论证。我们暂且不去评价这种论证过程是否恰当，但可以发现影响研究存在着一个通用的模式，即将零碎的文学史实以逻辑的方式来进行实证。然而，影响研究所谓的"实证"并不是一种完全意义上的事实论证，其实是一种文学史实的"逻辑化"，即以逻辑的方式来靠近事实或建立事实之间的联系。实证就是为了从逻辑上找到联系，而不完全是事实的"实证"（尽管也包含这一层面）。因此，在具体的研究中，我们应该将实证批评与审美批评结合。

在这里，我们以左拉自然主义理论为基础，以自然主义小说的界定为参照，将实证批评与审美批评相结合，可以找到英国自然主义归属的主要理由（标准）：一是作家受到左拉等其他自然主义作家的影响。如乔治·莫尔与左拉的相识交往，对莫尔以后的自然主义创作起到了推动作用。毛姆在法国自然主义作家（如龚古尔兄弟、莫泊桑等）的指引下进行写作，尤其是毛姆从莫泊桑那里学到了简洁的叙事风格和清晰严密的结构，以至于他被称作"英国的莫泊桑"。二是作家的创作和作品的某些部分（因素）与自然主义理论方法一致。如在题材选取上，以工业时代的下层社会为背景，选择自然主义作家比较喜欢的下层人物进行描写；在人物塑造上，紧密围绕人的动物本能，重视环境、遗传对人的决定作用；在叙事方式上，采取客观冷静的叙述方式。如乔治·吉辛的《新寒士街》、乔治·莫尔的《伊丝特·沃特斯》等与左拉的自然主义小说就有许多相似之处。三是作品中的审美特质（如性描写）与左拉等的自然主义作品具有相同的审美效果。由于人们常常将性爱与自然主义相联系，与左拉的《戴蕾丝·拉甘》等作品的命运相似，乔治·莫尔的《现代恋人》和《演员之妻》因性的大胆描写，在出版之初就受到道德谴责和政府当局的查禁，读者对此也是大加指责。

第四节　英国作家与自然主义关系厘定

当我们明确了英国自然主义归属的标准，依据上述三个基本标准，结合英国文学史可以发现，若从实证影响的角度来看，英国具有自然主义的倾向代表作家有乔治·吉辛、乔治·莫尔、阿诺德·贝内特、毛姆等。若从审美批评的角度来看，在英国文学中具有自然主义风格的主要作家有哈代、劳伦斯等人。

一　实证的自然主义"影响"

乔治·吉辛深受左拉、莫泊桑、屠格涅夫的影响，一生都在创作中坚定不移地实践写实的文学手法。他创作的《黎明中的劳工》（1880）、《无阶级者》（1884）、《新寒士街》（1891）等小说描写了社会变革中下层贫穷人民的凄惨生活和处境，小说细致、客观的描写显示出法国自然主义的痕迹。《黎明中的劳工》是吉辛的第一部小说，出版后并没有获得成功，却受到了英国实证主义哲学家哈里森（1831—1923）的赞扬，这表明吉辛的创作方法与自然主义思想根源的实证主义不谋而合。《新寒士街》一般被认为是吉辛最成功的作品和最具自然主义风格的作品之一。在题材选取上，吉辛选取了自然主义作家偏爱的下层人物（穷困知识分子作家）为主要描写对象。在创作手法上，吉辛习惯于采用与自然主义最为相似的客观化的小说话语（如贾斯帕与里尔登之间的对话），将自己的艺术构思隐含在对话之中。借小说人物比芬之口，吉辛在《新寒士街》中表达了自己关于自然主义小说的创作理念："我想出了一个表达它的新方法，我的真正用意是在那些出身低贱的人的范围里发现一种绝对的现实主义。……我要论述那些本质上不算英雄的平民，论述那些受粗俗环境支配的大多数人的日常生活。……我将逐字逐句把它再现出来，除了忠实地进行报道外，不作丝毫掺杂个人观点的离题描写。"[1] 吉辛在秉承现实主义传统的基础上，融合自然主义的创作主张，着力描写下层人民的生活，将落魄文人的生活表现得淋漓尽致。

乔治·莫尔在学生时代就开始广泛地阅读康德、斯宾诺沙、达尔文等

---

[1]　［英］乔治·吉辛：《新寒士街》，文心译，上海译文出版社1986年版，第162—163页。

人的著作。从小立志成为画家的莫尔，1872—1882 年在法国学画期间却迷上了法国小说（左拉、龚古尔兄弟等的作品），而且结交了一大批文学艺术家，如画家莫奈、都德、马拉美、左拉等，这些对莫尔的文学创作起到了不可忽视的作用。尤其是左拉，莫尔非常喜欢左拉的《小酒店》，他认为，"就灵魂的境界来看，绮尔维丝是左拉写得最美的人物……在写这部小说的时候，左拉比以前任何时候，也比他将来可能会的那样，是福楼拜的学生，这本书是完全按照福楼拜的方式写的，用了一些被图像化的修饰语弄得生气勃勃的短小句子"①。莫尔在晚年曾坦言自己受到了左拉的影响，并在回忆录《我的死了的生活回忆》（1906）中声称自己是"最年轻的自然主义者"。法国自然主义也正是通过莫尔传播到了英国。莫尔在谈到自己阅读左拉《实验小说论》的感受时说："我体验了突然而至的内心光明所带来的痛苦和欢乐。自然主义、真实、新艺术，尤其是'新艺术'一词，像是突然醒悟的感觉穿透我一样。"② 莫尔的第一部小说《现代恋人》（1883）和第二部小说《演员之妻》（1885）都是左拉自然主义的模仿之作。《现代恋人》描写了一位才艺不高的艺术家依靠与女人的关系而走红的故事，与左拉的《娜娜》有些相似。《演员之妻》讲述了女工凯特·伊德不安现状，抛弃生病的丈夫，移情别恋，与哑剧演员狄克·乐诺克斯相爱后，终日酗酒悲惨死去的故事，与左拉的《戴蕾丝·拉甘》有许多相似之处。这两部作品均因露骨的性描写，出版后遭到封杀。莫尔的成名作《伊丝特·沃特斯》（1894）讲述了来自下层劳动阶级的主人公伊丝特在巴菲尔德家做仆人时，被仆人威廉诱奸怀孕，随后遭到抛弃，再到重逢后威廉病亡，独自抚养孩子的故事，整部作品体现了自然主义小说的一些特色。在题材上，莫尔选取了生活于社会下层的仆人为对象，对苏赛柯斯的社会生活进行真实的描写。在艺术手法上，莫尔采用客观的叙述话语，对小说中的人物采取不偏不倚的态度，以仆人们的观点去写仆人的生活，给读者强烈的真实感。鉴于此，许多学者认为《伊丝特·沃特斯》是莫尔最具代表性的自然主义作品。

　　阿诺德·贝内特是一个十分重视法国小说写实技巧的作家，尤其崇尚

---

① 转引自高建为《自然主义诗学及其在世界各国的传播和影响》，江西教育出版社 2004 年版，第 229 页。
② 同上书，第 228—229 页。

福楼拜、巴尔扎克和左拉等人，因此有学者指出"在英国作家中，他是捕捉到巴尔扎克、福楼拜和左拉精神的唯一作者"①。贝内特一生创作了多部作品，其最具代表性的作品是以"五镇"为背景的系列小说，如《五镇的安娜》（1902）、《老妇谭》（1908）、《五镇轶事》（1905）、《五镇的严峻笑容》（1907）等。这些作品一方面以法国自然主义忠实、细致的笔触记录了五镇的生活，另一方面对小说人物采取了客观还原的描写手法，将现实主义和自然主义融为一体，展示了 19 世纪末 20 世纪初英国在社会经济和思想道德方面的发展变迁。《老妇谭》讲述了姐姐康斯坦斯和妹妹索菲亚不同的生活经历和人生历程，"在思想内容上流露出自然主义的悲观倾向，在表现手法上也遵循自然主义创作原则"②。在《五镇的安娜》中，贝内特以旁观者的视角对安娜、特莱尔特等人物形象及其日常生活进行了精确的客观描写，凸显出安娜在父权制之下的主体个性。

　　毛姆是一位有着五年学医生涯的作家，从医的经历使他了解到底层人民的生活状况，临床实践则培养了他冷静解剖社会、客观记录人生的习惯。当自然主义传播到英国时，毛姆大量地阅读法国文学（自然主义）作品，他曾说："我学习的法国小说家要比英国小说家多，我在莫泊桑身上学到需要的东西之后，就又转向司汤达、巴尔扎克、龚古尔兄弟、福楼拜以及法朗士学习。"③ 法国文学对毛姆的熏陶，使毛姆的文学创作特别是早期小说在内容和形式上表现出自然主义倾向。毛姆第一部小说《兰贝斯的丽莎》（1897）一向被认为是"英语小说中自然主义小说最完全的样本。"④ 小说描述了一个在伦敦东区贫民窟的年轻姑娘丽莎为了追求自己的幸福，坠入情网，与有妇之夫怀孕，最后悲惨死去的故事。《兰贝斯的丽莎》以冷静客观的自然主义笔法，详细地描绘了丽莎所处的那种令人窒息的生活环境，用临床观察的方式真实地叙述了丽莎的人生经历。同样，毛姆在《人性的枷锁》（1915）中通过菲利普与威金森小姐、诺拉的性关系充分表现了人在本能情欲驱使下的行为和思想历程，真实地表现了下层人民穷困的生活状况。

---

① 侯维瑞主编：《英国文学通史》，上海外语教育出版社 1999 年版，第 581 页。
② 王守成、方杰：《英国文学简史》，上海外语教育出版社 2006 年版，第 167 页。
③ W. Somerset Maugham, *The Summing Up*, London：Pan Books Ltd. , 1976, p. 113.
④ ［英］麦吉尔：《世界名著鉴赏大辞典》，中国书籍出版社 1993 年版，第 5198 页。

二　审美的自然主义"影响"

除了吉辛、莫尔、贝内特、毛姆受到自然主义影响外，论著也会将英国的一些作家作为论述比较的对象，之所以这样做，源于文学接受的差异性和审美批评的主观性。如哈代和劳伦斯是我们比较熟悉的英国作家，学术界有时将他们看作"自然主义作家"，将他们的一些作品看作"自然主义小说"。

依据笔者翻阅的资料来看，哈代和劳伦斯与左拉等自然主义作家既没有直接的交往联系，也没有明确的文学创作的事实联系。为何将他们与自然主义相联系呢？从时代背景来看，这是因为哈代和劳伦斯的创作既处于法国自然主义发展的时代，也处于自然主义在英国传播的时期。但从作家的创作来看，哈代和劳伦斯都与自然主义有交叉类似的地方。

1862—1867 年，哈代在伦敦期间，曾在著名建筑师布洛姆非尔德手下当绘图员，建筑论文获英国皇家建筑学会奖，在伦敦大学皇家学院进修近代语言（特别是法语），钻研文学和哲学，接受了达尔文的进化论、叔本华的"唯意志论"哲学、赫胥黎的不可知论等思想。受其影响，哈代的创作思想与自然主义的思想基础有交叉之处，而哈代"性格与环境"小说的创作手法与自然主义的创作手法亦有相似之处。

劳伦斯是一位长期以来颇受争议的作家，创作了《儿子与情人》（1913）、《虹》（1915）等作品。在主题思想方面，劳伦斯的作品大多以"性爱"为基本，倡导一种男女之间自然和谐的性爱之美，一方面真实地再现了工业革命时期人的社会生活和物质形态，另一方面则自由地展示了人的自然本能和精神状态。这与自然主义在艺术处理和精神呈现上颇为相似。尤其是，劳伦斯的小说《查泰莱夫人的情人》（*Lady Chatterly's Love*），起初因过分的性行为描写被禁止在英国出版，而在法国和意大利出版，直到 1960 年才得以解禁，销售量与《圣经》不相上下。这与大多数法国自然主义小说的命运可谓如出一辙。

可以看出，哈代、劳伦斯的作品中虽未曾出现法国式的自然主义小说，但的确有一些与自然主义文学类似的文学因子。因为某位作家的创作表现出自然主义倾向、具有自然主义色彩与受到自然主义影响是两回事。受到自然主义影响意味着就会具有自然主义色彩或倾向，存在着必然有机性。具有自然主义色彩或倾向未必就是受到自然主义影响的结果，包含着偶然巧合性。受到自然主义影响代表着"影响—实证—先天联系"之间的内在统一，而具有自然主义色彩或倾向意味着"审美—非实证—后天联系"之间的内在联系。遗憾的是，哈代和劳伦斯创作的自然主义风格和表现并没有得到应有的关注，尤其是，哈代、劳伦斯的作家属性和自然主义在作品中的流变等一些悬而未决的问题，则要求我们以新的视角去观照。

事实表明，对英国小说中自然主义的研究，存在着事实的影响关系，也存在着审美的艺术联系。换言之，单纯地或仅仅依靠实证批评是不够的，客观地说，审美批评理应不可或缺，这一方面与当时自然主义在英国传播产生影响的历史事实相符合，因为当时的许多小说不论良莠都有可能被贴上自然主义的标签，另一方面与自然主义小说的阅读和接受有很大的关系。因此，从实证和审美的角度来看，哈代、劳伦斯这些与自然主义没有确凿的事实联系，但与自然主义具有审美关系，且较为复杂富有争议的作家理应成为论述的对象，这不仅是因为他们的创作与自然主义有诸多相似的地方，更多的是，他们在相似之外还显现出一些与自然主义不同的地方，而这些不同反而更能说明自然主义传播到英国后发生的变化。

总的来看，无论是可以实证的自然主义"影响"，还是不能完全实证的审美的自然主义"影响"，从上面几个作家的创作就可看出，第一，文学的发展是一种多层面的螺旋式的发展，在具体分析文学史的一些现象时，应该以宽阔的视野，多层面地去分析和理解作品，对文学的纵向发展在宏观上有一个充分明晰的认识。第二，作家作品的归属问题不仅是文学研究面临的问题，也是文学史书写遇到的普遍难题，不同的看法将直接影响着文学史对一些作家的描述和定位，评价体系和学术标准并不统一。第三，作家的创作是多元的，一些作家在创作的不同阶段呈现出不同的面貌，而有些作家在同一阶段的创作呈现出多重的风格，鲜有哪一位作家在一生的创作中始终如一地恪守一种创作原则和理念。因此，我们对一个作家的认识就不能拘泥于某一方面，更不应机械地将某一作家、某一作品归类为某一流派。在后面的章节中，我们将以自然主义理论为基础，深入理解自然主义的精神实质，将实证批评与审美批评相结合，在深入细读文本的基础上，聚焦于一些作家作品中所出现的类似的自然主义因素，以及自然主义在英国小说中存在形态的辨析，同时将这些作家作品与法国（左拉）自然主义作家作品进行比较，用比较的方法探讨这些作家作品与自然主义之间的有机联系和价值特色。

第四章

英国小说中自然主义的社会认知

文学是时代的产物，每一时代的文学作品都会不同程度地对这一历史时期的社会状况有所反映。自然主义强调客观性和真实性，实际上就是强调和突出小说的认知功能，即将文学看作类似科学观察的一种研究，将作家视为学者和科学家，将文本作品看成研究资料，以便让读者从文本作品中认识人类社会。

第一节 自然主义文学的客观实证

谈到自然主义，看似简单却难以把握的一个问题，就是自然主义的"客观性"。如果说"客观性"是自然主义认知社会现实的基础，那么其背后的学理和形态就是认识"客观性"需要探究的重要问题，即自然主义为何追求客观性？自然主义又是如何达到客观性的？

一 客观再现的内在悖论

柳鸣九曾经指出，"自然主义文学根据自然科学的客观主义精神，在对生活事件、生活过程以及人物行为的描写中，力求削除任何浪漫的不平凡的色彩，力求避免任何人为的布局与匠心的安排，而致力于追求日常生活化、力求以平淡无奇的生活图景与生活进程来达到真实地描写现实的目的，由此，就使得不具有任何主观色彩、任何典型意义的生活细节也得以进入文学，如一个妇女梳妆的具体过程、一个男人洗澡的琐细小节、一桌酒席上菜进酒的种种情况、几个农民一次劳动的始末详情，等等"①。诚然，自然主义文学这种客观平淡的细节，常常带给人一种生活实录的印象，呈现出一种客观性。那么，客观性背后的学理是什么呢？从文学本体论来看，究其根底，自然主义强调创作的客观性实际上关涉着如何模仿、如何客观再现的问题。

如何实现客观地再现？在自然主义的形成过程中，左拉在多处著述中逐步提出了自己的"非个人化"原则。在《福楼拜及其作品》一文中，左拉首次提出"非个人化"的观点，即"作家应完全消失在所叙述的情节的后面"。此后，在《戏剧中的自然主义》一文中，左拉将"非个人化"视为自然主义小说一个重要特点，并将其进一步加以明确。在《致阿尔贝·米罗》的信中，左拉谈道："我禁止自己在小说里做出结论，因为在我看来，结论不是艺术家所能做的。"② 在左拉看来，小说家就好比一名记录员，在创作时应仅仅陈述他的所见，将真实的材料摆在读者面前，隐匿自己的情感，对事物不做任何评判和结论。为此，左拉曾对巴尔扎克在创作中滥用想象的创作方式进行了严厉批评，指出巴尔扎克的想象是按照某种主观意图的预设，反而是对世界的歪曲，实质上就是没有真正地如实反映客观世界。

要达到"非个人化"，就需要做到三个方面，一是杜绝作者的议论，避免随意结论，二是杜绝作者的说教，放弃道德说教，三是杜绝情感泛滥，拒绝主观倾向。③ 至此，自然主义主张经由"自然"这个载体让客观生活本身进入文本，特别是"悬置"所有既定观念体系，以此阻断形而上学观念对世界的遮蔽，"把人重新放回到自然中去"④，让读者感受自然的直接性与强烈性，在此基础上最终达成对传统现实主义"模仿"的革命性改造。

然而，必须承认，自然主义在再现广度上扩大范围的同时，也在再现程度问题上带来了误解，特别是自然主义关于"非个人化"与"个性"、

① 柳鸣九：《编选者序》，载柳鸣九选编《法国自然主义作品选》，天津人民出版社1987年版，第15页。

② ［法］左拉：《致阿尔贝·米罗》，载《左拉文学书简》，吴岳添译，安徽文艺出版社1995年版，第196页。

③ 曾繁亭：《"真实感"——重新解读左拉的自然主义文论》，《外国文学评论》2009年第4期。

④ Emile Zola, "Naturalism in the Theatre", in George J. Becker, ed., *Documents of Modern Literary Realism*, Princeton, New Jersey: Princeton University Press, 1963, p. 225.

"真实"与"想象"的关系问题仍需澄明。

首先，在客观维度上，自然主义的"非个人化"和"个性"关系并非不相融合。自然主义主张"非个人化"的叙事，但并未否定"个性"在文学创作中的作用。自然主义之所以没有否定"个性"，说到底是无法否认情感在创作中的重要作用，因为文学艺术是情感的载体，自然主义将情感作为实验方法的前提基础。如此，"情感"将"非个人化"与"个性表现"联系起来，而"真实感"又将"非个人化"与"个性表现"进行了调和统一。法国评论家让·罗斯丹曾指出："左拉从未否认过表达、个性和文笔的作用。他从未说过艺术作品应简化成单纯的调查，单纯的收集事实。"① 可以说，"非个人化"与"个性表现"在自然主义创作中并非是一种简单的二元对立关系，而是一种辩证统一的逻辑关系，即"个性表现"是"非个人化"实现的前提和基础，而"非个人化"则为"个性表现"的实现提供了土壤和养分。"非个人化"的实现并非要抹杀"个性表现"的存在，自然主义"非个人化"的诉求恰恰是对"客观中立"原则的践行。

其次，在真实维度上，自然主义的"真实"并非完全否定"想象"。左拉特别指出："小说家还是要虚构的，他要虚构出一套情节、一个故事"。"我不拒绝想象，尤其推理。"不过，他又进一步补充道："虚构在整个作品里就只有微不足道的重要性。""想象在这里占的地位是那么微小。"因为小说家主要"只向读者提供生活的记录，不作任何安排以连接这些记录"②。因此，自然主义作家不是完全没有一点儿想象，概因"作家全部的努力都是把想象藏于真实之下"③，"想象不再是投向狂乱怪想的荒诞创作，而是对被瞥见的真实的追述"④。法国学者阿尔芒·拉努曾指出，左拉作品中勒内与马克西姆父子的乱伦罪孽，娜娜卧室内的种种淫乱之事，绮尔维丝对前夫屈从的过程，《萌芽》中穆凯特对梅拉格的性阉割

　　① ［法］让·罗斯丹：《左拉——一个诚实可靠的人》，郑其行译，载谭立德编选《法国作家、批评家论左拉》，安徽文艺出版社1994年版，第179页。
　　② ［法］左拉：《论小说》，柳鸣九译，载柳鸣九主编《自然主义》，中国社会科学出版社1988年版，第500页。
　　③ 同上。
　　④ ［法］左拉：《论小说》，郑克鲁译，载朱雯等编选《文学中的自然主义》，上海文艺出版社1989年版，第236页。

报复等书写，"这一切，他都是从未经历过的。这些统统是想象的产物。"① 这表明，"真实"在左拉的小说创作中占据主导地位，想象只不过是填补真实材料中的空缺东西，想象既不是臆造，也不能抹杀小说的真实性。即使填补的东西也要使人感到真实，具有真实的生活气息。如此来看，一些批评者认为左拉否定想象的看法有失偏颇。

如果以非个人化为写作标准的话，那么客观真实和艺术真实的界限又在何处？真实感和绝对客观是不是一回事？在实际创作中，其实没有哪位作家可以做到百分之百的或者绝对的"非个人化"和客观性。"非个人化"不等于绝对真实，因为没有叙述是绝对客观的，即使以追求客观为目标的文学创作，都不可能不对现实生活材料进行选择、加工。任何宣言写实的流派或追求纯粹写实的文本都不会是绝对客观的，许多作家孜孜追求的客观与写实，只不过是其效果的最大化呈现。正如有学者指出："文学本质上是一种具有态度性、选择性和评价性的精神现象；不存在无态度的文学，只存在态度内敛或外显、正常或病态的文学。"② 这除了文学创作不可或缺的情感维度之外，还在于创作过程的主观性。因为大部分作家在创作时往往失去自我主观能力的操控，其创作过程包含着作家无法掌控和企及的个人因素，因而作家的影子并不能完全或彻底地从其作品中消失，作家的用字遣词方面更无法超然于作者自身而存在，作家的影子在字里行间也就不免间或可闻。从这个意义上来说，作为理论家的左拉和作为作家的左拉、批评家的左拉之间并非同一，不能随意地画上等号。

法国学者让·布维埃曾经指出，"文学上的自然主义并不是摄影，也不是现实的移印。我们将会看到，'文献资料的准确性'并不是主要原因。左拉这位建筑大师只是自由地使用精确的文献资料。文学创作是化学，是炼金术，也就是把握住事实将它写成作品。小说和现实之间，艺术塑造和真实历史之间，永远不会完全一致，绝对吻合——它们之间也不应该吻合一致③。确乎如此，自然主义作家的创作过程实际上是"非个人化"和"个人化"、"真实"与"想象"共同交织的过程。这就使作家的理论主张和创作实践存在一定的距离，当然这也是正常甚至普遍的文学现

---

① ［法］阿尔芒·拉努：《左拉》，黄河文艺出版社 1985 年版，第 152 页。
② 李建军：《文学的态度》，作家出版社 2011 年版，第 1 页。
③ ［法］布维埃：《金融界》，胡宗泰译，载谭立德编选《法国作家、批评家论左拉》，安徽文艺出版社 1994 年版，第 333 页。

象。因而，在某种程度上，写实文学的模仿总是存在着一种认知上的悖论，这种悖论来源于"模仿"效果与客观"再现"之间产生的距离，这种距离的产生意味着在模仿现实与现实之间并非对等，而是存在着模仿等于、大于还是小于现实的问题。显然，若我们能够认识到这种模仿中存在的悖论，那么，模仿与客观的关系问题就会迎刃而解。

二　自然主义的实证路径

自然主义是以实证主义哲学为基础，实证便成为实现自然主义客观书写的核心。就此而言，自然主义方法的关键在于，"你要去描绘生活，首先就请如实地认识它，然后再传达出它的准确印象"[1]。如此，作品才能达到客观性。那么，为了达到客观性，自然主义作家是通过哪些途径实现的呢？以左拉为例阐述如下。

第一，阅读社科方面的理论著作。

左拉在青年时代就非常喜爱阅读生理学、遗传学等自然科学方面的著作，如达尔文的《物种起源》、勒图尔诺医生的《情欲生理学》、吕卡斯医生的《自然遗传的生理学论著》（有些文献著述中将其译为《自然遗传》），他深受启发并决定将其应用到自己的小说创作中。1864 年，《物种起源》的法译本出版后，"左拉如饥似渴地阅读过"[2]。左拉借鉴达尔文的理论，主张文学不仅要表现人的情感与思想方面，而且要表现人的肉体与情欲方面。翻阅左拉的作品，就会发现达尔文的进化论观念突出地表现在《娜娜》《小酒店》等作品中。可以说，达尔文的理论促成了左拉自然主义"生物的人"的创作观念的形成。为了创作《妇女乐园》及其相关经济问题，左拉还读过傅立叶、盖德、蒲鲁东和马克思的著作。而左拉的《实验小说论》更是将克洛德·贝尔纳的《实验医学研究导论》作为论述文学主张的坚实基础，最基本的出发点就是在大多数情况下只需将"医生"两字换成"小说家"，顺理成章地将《导论》移植到自己的《实验小说论》中，试图将实验的科学方法用于小说创作。

第二，详细地收集阅读相关书面材料。

---

① ［法］左拉：《论小说》，柳鸣九译，载柳鸣九主编《自然主义》，中国社会科学出版社 1988 年版，第 502 页。

② ［法］阿尔芒·拉努：《左拉》，马中林译，黄河文艺出版社 1985 年版，第 142 页。

　　左拉坚持认为，"作家的唯一工作是把真实的材料放在您的眼前"①。在他看来，写小说的过程不是先有故事情节或者全部结构，"而是先有一个极不成熟的意念，想写一部关于什么人物的小说，然后拼命找材料，材料一齐全，情节自然就会出现，而小说也就会完成了"②。可以说，左拉身体力行地实践这一创作方式，几乎在每部小说动笔前都要大量收集和阅读相关书籍和资料。譬如，为了创作《萌芽》，左拉收集阅读了大量有关煤矿的文献及其关于罢工和社会问题的资料。有时为了解决一个问题，需要看十本或二十本书，特别是为了解决遗传律的问题，左拉甚至在图书馆阅读了鲁卡博士的所有著作。至今仍保存在法国国家图书馆手稿部的《〈萌芽〉准备资料》，其厚厚两卷（书面资料和实地考察记录）③ 无疑证明了左拉在创作《萌芽》前的精心准备。

　　据《〈萌芽〉准备资料》记载，左拉阅读了大量的书面材料，按时间顺序列其要者如下：博安·布瓦索的《煤矿工人的疾病、事故和畸形》（1863）、阿梅地·布拉的《1863年法国煤炭工业概况》（1864）、多尔穆瓦的《瓦朗西埃纳煤田的地下地形》（1867）、路易－罗朗·西莫南的《地下生活，或煤矿与矿工》（1867）、戴斯杜的《国际工人协会：起源、目标和特点》（1871）、勒罗瓦－博利厄的《十九世纪工人问题》（1872）、杜卡尔的《关于煤矿工业状况议会调查的报告》（1873、1874）、伊夫·基约的《经济学》（1881）、拉弗莱的《现代社会主义》（1881）、保尔·莫罗《儿童杀人事件》（1882）、斯戴尔的《法国矿工陈情书》（1883）等多部相关资料。在做了大量笔记的基础上，左拉还认真研究工人运动，提高对工人运动的认识。毫无疑问，通过这些实地考察、亲身体验和学习研究，《萌芽》创作的材料可以说具有无可辩驳的真实性，在细节处理上更是真实可靠，让人震撼。正是得益于这些详尽充分的资料准备，《萌芽》从一开始就具有了实证性。

　　第三，实地考察与观察记录。

　　为了《萌芽》创作资料的准确性，左拉亲自到矿区进行实地考察和

　　① ［法］左拉：《戏剧中的自然主义》，毕修勺、洪丕柱译，载朱雯等编选《文学中的自然主义》，上海文艺出版社1989年，第178页。
　　② 金满成：《左拉》，黑龙江人民出版社1983年版，第71页。
　　③ 据有关资料记载，《〈萌芽〉准备资料》大多写于20厘米×15.5厘米的页面上，共有两卷，分别包括500页和453页。

访问，力求对矿工生活的各个方面做到了若指掌。如 1884 年 2 月 19 日，法国北部采煤区昂赞发生大罢工，报纸迅速做了报道。左拉闻讯第三天就赶往现场进行实地采访和调查。为了实地考察，左拉住进矿工宿舍、不止一次深入矿井观察工人们劳动、目睹工人的生活工作环境，并且参与矿工罢工，这些现象都被左拉如实地记录下来。作品中诸如工人服装、住房、饭食等细节，左拉在《资料》第二卷中都有详细的记录。尽管同时代有一些评论者和读者认为《萌芽》没有揭示工人斗争的本质，但都不约而同地认为《萌芽》的材料极具真实感。

为了增强《小酒店》的真实性，左拉在创作《小酒店》之前就以分类编号的卡片方式记录了许多创作素材。据记载，左拉关于创作《小酒店》的记录卡片有将近三百张之多，具有分类编号如下：总计划 3 张（卡片 1—3 号）、详细计划 89 张（卡片 4—92 号）、酒精中毒问题笔记 7 张（卡片 93—99 号）、关于城区、街道、小酒店、跳舞厅的计划与笔记 17 张（卡片 100—116 号）、人物 22 张（卡片 117—138 号）、阅读《醉鬼》笔记 16 张（卡片 140—155 号）、草案 19 张（卡片 156—174 号）、关于公共洗衣场所、洗浆女工、工人、桶匠、金饰工人 16 张（卡片 175—190 号）、其他各种资料如剪报、俚语、土话 49 张（卡片 191—293 号）等①。正因此，面对《小酒店》的指责，左拉于 1885 年 4 月 4 日写给弗朗西斯·马尼亚尔的信中写道："有人指责我对可怜的人们——我在描写他们时，眼睛里充满了泪水——使用了下流的想象和预谋的谎言。对每一个指责，我都可以用资料来作答。"②

第四，向知情人士咨询和请教。

对于自己不熟悉的领域，左拉通过聚餐、采访、谈话等方式尽可能地获取资料。例如，左拉在与福楼拜、龚古尔、都德等人的谈话中收集宫廷生活的情况，利用聚餐的方式获取不熟悉的上流社会（上层资产阶级和贵族阶级）的资料。为了写好小说《人兽》中的人物，左拉曾写信向古维尔奈医生询问有关毒药的知识。左拉在信中写道，"为了我正在写的小说，我需要一种知识。冒昧向您咨询。我看到说硝酸钾是一种致人衰弱的

①　左拉关于创作《小酒店》的记录卡片保存于法国国家图书馆。参见金满成《左拉》，黑龙江人民出版社 1983 年版，第 94 页。

②　［法］马克·贝尔纳：《左拉》，郭太初译，上海译文出版社 1992 年版，第 103 页。

毒药。人们是否能用我们住房的墙硝毒死人？我需要写一个土气的坏蛋用一种缓慢而容易的方式毒死他老婆。"① 由此可见，左拉并没有想当然地判断硝毒的毒性，而是通过专业医生将问题经过求证后，再写入自己的作品中。

左拉的《娜娜》是一部关于妓女的小说，尽管左拉本人既没有寻花问柳过，也没有亲身体验过，但左拉又反对仅凭虚构和想象来构思小说，那么，左拉是如何做到真实的呢？原来，为了达到创作目的，左拉一方面通过与其他作家的聚会言谈中收集材料，借阅塞阿尔笔记的相关内容作为参考。左拉在给塞阿尔的信中说道："万分感谢您的笔记。这些笔记太好了，我全部都能用上；晚餐部分特别精彩。我真希望有一百页这样的笔记。倘能如愿，将为我这本书生色不少。如果您能找到新的资料，不管是您的还是您的朋友，请再给我寄来。我渴望了解你们亲眼见过的事情。"② 另一方面让龚古尔兄弟、都德、塞阿尔等作家带他到妓院里去观察，访问一些交际花、演员，等等。以上述材料为基础而写出的《娜娜》，自然不是虚构想象的产物。《娜娜》中关于低级剧院色情演出、上流社会堕落腐败、妓女秘密生活的描写无不吸引着读者，《娜娜》也正因其真实而轰动了法国。福楼拜如此称赞道："《娜娜》将会变成神话，而且永远具有真实性。"③

第二节　哈代"威塞克斯小说"与自然主义

哈代曾把他的小说分为三类：第一类，"罗曼史和幻想小说"。包括《一双蓝眼睛》（1873）、《号兵长》（1880）、《塔上的两个人》（1882）、《心爱的》（1892—1897）等；第二类，"机敏和经验小说"。包括《计出无奈》（1871）、《爱塞尔伯特的婚姻》（1876）、《一个冷淡的女人》（1881）、《晚餐及其他故事》（1913）等；第三类，"性格和环境小说"。包括《绿荫下》（1872）、《远离尘嚣》（1874）、《还乡》（1878）、《卡斯特桥市长》（1886）、《林地居民》（1887）、《德伯家的苔丝》（1891）、

---

① 转引自高建为《左拉研究》，中国社会出版社 2005 年版，第 216 页。
② ［法］马克·贝尔纳：《左拉》，郭太初译，上海译文出版社 1992 年版，第 68—69 页。
③ 同上书，第 70 页。

《无名的裘德》（1895）等。"性格和环境小说"一般被认为是哈代创作的代表成就，最受评论界的重视。这些小说以英国西南部威塞克斯为背景，因而被称为"威塞克斯小说"。

一　进化论思想探源

一直以来，学界将哈代的创作思想归结为悲观主义或悲剧思想。其实，结合哈代的生平创作就知道，哈代的创作思想并非单一，他的创作受到时代环境、人生经历、科学理论、哲学思想等多方面的影响，就连哈代本人宣称，"让我感到痛苦的是，大家把我由情绪所控制的创作，看成是某种单一的科学理论。"① 在哈代创作受到的诸多思想影响中，学界谈论较多的莫过于哈代的进化论思想与哲学思想（社会向善论）了，这两方面贯穿于哈代创作的始终，那么，当我们讨论哈代与自然主义的关系问题时，就有必要探讨哈代的进化论思想与自然主义的关系。

据《哈代的早期生活：1840—1891》记载，哈代从青年时代开始，就对达尔文崇拜不已。例如，哈代在创作《穷人和小姐》前就曾看过《物种起源》。1882 年 2 月，哈代曾经向牧师 A. B. 格罗萨特推荐阅读刚刚出版不久的《达尔文传》，并曾坦言自己是 "《物种起源》最早的拥护者之一"②。当时英国作家萧伯纳所写的关于达尔文的评论，也是哈代喜欢阅读的内容。特别值得一提的是，1882 年 4 月 26 日，哈代出席了达尔文的葬礼，足见哈代对达尔文的崇敬之情。正是在这种对达尔文的崇敬和其理论的热情之中，哈代接受了进化论思想，其对哈代创作的影响毋庸置疑。哈代在一封心中曾经写道，"我的作品同达尔文、赫胥黎、斯宾塞、孔德、休谟、穆勒等人的思想一致，我读这些人的著作比读叔本华的著作多"③。在哈代所列出的名单中就可推断，达尔文对哈代的影响最大。当然，其他人物如赫胥黎、斯宾塞、孔德、休谟、穆勒等人的进化论思想也不可忽视。

在《物种起源》出版之前的 1852 年，社会学家斯宾塞就提出了社会

① Granville Hicks, *Figures in Transition: A Study of British Literature at the End of the Nineteenth Century*, London: Macmillan, Co., 1939, p. 111.

② F. Emily Hardy, *The Life of Thomas Hardy*, Vol. I, London: Macmillan, 1933, p. 198.

③ Walter F. Wright, *The Shaping of the Dynasts: A Study in Thomas Hardy*, Lincoln: University of Nebraska Press, 1967, p. 38.

进化的思想，首次提出了"进化"与"适者生存"等重要概念。哈代在阅读斯宾塞的《生物学原理》一书时，光摘录其中的片段就超 15 条之多。他不仅在给利恩米尔曼的信中提到过斯宾塞"第一原则"的问题，而且在 1916 年哈代写给高尔斯华绥的信中，哈代亦曾指出自己接受过斯宾塞进化思想。赫胥黎的进化论思想对哈代也有所影响，哈代在他的笔记、书信等多次提到赫胥黎对自己的影响。赫胥黎曾提出"人猿共祖"的人类起源说，哈代对赫胥黎对达尔文主义的维护和宣传颇为赞赏，并在自传中坦言，"随着对赫胥黎了解的加深，自己越来越喜爱他"①。哈代对赫胥黎的《人类在自然界的位置》（1863）、《论文和评论》（1870）、《科学与文化》（1881）、《进化论与伦理学》（1894）等著作都有所阅读和记录，特别在阅毕 E. 克洛德的《赫胥黎传》后，哈代还发表了自己的看法②。在小说《德伯家的苔丝》中更是直接提到了赫胥黎《论文集》的情节，哈代在小说中不仅写了安琪儿·克莱尔汲取了赫胥黎的思想，还对苔丝复述的克莱尔言论评价道："在上至《哲学词典》中下至赫胥黎的《论文集》里，都可以找出许多同这段话相似的话来。"③

事实证明，无论是达尔文的进化论思想，还是斯宾塞、赫胥黎的进化论思想，进化论对哈代文学思想的影响至关重要，进化论思想是"哈代的社会观念、伦理道德观念和文艺思想的基础"④。进化论思想贯穿在哈代的整个创作中，哈代的创作"似乎都是按照进化的学说来进行整体构思的"⑤。我们知道，19 世纪 60—70 年代兴起的自然主义，其代表人物左拉的自然主义作品的思想基础也是来自达尔文的进化论，这一问题学界早已形成共识，在此不再赘述。那么，这里的问题是，哈代所接受的达尔文思想在文学创作中和左拉在作品中反映的进化论思想有何不同？这需要从哈代和左拉创作思想的形成轨迹来考察。

从哈代的生平来看，哈代创作思想的形成轨迹大致可以分为三个时间段：第一个时间段大约是 1856 年到 1870 年，这一阶段是哈代开始接触进

① F. Emily Hardy, *The Life of Thomas Hardy*, Vol. I, London: Macmillan, 1933, p. 159.

② R. Little Purdy & Michael Millgate, eds., *The Collected Letters of Thomas Hardy*, Vol. 3. Oxford: Clarendon Press, 1982, p. 5.

③ ［英］托马斯·哈代：《德伯家的苔丝》，王忠祥、聂珍钊译，长江文艺出版社 2000 年版，第 435 页。

④ 聂珍钊：《哈代的小说创作与达尔文主义》，《外国文学评论》2002 年第 2 期。

⑤ 聂珍钊、刘富丽：《哈代学术史研究》，译林出版社 2014 年版，第 218 页。

化论并走上文学创作道路的阶段；第二个时间段大约是 1862 年到 1886
年，这一阶段则是哈代悲剧观念产生、社会进化向善论的形成发展阶段。
其间的代表作品有《还乡》《远离尘嚣》《卡斯特桥市长》等。第三个时
间段大约是 1886 年到 1908 年，这一阶段是哈代的悲剧宿命论深化和社会
向善论成熟完善的阶段。其间的代表作品有《林地居民》《德伯家的苔
丝》《无名的裘德》等。从此过程可以看出，哈代对达尔文主义的接受，
最后逐步形成了悲观宿命论思想和社会向善论思想。从哈代的创作来看
（特别是后期的小说创作），由于哈代思想中的悲观宿命论时常与社会向
善论交织在一起，并且社会向善论常常又为作品人物的悲剧命运提供了一
种解决途径。晚年的哈代曾多次宣扬自己的社会向善思想，如哈代曾在
《辩解》中谈道："所谓悲观主义实际上只是对现实的探索，……同时着
眼于争取最好的结果：简言之，即以进化向善论的思想作引导。"① 由此，
社会向善论可以看作哈代思想的集中体现，在他的大部分作品中都有所
体现。

　　不过，与其他悲观主义者不同，哈代所提倡的社会向善论并不是学界
一些学者认为的悲观厌世，哈代曾说过，"至于悲观主义，我的格言是：
首先诊断出病因——即确定人间邪恶的根源所在，然后再找出补救办
法"②。可见，哈代悲观主义的落脚点在于对社会和人类发展的一种希冀
和美好愿望，这从社会向善论的具体内容就能看出，即"人类社会的改
善就像生物进化一样，需要有一个长期的演变过程；这一过程并不是大自
然为人类准备好的，而必须由人类的自身努力才能得以继续；因此，在此
过程中人类必须具备三个条件：首先，要对现实抱悲观态度，要承认现实
的丑恶，这是改善现实的出发点……其次，要承认大自然（或者说造物
主）对人类的疾苦和幸福是一概无动于衷的，所以现存的宗教信仰必须
放弃，因为这种信仰错误地教导人们把美好的希望寄托在造物主身上；先
要承认理性的局限性，进而形成一种以直觉和本能为基础的新的信仰，并
从新的信仰中不断得到启示和力量。"③ 就此可以辨别出，哈代的进化向

　　① ［英］哈代：《辩解》，载张中载《托马斯·哈代——思想和创作》，外语教学与研究出
版社 1987 年版，第 118 页。

　　② F. Emily Hardy, *The Life of Thomas Hardy 1840 - 1928*, London：Macmillan & Co. Ltd.，
1962，p. 383.

　　③ 刘文荣：《19 世纪英国小说史》，中国社会科学出版社 2002 年版，第 252 页。

善思想实际上是在达尔文、斯宾塞进化论、叔本华、哈特曼的意志力思想的融合下形成的。运用这些思想，哈代在小说创作中不仅集中探索了英国农村衰落消亡的原因，而且对人类社会生存竞争的残酷现实进行了重新审视，进而表达了人与自然、人与社会等社会悲剧的艺术主题。

再来看左拉接受的进化论思想，从左拉的自然主义理论和创作实践来看，左拉对达尔文进化论的接受主要聚焦于人的生物性、遗传性，体现为一种决定论思想。受到达尔文进化论的影响，左拉主张从生理学、遗传学的角度对人进行审视。如左拉声称《戴蕾丝·拉甘》的"人物完全受其神经质和血缘的支配，没有自由意志，他们一生中的每一行为都命里注定要受其血肉之躯的制约"①。在《关于家族史小说总体构思的札记》中，左拉则直言小说创作就是"对一个家族血液遗传与命定论的研究"②。可以看到，左拉的这种决定论主要来自生理学、遗传学与达尔文主义的结合，当然也并非如一些学者所称的陷入了"某一方面"的决定论。以自然主义的形成来看，一方面，自然主义之所以命名为自然主义，很重要的原因就在于，存在于自然中的一切都是真实的，"自然主义作家眼中的人，被视为自然界中的一种动物，受到环境的作用并受内心欲望的驱使，而作家本人对这一切既不理解亦无法控制"③；另一方面，左拉曾直言不讳地宣称，自然主义作家是"决定论者"，但并不是"宿命论者"，二者不能相提并论。为何如此？原因在于，自然主义作家创作中不太认可那些神秘性的因素，在小说创作中反对一切对人和自然的成见和既定的观念体系，而是"从生理学家手中将孤立的人继续向前推进，科学地解决人在社会中如何行动的问题"④。

通过比较哈代和左拉对达尔文进化论思想的接受以及创作思想的形成轨迹，我们可以看出，尽管哈代和左拉的进化论有一致的地方，但接受了达尔文思想的作家并非一定就是自然主义主义作家。有学者客观地指出，

---

① ［法］左拉：《〈戴蕾丝·拉甘〉第二版序》，老高放译，载柳鸣九选编《法国自然主义作品选》，天津人民出版社1987年版，第728页。

② ［法］左拉：《关于家族史小说总体构思的札记》，柳鸣九译，载柳鸣九选编《法国自然主义作品选》，天津人民出版社1987年版，第734页。

③ C. Hugh Holman, *A Handbook to Literature*, New York: The Odyssey Press, 1972, p. 337.

④ Emile Zola, "The Experimental Novel", in George J. Becker, ed., *Documents of Modern Literary Realism*, Princeton, New Jersey: Princeton University Press, 1963, p. 174.

"就文学讲，进化论思想影响了整个维多利亚时期的所有作家。"① 在《物种起源》发表时，哈代和左拉恰好都是 19 岁，了解实证主义哲学，熟悉达尔文进化论。可以说，不只在维多利亚时期的英国，在整个 19 世纪的后半期甚至 20 世纪初期，达尔文思想对欧洲作家的创作都或多或少地有所影响。如此一来，那些受到达尔文思想影响的作家就都可以看成自然主义作家了，但事实并非如此。因此，从这一点来看，哈代与自然主义之间显然没有必然的直接联系，更为关键的是，哈代接受达尔文进化论后其创作思想的形成轨迹与自然主义截然不同。

二　性格与环境互动

仅从名称来看，哈代的"性格与环境"小说意味着性格与环境决定着主人公的命运，自然主义小说也注重人物的性格与环境，那么，"性格与环境"小说与自然主义小说有何关联呢？

从创作角度来看，小说在塑造人物的过程中，如何处理性格和环境的关系是重要问题。哈代在 1893 年的一封信中述说道："为了这个目的，我宁愿社会分化成由各种性格组成不同的群体，社会将以不同的方式对待这些群体。"② 具体来看，哈代笔下的人物性格可以分为两种：一种是内向性格型人物，以苔丝、裘德、盖伯瑞尔为典型代表，他们在性格方面具有内向力，主要表现为对自我欲望的克制、美好情操的追求、利他原则的恪守。另一种是外向性格型人物，以克林、亨察尔为典型代表，他们在性格方面具有外向力，主要表现为对环境的抗争、改造等方面。同时，这两种性格在作品中的演变发展又时常面临着严酷的自然环境和社会环境，当然有时会像盖伯瑞尔那样取得胜利，而更多的像苔丝和裘德那样向死而生，克服种种障碍以开拓自身的命运之路，这无疑使哈代笔下的主人公性格具有了崇高的人格特质和审美意蕴。

兰斯·圣约翰·巴特勒在其作《托马斯·哈代研究》中指出，"哈代作品的中心主题是命运。所谓命运就是一定的人物与一定的环境相互作用，由此产生的不可避免的结果"③。尽管哈代作品的中心主题不一定是

---

① 常耀信：《英国文学大花园》，湖北教育出版社 2007 年版，第 115 页。

② Rosemary Sumner, *Thomas Hardy*：*Psychological Novelist*, London：Macmillan Press, 1981, p. 189.

③ Lance St John Butler, *Studying Thomas Hardy*, Essex：Longman Group Ltd. , 1986, p. 27.

命运，但人物的性格命运却与环境紧密联系在一起。如哈代笔下的苔丝通过她含蓄深沉的内在性格与环境的无声较量，特别是苔丝用极其平凡的切面包小刀杀死亚·雷德伯时，苔丝将那种外在的力量转为坚韧的忍耐力。《还乡》中的托马沁外表年轻漂亮、性情温柔恬静。作为荒原之女，托马沁虽然从小生活在荒凉偏僻的艾顿荒原，却能接受适应这种古老丑陋而远离文明城市的地方。于托马沁来说，荒原的春夏秋冬四季美好而宁静，从不令人厌恶。《卡斯特桥市长》中的韩洽德最后失败的原因之一，就是面对迅速发展的工业社会（农村乡镇的工业化、先进的机器和科学、经济管理方式取代乡镇落后的生产经营方式），不再如从前那样适应生存环境。

达尔文进化论作为哈代社会向善思想的基础，马沁、维恩的适者生存，裘德、韩洽德、尤苔莎的劣者淘汰都阐释了哈代的进化向善思想。之所以如此，一个重要的原因就在于，无论哈代是否属于自然主义作家，但就"性格与环境决定人的命运"而言，哈代小说与自然主义主题基本一致。具体来说，哈代顺从父母意愿，从小就接受神学的教育，信奉"善有善报，恶有恶报"的"天意"。然而，随着年龄的增长，知识的增加，达尔文的《物种起源》、穆勒的《论自由》、孔德的《实证哲学教程》等书的影响，哈代开始对维多利亚现实主义道德教化的"不自然的大团圆结局"进行质疑否定，同时意识到人类并非上帝的杰作，而是比动物高级的普通生物，人所受的遗传、气质、环境影响不可抗拒，需要在不断的竞争中斗争才能生存，这种竞争机制不断推动社会向前发展，正所谓"物竞天择、适者生存"。

从进化向善的思想来看，哈代小说中的人物在性格与环境的相互运动中从未到达终点，但都有一个生存目标为永恒追求。正如劳伦斯所言，哈代小说的主人公无论男女，"对金钱和即刻的自我保存都不在意，但所有的人物在形成的过程中苦苦挣扎"[1]。与哈代相比，在自然主义作家笔下，人物性格和命运产生影响的环境主要包括三个方面：一是人物生活的具体环境，比如贫民窟、工厂、乡村等。二是社会环境，每个人总是生活在一定的阶级和时代环境中，社会环境对个体存在的相互作用则是自然主义小

---

① J. Alcorn, *The nature Novel from Hardy to Lawrence*, London: The Macmillan Press Ltd., 1977, p. 19.

说家着重表现和分析的方面。三是文化环境，包括某一时代的主流文化、道德倾向和宗教信仰等。左拉呼吁作家"要准确地研究环境、查看和人物内心状态息息相关的外界状态"。① 在多数情况下，具体的生活环境、社会环境和深层的文化环境对人物的作用并不是单一和定向的，而是多元和双向的。

在自然主义作品中，尽管环境对人物性格形成的作用不可忽视，但对人物性格的形成起决定作用的是生理和遗传。如在《戴蕾丝·拉甘》序言中，左拉揭示了自己的创作意图在于科学探索，在于活人身上进行尸体解剖而已。左拉在创作《卢贡－马卡尔家族》小说系列时，就事先绘制了马卡尔家族的遗传树形图。在《帕斯卡尔医生》中，帕斯加尔对他的侄女如此讲道："我再对你讲一讲这里所有人的情况……你看，在直接遗传里，有亲属选择：属于母本选择的有：西尔维尔、莉扎、黛齐雷、雅克、鲁伊泽、你自己；属于父本选择的有：锡多尼、弗郎索瓦、热韦泽、奥克塔弗、雅克. 路易。另外，有三种混合遗传：属于连接混合遗传的有，于尔絮勒、阿里斯蒂德、安娜、维克托尔；属于传播混合遗传的有：昂图瓦纳、厄热纳、克洛德。……"② 此段叙述清楚地表明，左拉之所以如此重视遗传与环境，就是要揭示在"机体的遗传性"和"社会环境"的相互作用下人的精神行为和肉体行为的关系，并最终以"自然的人"（即受欲望和本能驱使的人）来区别传统小说所表现的抽象、形而上学的人。

三　自然环境的描写

自出生到青年时代，哈代一直生活在英国南部多塞特郡（Dorset County）的上巴克汉普顿（Higher Bockhampton）乡村。年幼的哈代时常漫步于阴凉的林间小道，喜欢踏足于坐落在村后的荒原上，喜欢徜徉在家乡的福莱姆河旁。在浓荫盖窗、古朴自然的乡村环境中，哈代从小就深受大自然的熏陶，对大自然有着敏锐与细腻的感受，并且"这种感受使他情不自禁地留意到，大自然里的树木、山峦以及房子等都具有自身的表情

---

① ［法］左拉：《论小说》，郑克鲁译，载朱雯等编选《文学中的自然主义》，上海文艺出版社 1992 年版，第 221 页。
② ［法］左拉：《帕斯卡尔医生》，汪阳译，上海译文出版社 1996 年版，第 106—107 页。

和性情"①。在多部小说创作中，哈代对荒凉的艾顿荒原、景色迷人的弗罗姆峡谷、树木繁盛的林地森林等自然景色的描写不仅占据了较大的篇幅，而且独具特色，以至于有评论认为"哈代的小说起码是前期的小说的主人公就是大自然"②。这个评价是中肯客观的。诚然，哈代小说将自然环境与人物的内心世界联系起来，为形形色色的人物登场和行为心理变化提供了背景。因此，在大部分情况下，哈代的自然描写都是与人的主观情感联系在一起，或将自然景象拟人化，或以自然意象表达情感，或将自然环境的描写与故事情节交织，以达到情景交融的艺术效果。

譬如，哈代在《德伯家的苔丝》中写道，"在这些旷山之上和空谷之中，她那悄悄冥冥的凌虚细步，和她所活动于其中的大气，成为一片。她那袅袅婷婷、潜潜等等的娇软腰肢，也和那片景物融为一体。有的时候，她那想入非非的奇思深念，使他周围自然界的消息盈虚，神圣含上情感，一直到它变得好像是她个人身世的一部分。因为世界只是心理的现象，自然的消息盈虚，看起来怎么样，也就是怎么样。半夜的风暴和寒气，在苞芽紧裹的枯林枝干中间呜噎哽咽，就是一篇告诫，对她苦苦责问。淋漓的雨天，就是一个模糊缥缈的道德神灵，对他那无可挽救的百年长恨痛痛哀悼"③。感受此段，在威塞克斯的自然背景中，哈代的自然景物描写将主体和客体（人的面貌灵性和自然界的景色）、内在与外在（人物情绪和心境的外化），人物心理和自然景物水乳交融、内在的平衡与流动的美感相得益彰。在《德伯家的苔丝》中，阅读哈代关于日出的描写，我们可以感受到，哈代笔下的大自然是拟人化了的人物，如他把八月的朝阳描绘成金发美少年，把沐浴在曙光中的大地描绘成多情的女郎。在哈代眼中，自然不是单纯的自然景观，而是始终和人融为一体，充满着灵性、人性和神性，自然四季的变化也时常和故事情节的发展交织在一起，由此使自然环境描写独具特色，富有艺术魅力。这自然得益于哈代对大自然的精细观察，正因为哈代对大自然那具有人性的描写，难怪伍尔夫称赞哈代是

① Thomas Hardy, *The Letters of Thomas Hardy*, Waterville: Colby College Press, 1954, p. 285.
② 马克飞、林名根:《一个跨世纪的灵魂——哈代创作述评》，海南出版社 1993 年版，第 112 页。
③ ［英］哈代:《德伯家的苔丝》，张玲译，人民文学出版社 2015 年版，第 104 页。

"大自然的一位细致入微，炉火纯青的观察者"①。

与哈代的自然景物描写不同，自然主义作家坚持纯客观的自然描写，如左拉曾指出，"小说家遵循着现实，向这个方向展示场景，同时赋予这场景以特殊的生命……这便是在对我们周围的真实世界做个性描绘时构成独特性的方法"②。如在左拉的《萌芽》开篇，我们能看到这样的段落："夜，阴沉漆黑，天空里没有星星。一个男人在光秃秃的平原上，孤单单地沿着从马西恩纳通向蒙苏的大路走着。这是一条十公里长、笔直的石路，两旁全是甜菜地。他连眼前黝黑的土地都看不见，三月的寒风呼呼刮着，像海上的狂风一样凶猛，从大片沼泽和光秃秃的大地刮过来，冷得刺骨，这才使他意识到这里是一片广漠的平原。举目望去，夜空里看不到一点树影，脚下只有像防波堤一样笔直的石路在伸手不见五指的夜色中向前伸展开着。"③ 在这一片段中，我们基本看不到主观的因素，基本是客观的写实，左拉环境描写的意图一目了然。与左拉的自然环境描写相比，哈代"摒弃如实再现（或现实主义）的手法，而凭借极其富有个性，甚至异乎寻常的想象力"④，呈现出超越现实主义或者类似浪漫主义的特征。哈代和左拉在自然环境描写方面的差异显而易见。

第三节　《新寒士街》艺术追求的价值裂变

《新寒士街》以英国伦敦为社会背景，以吉辛的生活经历为蓝本，把伦敦的社会现实和文化想象浓缩在"寒士街"中，对维多利亚后期的文学商品化和文人作家的生存状态进行了全面深刻的展现。

一　文学商品化

在作品的开始部分，吉辛就通过贾斯帕之口指出了贾斯帕与里尔登的不同，并明确地提出了文学的商品化问题：

---

① ［英］乔继堂主编：《伍尔芙随笔全集》（一），王义国等译，中国社会科学出版社2001年版，第455页。

② ［法］左拉：《实验小说论》，吕永真译，载柳鸣九主编《自然主义》，中国社会科学出版社1988年版，第466页。

③ ［法］左拉：《萌芽》，黎柯译，人民文学出版社1990年版，第3页。

④ Norman Page, "Art and Aesthetics", in Dale Kramer, ed., *The Cambridge Companion to Thomas Hardy*, Cambridge: University Press, 1999, p. 38.

可你们只要想想一个象里尔登那样的人和一个象我这样的人之间的不同之处就明白了。他是那种不求实际的老派艺术家；我是1882年的文学新人。他不会作出让步，或进一步地说，他不能作出让步；他不能满足需要。我——好吧，你可以我目前无所作为，但那是绝大的错误，我正在学做我的生意。当今之日文学是一种生意。把那些靠神力而获得成功的天才人物撇在一边不谈，那种成功的文人正在手腕高明的生意人。他首先想到的是市场需求；但一种商品开始走下坡路时，他时刻准备提供某种崭新的、诱人的货物。他完全知道各种可能的生财之道。不管他出售什么，他都会从各种渠道获得酬金；把商品出售给一个像获六成利润的经纪人的蚀本生意，是得不到大钱的。唔，你瞧：如果我处在里尔登的位置，从《乐观者》一书我至少会得到四百镑；我会精明地和杂志、报纸以及外国出版商，还有——所有这方面的人兜圈子。里尔登做不出来那种事情，他走在了时代的后面；他出卖了手稿，仿佛他生活在萨姆·约翰逊的寒士街。可我们今天的寒士街是一个与以前并不一样的地方：它配备了电报通讯，它知道世界各个角落要求什么样的文学食量，它的居民们是生意人，不管他们衣衫如何褴褛。①

对比可以看出，贾斯帕是一个具有浓厚现代商业气息和向往城市繁华氛围的现实型作家，他善于投机取巧，对传统写作的放弃和奉承迎合适应了当时的社会环境，坐享利益是其必然。里尔登是一个具有浓厚怀旧主义情绪和向往乡村牧歌情调的理想型作家，他墨守成规，对传统写作的坚守和不合时宜必然会被社会环境所抛弃，走向死亡似是意料之中。吉辛以贾斯帕和里尔登之间的区别为切入点，奠定了整个故事的基本格调，贾斯帕和里尔登之间的不同追求和命运深刻表明，文学价值观的转化与文学性质的变迁，毫无疑问要受到商品经济条件的制约。

在《新寒士街》中，文学（艺术）、市场、道德都是商品化过程的不同组成部分，吉辛在这几个相互独立的过程中建构出一种等级关系，或者说因果关系，以自己的经历建构出它们之间的联系：从与社会环境最为密

---

① ［英］乔治·吉辛：《新寒士街》，文心译，浙江文艺出版社1986年版，第5—6页。

切的市场行为，到与社会关系最为抽象的文学创作，再到它们之间的价值纽带（道德）的探讨。在这个过程中，吉辛的创作不是顾此失彼，而是全盘把握。文学的市场机制被归为一种经济学的动机，文学的商品化则被归为一种消费主义的欲望，而其中的道德则按照文学艺术与市场机制的商品化过程联系起来，加强或者削弱。

在贾斯帕心目中，写作是一种生意，贾斯帕的生意经就是从主日学校找来六七本获奖的好书，认真地研究他们，找出这种类型作文的基本要点，找出吸引读者的诱惑之物，然后照猫画虎，一天不费脑力地写出好几百页。贾斯帕将这样的写作看作不是什么灵感作用的结果。他还希望将自己的生意经灌输给可怜的里尔登，以避免里尔登将他看作厚颜无耻的粗俗之人。贾斯帕所说的可以作为生意的文学，既不包括荷马、但丁、莎士比亚等，也不提倡宣扬不道德的文学，而是指那种为世俗之流所写的有益的、粗糙的、最主要是有市场的东西。贾斯帕敏锐地观察到了市场的需求在何处，他明确自己的受众目标，就是为那些富有理智的上中层人士写作，因为这一类型的人希望自己所看到的东西具有一种聪明的元素，但又分辨不出天然宝石和人造宝石的区别。贾斯帕投机的写作方式引起了许多人对贾斯帕道德方面的质疑，更多的是批判。然而，细读作品就会发现，道德对于贾斯帕来说只是获取金钱的一个挡箭牌。在商品经济中，贾斯帕在道德上是否应该受到谴责仍然值得怀疑。因为吉辛并没有去谴责贾斯帕道德方面的不足，而是通过贾斯帕以遗产为标准对待感情的变化来将道德和金钱的关系戏剧化，进而关注文学的商品化现象。吉辛将价值是否合理的争论悬置，放弃了价值的评判，通过探讨不同类型作家对英国文学现实的认知，由此探索文人作家的生存问题。

文人的生存状况在不同的时代是不一样的。从西方文学的历史看，从古希腊一直到17世纪的作家们在文学作品的创作中基本不考虑作品的市场收益，作家的创作只是在文学竞争中获得头彩或各种荣誉，文学作品彰显的是作品本身的价值，作家的生存由于受到统治者或达官贵人的赞助和扶持基本无忧无虑。如古希腊时期的戏剧与商品化几乎没有关联，戏剧作品被当作一种向民众进行宣传教育的工具，戏剧活动受到政府的大力资助。到了18世纪，随着资本主义的萌芽和兴起，以英国为代表的国家通过殖民掠夺和开拓海外市场，工业和城市的发展使资本主义各国的工商业成为本国经济的主导，商品经济意识逐渐渗透在许多领域。特别是在18

世纪后期，英国政府对教育的重视，大大提高了民众的阅读能力，文学艺术被引入商品经济的轨道。作者与读者间的关系被改变，作家开始不再依赖资助人，变成了独立撰稿和获取稿酬的文人，作家的创作和读者的需求之间形成了一定的供需关系。作家的创作是为了获得稿酬，读者观众为了愉悦而购买文学作品。如歌德的《少年维特之烦恼》出版后，在社会上引起了一股"维特热"，而"维特热"背后的经济原因就在于，《少年维特之烦恼》所表达的凄美哀婉的感情，迎合了那一时期商品化条件下大众的审美需求，审美需求的增加，就会引起出版商人的注意，以此增加投资。随着资本主义经济的大发展，文学的商品化趋势在19世纪得到了进一步加强，文学作品的艺术性和经济利益之间的关系变得更加直接。创作题材和艺术形式能否被大众接受，决定着作家创作的经济收益。如法国的巴尔扎克，为了还债而疯狂地写作，但《人间喜剧》的大部分作品并不是为了一味地获得稿酬还债而创作的粗制滥造之作，备受读者欢迎的《高老头》等作品都是精修细改的严肃之作。巴尔扎克正因还债的动机使然和勤奋创作成就了他在文坛的地位，名利双收成了衡量作家成功与否的标志。从商品经济对文学创作的影响可以发现，自19世纪以来，作家的身份定位和自身价值是贯穿于作家创作与经济流通之间的重要问题。

如何定位自己的作家身份？19世纪不同的作家都会面临重新定位身份的问题，职业作家的身份意味着在作品中寻找自己的身份所在。贾斯帕将自己的作家身份定位为商人和生意人，将创作的作品消费依赖于大众读者，作家的责任就是赚取更多的利润。里尔登始终将自己定位为一个艺术家，将创作的作品消费依赖于高雅知识分子，他的职责是确保艺术的严肃性。贾斯帕和里尔登不同的身份界定依赖于市场和读者之间的对话关系而确立。同时，读者身份的多元化内在地要求文体风格发生变化，大众读者在文学艺术的消费中起到了推动作用。正如吉辛所说，"不愿在公司里为一个雇主服务，但在文学市场上，却在服侍一群主人"[①]。

在文学商品化的大潮中，如何实现作家自身的价值？作家要么像贾斯帕一样追求文学的商业利润，专事于世俗化的写作，以最廉价的文字产品获取最大的物质利益；要么像里尔登那样远离市场对文学的过多侵入，专

---

① ［英］乔治·吉辛：《亨利·赖克罗夫特的私人文件》，李霁野译，上海人民出版社2007年版，第56页。

注于艺术性的写作，以独善其身的方式获得文学的价值性。哪一种是吉辛所赞同的呢？作品并没有给出我们一个明确的答案。但结合吉辛的创作和经历来看，吉辛的天平更加倾向于里尔登。里尔登等反对文学商品化的追求说明，当时的文学创作已经失去了文学应有的品格，趋于媚俗化。评价标准的变化，就会引起读者大众接受视野的变化，以靠写作为生的作家就会受到影响。文学的市场化机制将不同作家的文学产品与社会消费趣味对立，文学商品化所带来的双面效益使文学艺术的发展走上了不同的道路，由此在作家群体中出现了大部分"唯利益而艺术"为追求的作家，一小部分"唯艺术而艺术"为追求的作家。文学市场就像一面多棱镜，折射出不同读者的消费意向，而由文学市场支配的文学创作和大众消费之间的关系，已经制约着文学的流通和作家的生存境遇。

商品化作为一种故事背景和叙述功能，既呈现出一种客观的社会环境，又揭示了一种主观的生活背景。在资本主义商业市场的催化下，文学对自身商品化的叙述从一种意识形态发展成为一种控制社会主体认知的话语模式。吉辛对于社会底层作家的忠实再现，透露出一种改善生活的期许，一种拯救无门的无可奈何。吉辛并不是一个科学实验的观察者，而是以在场的现实来展示生存的意义和人类的尊严，他对作家命运的深刻悲剧感来源作家的生活体验和情感体验，他所展示的艺术家与被表现主体之间的联系，已经潜入作家主体的深层心理，是最真实的故事和最现实的生活叙述。

二　金钱之魅惑

文学商品化带来的一个直接影响，就是金钱逐渐在文学创作中扮演着重要的角色。对待金钱的方式直接导致了作家不同的价值选择和生活处境。

金钱在《新寒士街》中既是一种文学符号象征，也是一种叙述功能的戏剧化体现。在传统的价值观念中，人们大多时候是将金钱和罪恶联系在一起。但是，金钱本来没有善与恶的区分，作家要养家活口，通过写作获得金钱去改变自己的生活无可厚非。贾斯帕认为自己天生不是写小说的料子，若要是学做生意，一年之内赚个一千英镑很有可能。他说："我并不爱干事；我生性懒散。我一辈子也不会为写作而写作，只是想挣钱。我的一切计划和努力都着眼于挣钱——一切。我不能允许任何东西又碍于改善我的生活。"① 在妹妹多萝眼中，贾斯帕是一个钱不离口，经常谈论金钱好处的人。而里尔登在新婚宴尔之时就已经预料到了可能会出现没钱的困境。当里尔登自暴自弃的时候，命运慷慨地眷顾了他，他的第一部作品取得了成功，获得了一定的报酬，但此后的写作，成了里尔登各种困境的前奏曲。曾经的艾米为里尔登作品的与众不同而感到自豪，以里尔登从来没有写过迎合庸俗的东西为荣。而现在艾米督促里尔登写出能卖出去的作品，足以说明艾米对里尔登的失望。艾米曾经告诫里尔登说，他们俩不能生活在真空里，尽管他们俩离真空已经不远了。同时，家里的钱越花越少，艾米不敢随便购买衣服，尽可能地少花钱不花钱，但无论艾米怎么节约开支都无济于事，因为问题在于，就算家里的钱花光花尽，里尔登的书也不可能写完，也没法变成钱。随着故事情节的推动，艾米越来越意识到她对里尔登的期望建立在错误的基础上，甚至那些与文学无缘的熟人都知道里尔登的创作失败了，而失败的后果则是无法生活下去。里尔登似乎从来没有被文学市场和读者大众真正地接纳过，他第一部作品的成功，只是一次偶然事件。因此，里尔登的写作也就从来没有摆脱他社会底层的经济困境，让艾米过上她想要的生活。

　　自然主义小说家认为借助环境可以更好地表现人的处境与命运。左拉指出，"我们认为人不能脱离环境，他通过自己的衣服、住宅、城市、省份才变得完整；因此，我们决不记载一个孤立的思维或心理而不在环境中寻找原因或反响"②。在文学商品化的时代背景下，严肃的作家失去了生活保障和人格尊严，文学作品作为作家主体显现的载体因此堕落于金钱之中，而金钱所导致的贫穷是吉辛作品着力所体现的。可以说，认识了贫困，也就理解了吉辛。贾斯帕靠金钱和朋友起家，从牛津挤进了惯于吹拍逢迎之能事的人海中，短时间让自己的名字在印刷刊物中出现了六次，而里尔登的半打文章还没有写出来，依旧处在贫穷的生存困境中。贾斯帕成功的原因在于人们不会因为文学的成功才进入上流社会，而是因为进入上流社会文学才成功。与贾斯帕不同的是，造成里尔登失败的根源却是贫困。玛丽安曾说："贫困是一切社会罪恶的根源；贫困的存在，甚至是造

---

① ［英］乔治·吉辛：《新寒士街》，文心译，浙江文艺出版社 1986 年版，第 72 页。
② ［法］左拉：《论小说》，郑克鲁译，载朱雯等编选《文学中的自然主义》，上海文艺出版社 1992 年版，第 221 页。

成由财产而产生的不幸的原因。穷人是戴着脚镣劳作的人。我敢说，在我们的语言中，没有哪个词会像‘贫困’那样让我听起来深感毛骨悚然。"①里尔登将文学的市场写作看作一件颇为痛苦的事情，他认为，"光靠文学写作维持生活是一件多么发疯的行为呦！任何时候，一点点不足挂齿的区区小事就会使一个人丧失急性期几个月的工作效率。不，这是一种不可原谅的罪过！把一门艺术变成生意！我正好被选中来尝试这样一种残忍的愚蠢行为"②。艾米和里尔登之间的关系也随着文学创作的收益问题而变得冷淡起来。从作品中可以看出，里尔登十分理解艾米失望的心情。艾米害怕贫穷，里尔登对贫穷的理解也颇为深刻，"他深知贫穷是什么玩意儿。冷冷清清的脑和心，畏畏缩缩的手，可怕的无可奈何的感情，可鄙的世态炎凉，以及对于恐惧、羞耻和物理的发怒的缓慢集聚，贫穷！贫穷！"③

　　贫穷导致了里尔登理智的退化，他再也回不到能运用自如、熟能生巧的地步，有的仅仅是一个错觉而已。里尔登多次想写好小说的开头，可每次都不尽如人意。里尔登想恢复自己平静的状态，以应对自己艰难、贫乏的生活处境，但一切事情的正常路线都被贫困的恶性循环打破了。贾斯帕曾对里尔登说："那是因为你目前正被贫困激励着，而我却被贫困压倒了，我生性软弱、贪图享乐。在我的一生中，总是绝路逢生，从来没有克服一桩实实在在的困难。"④ 当里尔登写不出作品时，艾米就将里尔登写作失败的原因归结为，"全是因为你那病态的良知。根本不需要把你写出来的东西毁掉嘛。那对市场来说是挺好的东西"⑤。里尔登对艾米的说法有点反感，艾米却认为必须为市场写作才有出路。贾斯帕则认为，严肃的文学创作和粗俗的市场之作在本质上没有区别，区别只在于是否善于钻营，口袋里是否有钱。可见，在贾斯帕眼中，金钱被当作文学作品生命的一种延续方式。正因此，类似于贾斯帕的许多作家名声不佳，一个重要的原因就在于，"在西方文化中存在一种观念，即作家和写作是一种高尚的职业和境界，如果与肮脏的利润有了联系，他（它）们就会被玷污了"⑥。

---

① ［英］乔治·吉辛:《新寒士街》，文心译，浙江文艺出版社 1986 年版，第 33 页。

② 同上书，第 54 页。

③ 同上书，第 72 页。

④ 同上。

⑤ 同上书，第 52 页。

⑥ Simon Eliot, "Books and Their Readers", in Delia Da Sousa Correa, ed., *The Nineteenth Century Novel: Realism*, New York: Routledge, 2000, p. 197.

　　文学的商品化和写作的职业化，使文学创作受控于金钱已经成为普遍的社会现象。学者王兆鹏曾指出："当它（稿费）作为一种创作目的而被追求时，能够刺激作家的创作欲望，促进文学的生产；当它作为一种额外的经济来源而补贴作家的生活时，它能够改善作家的生存条件，从而潜移默化地影响作家的创作心态和创作风格。"① 尽管这段话谈论的是中国宋代文学与文学收益（金钱）的问题，但是对于西方 19 世纪后期的文学创作仍然适用。这说明，自文学商品化以来，金钱在作家生活中的作用越来越大。回顾一下左拉的创作就知道，左拉并不回避金钱和商品化。1862 年，左拉在一个出版社谋得一份职位，卖文为生，希望自己的手稿有个好价钱，他曾说："我的这些文章并不是写给那些有鉴赏能力的读者的。然而金钱问题又不能不使我写一些这类的东西。"② 后来，左拉希望做一个编辑，并直言不讳地说出了他渴望尽最大的可能去挣钱。左拉希望用自己的创作来换取更多的金钱，以便有更多的钱去支付自己创作长篇的费用。当受到别人的指责时，左拉坦诚地说自己积蓄的东西有两样，除了广告外，就是金钱。1877 年，《小酒店》的出版使左拉在文学创作和经济收益方面取得了巨大的成功。左拉还曾写过一篇题为《文学中的金钱》的文章，阐释了文学创作和金钱的关系，他在文中提出了"金钱解放了作家""金钱使社会走向平等"的观点。左拉对金钱重要性的肯定，一方面说明左拉在经济学的角度上找到了文学自由创作的重要原因，另一方面表明左拉的自然主义观念带有现代社会的商品意识，即将文学看作商品，将作家看作社会劳动者，通过劳动的方式获得金钱。左拉之所以肯定金钱在文学创作中的积极作用，主要有两个原因，一是金钱对左拉自己的文学创作有所影响，甚至是不小的影响。曾有评论说，"左拉，一八七六年是一个负债的作家，一个连休假都不敢远去的作家，四年后的今天，竟变成了有五十万法郎巨款的富翁了"③。二是金钱作为一种衡量标准，在一定程度上可以突破不同阶级之间的界限，人人都要通过劳动来获得金钱，鼓励人们发挥自己的潜力，为社会服务。尽管左拉关于金钱的观点不能放之四海而皆准，但左拉对

---

① 王兆鹏：《宋代的"润笔"与宋代文学的商品化》，《学术月刊》2006 年第 9 期。

② ［法］阿尔芒·拉努：《左拉》，马中林译，黄河文艺出版社 1985 年版，第 92 页。

③ 同上书，第 267 页。

金钱理解的指向并非金钱本身，而是为了反映一个时代的金钱观念，他所提倡的"金钱观"不是一种理想世界的主观构思，而是一种现实世界的真实反映。左拉建立起了金钱和自然主义之间的联系，文学自然主义和文学商品化在金钱的符号隐喻中变得密不可分。

如何对待金钱和贫困，是作家无法避免和直面冷对的问题。吉辛生活的时期，正是英国危机四伏的时期，维多利亚时期曾经的经济繁荣变得日趋缓慢，社会失业率增加，时尚与金融繁华的伦敦变成了一个被金钱和财富统治的世界，贫民区居住着英国将近三分之一的人口，生活环境不尽如人意。在市场和艺术之间的"边缘地带"，艺术家的生存变成了一种负担，作家被金钱放逐，文学创作变成了一种商品交易，文学作品在强大的商业运作中变成了一种机械的快餐。生活于城市化与商品化进程中的吉辛，对于贫困处境、金钱匮乏等的切身体验都使吉辛比一般人对这些问题有更多的体悟。吉辛对贫穷和金钱的书写不仅反映了贫困是一种社会的普遍现象，而且显示了金钱作为一个符号象征在作家群体中的映射。

三　裂隙之反思

如果说金钱和文学所建构的符号系统使创作主体处于一种现实和幻想的中间地带，那么，金钱与市场体制的联袂则取代了审美取向和文学价值开始支配作家的创作。当创作主体需要不断地解决现实问题时，符号系统所建构的意义被赋予一种不同于主体追求的价值需求，打破了艺术追求和文学价值之间的平衡。平衡之所以被打破，其原因在于真实的现实并不像符号系统所建构的那样是崇高和乐观的，作家的艺术追求和文学价值之间不可避免地发生了裂变。为何发生裂变？则要看作家生活与市场之间的关系。也就是说，作品获得金钱和作家生活是否完全依赖于市场呢？尽管吉辛没有给出一个明确的答案，但通过贾斯帕和里尔登的鲜明对比，我们可以看到，物质欲望与艺术忠实之间的张力，常常强烈地撕裂着原本和谐的社会和家庭关系。一位作家写不出作品，一个男人养活不了他的妻女，在当时的英国社会来说，在社会和文坛的地位都会受到嘲弄和蔑视。在这一方面，里尔登选择了鄙视，而贾斯帕选择了迎合。贾斯帕认为里尔登在文学创作方面认真的近乎荒谬，已获得了别人"艺术家"的雅号。不同的艺术追求使生活在城市中的作家，"在城市不断发展的同时，也产生了对

新文化的渴望，产生了与艺术特别有关的价值和表现形式方面的危机
感"①。艺术价值和表现形式方面的危机感，其实就是作家生存危机的表
征，在某种程度上这种危机最终指向文学的存在危机。

吉辛在《新寒士街》中以隐喻、象征、对比的方式再现社会底层和
边缘群体的生存境遇，将底层人民的贫穷和上层资产阶级的富有进行对
照，形成强大的艺术反讽。吉辛这样写的目的，在于向他的读者展示一种
社会认知的矛盾，展示在同一生活环境中人类生存的不同境况：一种是以
贾斯帕为代表的利益追求者，另一种是以里尔登为代表的艺术追求者。吉
辛明显是通过贾斯帕来凸显里尔登，从吉辛到里尔登再到比芬，是作家角
色的两次变化。吉辛从俯视到平视的创作态度，进一步强化了平民意识，
社会底层的文人知识分子变成了作品的主人公和讲述者。

值得注意的是，作品中的艾尔弗雷德·尤尔和女儿玛丽安则是新寒士
街的另一类代表。尤尔曾经胸怀大志，对文学的热爱左右着他的头脑，他
每天只睡三四个小时，勤奋地钻研古老和现代的语言，尝试韵文翻译，还
计算写几部悲剧。事实上，尤尔还生活在过去的时代，他的文学理想是在
他研究鲍士韦尔②的阶段形成的。消化不良等疾病的折磨导致他脾气急
躁，家庭关系紧张。玛丽安则在父亲的指使下扮演着翻材料、抄文章机器
的角色，活受罪一般的生活压得玛丽安精神苦不堪言。可以说，尤尔父女
的困惑是寒士街大多数文人的困惑。对寒士街的大多数文人来说，寒士街
犹如众多作家心中的一个迷宫，既是一个生活的噩梦，也是一种逃离的愿
望。吉辛凭借自己的经验将社会现象组成一个整体，并试图寻找到一种拯
救心灵与社会的药方，但是，这种拯救处于商品化的社会边缘，受到社会
形态和消费文化的压制，其结果注定是失败的。

在文学商品化的背景下审视吉辛的自然主义创作，我们会发现，吉辛
关于文学价值的观点在社会知识分子和底层作家的生存境遇中找到了逻辑
的对应关系。可以说，作家的不同生存现状是工业化和商品化进程不同形
式的反应。商品化不同程度地影响着每个作家的生存方式，金钱甚至决定
着作家的命运。左拉曾说，"小说家满足于展现他从日常生活中撷取的图

---

① ［英］马·布雷德伯里、詹·麦克法兰主编：《现代主义》，胡家峦译，上海外语教育出
版社1992年版，第78页。
② 詹姆斯·鲍士韦尔（James Boswell, 1740—1795）：苏格兰律师，其作品《约翰逊传》
被视为传记文学的经典著作。

景，在对细节的描绘中确立文本的整体感，从而让读者获得真切的感受，并由此起开他们的反思"①。《新寒士街》的现实意义就在于促使我们去思考，如何在文学商品化的大潮中去应对文学危机的问题，如何去拯救文学的文学性，实现文学的艺术价值。吉辛就是想通过自己的生活体验和审美书写来感染读者，引起读者对文人生存现状的思考。直到今天，无论是资本主义社会，还是社会主义国家，艺术追求与文学价值之间的裂变已经成为一种普遍现象，更加需要我们反思。

第四节　现实与理想的背离反差

自然主义小说作为一种社会文化观念的反映形式，无论是主体意识的获得或失败，抑或是生存的抗争，还是对个体心理和社会问题的审视，都蕴含着特定时代的精神生态和价值追求。英国具有自然主义倾向的作家亦是如此，他们在表现世纪之交英国的社会和经济活动时，着重于表现那一时代底层人民普遍的生活状况和精神困惑。

一　理想与现实的冲突

乔治·吉辛的创作着力于描写伦敦底层社会物质和精神上的贫困，"以强有力的现实主义手法描绘了人类生活的阴暗面"②。吉辛常常以自己的独特方式，根据自己的生活经历，将个人生活与社会问题联系起来。19世纪下半叶的英国，一方面，随着科技的进步，印刷业得到了很大的发展，另一方面，1870年《教育法案》的颁布和推行，使绝大多数读者具备了阅读能力，文学的受众群体从贵族（有闲）阶层逐步扩展到平民大众，通俗小说、报纸、杂志等成为日常的大众消费品。同时，在欧洲文坛，"狄更斯、萨克雷、雨果他们都已逝世了……写作者的数量以可怕的规模增加，才能的水平则以同样的规模下降"③。在《新寒士街》中，吉

---

① ［法］左拉：《论小说》，郑克鲁译，载朱雯等编选《文学中的自然主义》，上海文艺出版社1992年版，第227页。

② Lewis D. Moore, *The Fiction of George Gissing：A Critical Analysis*, London：McFarland & Co., 2008, p. 9.

③ 中国社会科学院文学研究所文艺理论研究室编：《列宁论文学与艺术》，人民文学出版社1983年版，第71页。

辛通过贾斯帕和里尔登对写作的不同态度揭示了知识分子的不同命运。贾斯帕的商业写作和里尔登的严肃写作形成了鲜明的对比：一方面，商业化的写作改变了一些作家的生存困境，另一方面，纯文学创作的商业化极大地破坏了文学的艺术性。因为商业化的写作对严肃作家来说是一种外在于自我本质的生活方式，作家在诚实的劳动中并不能自由地发挥聪明才智，身心备受摧残。小说中主要的五位人物代表了作家的不同侧面，其中表现最充分的是贾斯帕和里尔登。如果说贾斯帕代表了对现实妥协的话，那么，里尔登则代表了吉辛的理想写作，即不随波逐流，专心于艺术的探索，为艺术负责，在贫困中依然坚守着一份知识分子的品质。

吉辛生活在现实中，却常常流离于现实，总是对过去怀有一种眷恋。有学者指出，"在理论上吉辛是一个社会主义者，但在实际上吉辛却是一个坚定不移的个人主义者；他渴望与别人相处，却又本能地希望孤独；虽然他以一种抽象的正义感奉献于大众事业，但同时他又憎恨这个阶层粗鄙的语言，厌恶其动物般的习惯。吉辛小说的核心主题是金钱、婚姻与大众。然而，在吉辛的思想深处，不受经济限制的哲学和诗歌则占据着主导地位"①。可以看出，吉辛所向往的理想生活是摆脱穷困的压迫，生活在田园乡村，无忧无虑地享受读书的乐趣。然而，理想和现实总是存有差距。生活在维多利亚时期的吉辛，将自己看作社会特立独行的一分子，所要面对的是如何消除贫困的困扰。

整体来看，《新寒士街》中的哈罗德·毕芬似乎更能代表吉辛的理想。哈罗德·毕芬是一个典型的具有贵族气质和文学修养的作家，终身未娶。为了坚持自己的艺术理想，毕芬甘愿忍受清贫和孤独，将自己所有的心血倾注于小说创作。在挚友病故之后，毕芬远离尘嚣，孤独地结束了自己的生命。

贝内特的大部分小说以18世纪中期到19世纪初的五镇为背景，以生活本身为小说的主题，揭示了陶都人浪漫的理想和陶都真实的现实生活。在《老妇谭》中，贝内特描述了姐姐康斯坦斯和妹妹索菲亚不同的生活经历和人生历程。姐姐一辈子待在五镇，默默地承受着生活的孤独，而妹妹一直在试图逃离五镇，对生活保持着一种清醒的反叛。最后，姐妹俩在五镇相聚。贝内特在塑造这两个人物时，将理想和现实的冲突置于传统和

---

① A. C. Ward, *Gissing*, London: Langmans, Green & Co. Ltd., 1959, p. 6.

现代的平台上，姐姐身上一直保持着传统的女性意识，妹妹身上则体现了一种带有现代性的女性意识，姐妹俩共同寄托着贝内特的人生理想。

在《五镇的安娜》中，女主人公安娜由于受到五镇狭隘的道德观念的束缚，虽然为了自己爱的权利公开挑战父亲的权威，但最后仍然不得不放弃对美好爱情的追求。因此，贝内特"对人生的描摹大多蒙上一层淡淡的悲观主义色彩，描绘人们默默地接受理想的破灭和顺从命运的摆布"①。事实上，处于五镇社会环境中的安娜，很难摆脱父权制社会的束缚。

《伊丝特·沃特斯》中的伊丝特温柔善良，渴望爱情，追求理性与情感的统一，这些都是男权社会所不允许的。伊丝特的困境也源于此。在一次一次的打击中，伊丝特从一个困境走入另一个困境。追求自尊与自主的艰难过程使伊丝特一次一次地饱受男权意识的歧视和摧残，偏离了原本属于她的生活轨道。但伊丝特心中拥有梦想，身处逆境而不甘堕落，最后完成了对自我生命的超越，完成了对男权文化的反抗。

对于个体来说，除了真实的现实生活外，还有美好的理想。英国具有自然主义倾向的作家以敏锐的洞察力在书写现实的同时也在表达理想。自然主义作家对客观世界的真实描写，基于现实生活，又高于现实生活。面对社会的不足，几乎所有的作家心中都有两个现实：一个是自在的现实，即现存的社会秩序；另一个是自为的现实，即理想的社会秩序。19世纪的浪漫主义作家在作品中主要以感性的方式给人们展示自为的现实，以影射现存的现实。现实主义作家在作品中则以批判改良者的姿态展示现存的社会秩序，而自然主义作家则主要以旁观者的姿态冷静地观察社会，以期建立理想的社会秩序。在现实与理想的碰撞中，作家以书写的方式来弥补社会的不足。通过英国作家对社会认知的自然主义书写，我们可以看出，理想的人类社会应该体现出个体和社会的一种和谐状态，使个体存在于合理的社会制度中。但生活在世俗现实中的作家，也不可避免地带有世俗性，这种世俗性理想的表达，一方面是想摆脱不合理的社会现实，另一方面是对现实社会的理想憧憬。无论哪种方式，都是作家对理想世界的一种无意识诉求，是作家对现存不合理状态的修正和改良，其目标是作家对"自为存在"和"人为存在"的完善和升华。

---

① 侯维瑞主编：《英国文学通史》，上海外语教育出版社1999年版，第581页。

二　隐藏的乌托邦意识

每个作家都有美好的理想，作家对理想和现实的思考，大多寄托在客观叙述的乌托邦意识中。乌托邦意识作为作家心中对理想与现实矛盾关系的一个悖论，虽然同一历史阶段的不同作家对此悖论的思考和描述各不相同，但都不约而同地表现出两种相同的价值取向：一种是通过批判现实，寻找现实世界得以实现的各种可能性。另一种是通过现实的客观描写，期待读者大众来参与和构建理想社会的多种形态。

德国学者卡尔·曼海姆在他的《意识形态与乌托邦》中指出，"一种思想状况如果与它所处的现实状况不一致，则这种思想状况就是乌托邦。……我们称之为乌托邦的，只能是那样一些超越现实的取向：当它们转化为行动时，倾向于局部或全部地打破当时占优势的事物的秩序"[1]。以此而言，乌托邦作为一种理想原型和普遍的精神诉求，以不同的形态存在于每一历史时期的不同作家身上，是作家在审视现实的基础上，对现实生活不足的批判、改造和构想，并以文学的形式创造出一种理想的社会和意识形态。乌托邦意识在文学作品中有时是具体的形象描述，有时是抽象的理想表征。自然主义作家尽管标榜客观，实际上在客观话语下隐藏着乌托邦理想。针对《萌芽》的修辞特色和社会理想，美国学者茱莉亚普日博西在其论文《左拉的乌托邦理想》中曾写道，"冷静公正的观察者左拉变成了热情而乐观的预言家"[2]。可以说，对乌托邦理想的追寻，既是作家或者人类个体在精神上共通的理想追求，也深刻地反映了人类内心深处的一种集体无意识。19 世纪西方文学作品中对乌托邦的追求都是从现实中的小人物和小事件入手，以理想世界的缺席来反观现实社会，解决现实的各种问题。

在《新寒士街》中，吉辛为热爱古典作品的作家们描写了一个如古代雅典城一样的"文人理想国"——大英博物馆。大英博物馆是一个现实的存在，为什么吉辛将此作为"书荫的幽谷"？因为在 19 世纪后期，教育普及和大众传媒使得作家的生存竞争越来越严酷，英国文学场已经变

---

① ［德］卡尔·曼海姆：《意识形态与乌托邦》，黎鸣、李书崇译，商务印书馆 2000 年版，第 196 页。

② Julia Przybos, "Zola's Utopias", in Brian Nelson, ed., *The Cambridge Companion to Emile Zola*, Cambridge: Cambridge University Press, 2007, p. 170.

成了一个高度的商业场。在不可抵挡的文学市场化潮流中，新闻、杂志、畅销书对传统的文学观念和艺术作品产生了强烈的冲击。大多数作家（如贾斯帕）转型为市场作家，成为了文学创作的主流，而像里尔登那样继续执着追求纯文学创作和文学自由梦的作家已经为数不多。这样的结果是，那些具有良好文学修养并固守文学传统的作家文人最后沦落为"文丐"，而那些才华平庸且一味迎合大众趣味的文学商人却意外地获得了成功，取得了丰富的社会财富。吉辛以隐喻的方式，建立起以思想和知识为象征的大英博物馆。大英博物馆作为古希腊知识分子理想的一个隐喻，阅览室作为一个作家理想的文学圣殿，寄托着知识分子的理想和希望，作品中几乎所有的人物与大英博物馆有着或多或少的联系。吉辛一生生活在社会的底层，经历了生活的颠沛流离，他对人民始终保持一种怀疑的态度："我不是人民的朋友。人民作为一种力量，作为决定时代倾向的力量，他们唤起我的怀疑与恐惧；作为一种可以看得见的群体，它使我远远地避开，并经常激起我憎恨的感觉。在我生命中的大部分时间，所谓人民指的是伦敦的群众，在这种情况下，没有什么温和的词语，可以表达我对他们的想法。……我的每一本书都是反民主的。我不敢想当德莫斯（希腊城邦的平民）以压倒优势的力量统治英国时，英国会变成什么样子呢！"①吉辛之所以建构一个大英博物馆，寄托着吉辛对古希腊文学艺术和古希腊式的民主思想的向往。

贝内特的五镇系列小说几乎都植根于英格兰中部的斯泰福郡。斯托克市管辖的六镇是英国陶瓷的生产中心，以其精细陶瓷闻名于世。贝内特在小说中为何把六镇改成五镇，用意何在？贝内特解释说，"五"的英语开元音发音能给人留下深刻的印象。是否还有他意，学界还没有确定的说法。但我们可以设想，贝内特之所以将六镇改为五镇，其中一个很重要的原因就是将现实中的六镇乌托邦化了。为何要建构这样一个田园般的五镇呢？原因在于贝内特认为五镇的生活是野蛮和愚蠢的，他作品中的主人公经常受到命运的摆布。贝内特所建构的五镇是一个理想的精神家园，是一个没有贫穷、没有性别歧视的乐园，特别是没有男权社会压制、没有世俗歧视的乐园。

---

① ［英］乔治·吉辛：《亨利·赖克罗夫特的私人文件》，李霁野译，上海人民出版社2007年版，第73页。

在《人性的枷锁》中，年幼的菲利普受到叔父和教会学校的影响，对宗教怀有虔诚的信仰，他天真地认为只有虔诚地信仰上帝，上帝就会帮助他实现自己的愿望。然而，随着年龄的增长，先天的生理缺陷时常遭到同伴的嘲笑，致使菲利普形成了自卑的性格。菲利普没有一个可以值得信赖的朋友，他逐渐开始怀疑宗教的可信性。虽然他日日满怀希望地跪地祈求自己恢复健康，但对上帝的膜拜并未改变他的跛足。那些自称是上帝使者和信徒的人，能头头是道地讲上一通大道理，却从来不愿意躬身力行。菲利普对继承伯父牧师的职位感到厌倦，讨厌珀金斯校长对自己献身宗教的劝说。面对教会学校陈腐的教育方式和环境，菲利普决定与虚伪的宗教决裂，选择离开而开始重新认识自我与社会、自我与他人的关系，重新对生活的意义进行探索。毛姆对人生意义的探索，就是要让菲利普走出宗教的迷宫，因为只有站在现实的层面，才能看到真实的自己，从现实世界的枷锁中得以解脱。因此，毛姆将自己的生活体验转化为超脱和自信的生活态度，希望凭借自己理性的人生感悟，试图在悖论的现实中找到理想的生活方式。

英国文学历来有乌托邦的文学传统，"乌托邦"一词是由文艺复兴时期的英国作家托马斯·莫尔在其代表作《乌托邦》中虚构的岛国名词，大意是"理想王国"，是作家关于理想世界的一种心理诉求和诗性描绘。从托马斯·莫尔之后一直到19世纪末20世纪，乌托邦意识一直与西方社会的历史发展形成一种自发的互动。每一历史阶段的作家都有不同的理想和追求，以古典的、人文主义的、基督教的、启蒙思想的、浪漫主义和现实主义、自然主义等不同的方式在文本中呈现出不同的乌托邦意识，以表达对完美生活状态的期待。尽管我们不能随意地将英国具有自然主义倾向的作品归入乌托邦文学中，但这些作品中存在的乌托邦意识不容忽视。与现实社会相比，英国具有自然主义倾向作家的乌托邦意识不是向往一个与世隔绝的"世外桃源"，而是始终抱着一种改良的社会心态，去构想和打造一个合理的社会秩序。

第五章

英国小说中自然主义的人学审视

一般来说，文学作为时代文化的反映，人的价值观念的变革直接影响着新的文学的产生，新的文学往往会对人进行新的观照和表现，作家对人物的认识广度和表现深度则影响着作品的思想深度和艺术魅力。自然主义"人学"观念的形成，既是时代发展的必然产物，也是文学观念变迁的内在要求。自然主义文学在"人"的方面的拓展，蕴积着深层的人学母题，彰显着人的观念的变革。因而，对英国自然主义文学进行"人学"审视，不仅是对维多利亚时代文学创作和作品主体的关注，而且蕴含着这一历史时期人的各种存在境遇的思考。

第一节　自然主义文学的人物塑型

19 世纪中叶以来，欧洲资本主义的发展使人的生存境遇发生了重大变化，促使文学对人的思考和表现不断深化。在此历史背景下，自然主义改变了传统文学"人"的书写角度和文学范式。这种改变突出地表现在，自然主义文学对"人"之生物属性的注重，对工人阶级书写、社会底层小人物、人物生理气质与情感欲望等方面进行了新的拓展，显示出欧洲文学不同时代人的价值观念以及人文精神的历史演变。

一　"人"之生物属性的书写

左拉在《实验小说论》一文中指出："形而上学的人已经死去，由于对象成了生理学上的人，我们全部阵地已经发生变化。"① 为何会发生变化？在左拉看来，如果把小说看作一种实验，那么，在实验过程中对人的思想情感和行为机能的认知，与化学、生理学及医学对其的认识在准确度上无法相比。因此，以自然的人代替抽象的或形而上学的人，就是以科学的态度和方法回到自然本身，将人还原为生理的、自然的人。如此，在科学话语的统领下，自然主义侧重于对人的生物性的书写，主要借鉴生理学和遗传学的原理，采用不同于传统的肖像外貌的新角度进行人物塑造，"使生物人进入文学领域，使人的各种功能在文学中都毕露无遗"②。这一革新展现了作家借鉴生理学和遗传学对于文学创作的价值迁移，由此在人物层面上以遗传学、生理学等方法来强调人的生物性（动物性），同时在某种程度上实现了由社会个体的描写转向了资本家族故事的展示。如左拉《卢贡－马卡尔家族》系列小说就是通过以家族遗传为主的血缘关系将其连接为一个整体。

左拉曾在《卢贡－马卡尔家族》的序言中指出，"我要说明一个家族、一个小小的人群，在一个社会里是如何安身立命的，它繁殖出十几二十个成员，初看之下，他们千差万别，各不相似，但加以分析，则可看出他们彼此之间隐深的关联。遗传有它的定律法则，就像地心吸引力有其定律法则一样"③。如在《萌芽》中，左拉多次书写了艾蒂安酒精中毒的遗传："他摇着头，他对烧酒怀着仇恨。这是一个酒鬼家族的最后一个孩子对酒的仇恨。他身上有上代遗传下来的酒精中毒的严重毛病，对他来说，一滴酒都是毒药。"④ 在左拉看来，人的遗传总是与生理结合在一起的，因为左拉曾提出，"掌握人体现象的机理；依照生理学将给我们说明的那样，展示在遗传和周围环境影响下，人的精神行为和肉体行为的关系；……科学地解决人在社会中如何行动的问题"⑤。以此为依据，左拉在文学中提倡以生理学去塑造人，描写人的性本能。正因此，罗丝·希德

---

① ［法］左拉：《实验小说论》，吕永真译，载柳鸣九主编《自然主义》，中国社会科学出版社 1988 年版，第 498 页。

② ［法］阿尔芒·拉努：《左拉》，马中林译，黄河文艺出版社 1985 年版，第 547 页。

③ ［法］左拉：《〈卢贡－马卡尔家族〉序》，柳鸣九译，载柳鸣九主编《自然主义》，中国社会科学出版社 1988 年版，第 517 页。

④ ［法］左拉：《萌芽》，黎柯译，人民文学出版社 1982 年版，第 45 页。

⑤ ［法］左拉：《实验小说论》，吕永真译，载柳鸣九主编《自然主义》，中国社会科学出版社 1988 年版，第 477 页。

勒（Ross Shidler）指出，"左拉是第一个把人类当作动物（而不是像动物那样）来对待的现代作家"①。这一评价是客观中肯的。如《戴蕾丝·拉甘》是左拉的第一部小说，这部小说从故事情节上来看是一个普通的通奸故事，但在艺术手法上却有所突破，即以生理学的角度来讲述戴蕾丝与罗朗的通奸行为。在小说中，戴蕾丝继承了母亲非洲部族的血统和本能，身体刚强而性欲旺盛，而自己的丈夫格尔弥却身体虚弱常常不能让她满足。面对罗朗高大健壮与强壮有力的体质，戴蕾丝禁不住罗朗的诱惑，长期压制的情欲大肆迸发并由此与罗朗通奸，最后导致戴蕾丝与罗朗合谋杀了卡米耶。对于《戴蕾丝·拉甘》中的人物，左拉曾明确指出，"只要细心读一下这部小说，就会看到每一章都是对生理学上一种奇特病例的研究"②。由此，左拉将戴蕾丝杀夫的根本原因归之于她的本能欲望以及生理方面的不满足。

再如左拉的另一部小说《玛德兰·费拉》（《肉体的恶魔》），其女主人公玛德兰被第一个情夫抛弃，再与另一个青年相爱结婚后，不知是巧合还是偶遇，有一天玛德兰的第一个情夫却突然出现在眼前，玛德兰发现自己虽然在感情上是爱着自己丈夫，但是在生理上却无法摆脱第一个情夫。对此现象，左拉在作品中写道："可以说，雅克将她搂在你怀抱里的时候，按自己的形象塑造了她，把自己的一部分肌肉和骨骼给了他，使她成了他的终身伴侣。偶然的机会使玛德兰献身于雅克，又是偶然的机会使她留在雅克的怀抱里。"③ 在《玛德兰·费拉》中，左拉通过露茜的描写提到一个生理学观点，即妻子与丈夫生的孩子竟会像她原先的情夫。左拉这样写道："露茜长得像母亲的第一个情人，这本是生理学上一种常见的、还无法解释的现象，但纪尧姆正在恼怒之中，想不到这一点。"④ 在此叙述中，左拉在借鉴生理学的同时，也客观地认识到一些生理学观点在当时并未经过证实，只是一种提法却不能进行科学地解释。或许，左拉创作的科学性也在此。尽管如此，有论者尖锐地批评道："造就自然主义并使之

---

① Ross Shidler, *Questioning the Father. From Darwin to Zola, Ibsen, Strindberg and Hardy*, California: Stanford University Press, 1999, p. 29.

② ［法］左拉：《〈戴蕾丝·拉甘〉第二版序》，老高放译，载柳鸣九选编《法国自然主义作品选》，天津人民出版社1987年版，第728页。

③ ［法］左拉：《肉体的恶魔》，吉庆莲译，花城出版社1997年版，第157页。

④ 同上书，第151页。

与现实主义相区别的，是将人作为环境的动物进行机械描述。在自然主义
那里，似乎人与动物在本质上相同。"① 更为重要的是，自然主义在世界
各国之所以引起争论，一个很重要的原因就在于自然主义提倡或侧重以生
理和遗传的异于传统的书写方式。当然，以今天的眼光来看，"这些理论
在今天已随着遗传学研究的深入证明了有多么不正确和荒谬，但在当时却
深深影响着左拉"②。

值得注意的是，学界在谈到自然主义对人的生物性书写时，还存在着
人兽的侧重点是人还是兽，抑或是人与兽的结合体的争论。事实上，结合
左拉的理论就可理解，左拉对人的描写并不像一些论著所说的是将人拽回
到元祖时代的生物世界，不是拽回而是侧重而已，也不是将人变成动物，
而是侧重人的生物性而已。

左拉强调从生理学、遗传学的角度描写人的生理本能和遗传特性，并
将人物置于生存环境的制约中。人或被视为本能的载体、或被当作遗传的
产儿，抑或被看作环境的奴隶，这在一定程度上是对传统人物塑造不足的
补充，在新的角度打破了传统文学聚焦于人的"理性世界"的局限，将
笔触扩展到人的生理性、非理性层面，开辟了刻画人的新领域。正如有学
者所言，"在生理的底层，别的小说家从来没有写过的东西，左拉找到
了，他把它们血淋淋地投到读者的眼前……"③。从西方文学的历史来
看，自然主义的人物塑造手法尽管有时受到诟病，但在实际上却扩展和深
化了文学对人类自身的认识。

二　"人"之文学范式的拓展

据前所述，自然主义文学的个性化特质，在很大程度上与它独特的人
物书写视角有关。具体而言，自然主义对"人"的拓展主要体现在以下
四个方面：

第一，工人阶级的初次展示。

在题材创新上，左拉突出地表现在对工人题材的开辟。左拉曾留意到
巴尔扎克的笔下几乎没有书写工人阶级及其状况的作品，因为"在巴尔

① Raymond Williams, *Tragedy and Revolution*, in Raymond Williams, ed., *Modern Tragedy*, London: Chatto & Windus, 1966, p. 68.

② 李尔刚、李丹晶:《自然主义大师——左拉述评》，海南出版社1993年版，第16页。

③ 〔法〕让·弗莱维勒:《左拉》，王道乾译，平明出版社1956年版，第37页。

扎克的 97 部长篇小说中，没有工人出现，在他的作品中，除在最不知名的小说《皮埃尔莱特》的开始有那么四五行文字写到一个工人之外，再也找不到写工人的地方了"①。事实如此，左拉的作品反过来很好地印证了这一观点。左拉在实地考察和记录笔记的基础上，创作了以工人阶级为题材和对象的作品，如《萌芽》《小酒店》等作品。在《萌芽》中，左拉以蒙苏煤矿为中心，以工人的生活和斗争为主体，描绘了艾蒂安、马赫等矿工们日常生活的各个场景和生活处境，客观叙述了矿工们同资本家的斗争情形。左拉对底层工人阶级的关注，得到了许多学者的肯定和赞誉，如法国小说史家米歇尔·莱蒙就大为赞赏左拉对工人阶级的书写，他曾指出，"从左拉开始，工人世界才真正进入了小说之中。在《热曼尼·拉瑟顿》或是在《悲惨世界》中我们曾看到过几个平民的侧影，但只是在左拉的作品中，工人才第一次作为一个社会阶级出现"②。法国学者拉努也指出，左拉"正是以描绘尚未被探索的工人阶层这一才能使人敬服"③。特别是左拉的《萌芽》，一向被学界认为是世界上第一部专门书写工人阶级的文学作品，而《萌芽》出版后受到读者的欢迎与其题材不无关系。

　　第二，社会下层小人物占据主要地位。

　　从古希腊时代起，西方文学在人物方面主要侧重于王公大臣、封建贵族、上流人物的描写，很少将社会下层人物作为作品主人公。到自然主义产生的时代，这种情形仍然持续。即使那些对自然主义文学产生重要影响的作家如巴尔扎克等，他们笔下的人物塑造也很难看到社会下层人物的身影，即使有所书写，也是将下层人物作为上层的陪衬对比，或以作品背景的道具体现，缺乏独立的叙事价值，处于作品人物的边缘地位。

　　在自然主义作品中，社会底层人物成为作品的主人公或者中心人物，社会底层的边缘地位向中心位移。为何如此？因为自然主义文学将笔触伸向超出了沙龙、舞会、林荫道等，而转向了矿井、坑道、小酒店、贫民窟、洗衣房、工场车间、农村市集等，将目光注视到社会底层，聚焦于社会矛盾与劳苦大众的生活。在左拉看来，传统西方文学叙事所营造的

---

　　① ［法］阿尔芒·拉努：《左拉》，马中林译，黄河文艺出版社 1985 年版，第 140 页。

　　② ［法］米歇尔·莱蒙：《法国现代小说史》，徐知免、杨剑译，上海译文出版社 1995 年版，第 162 页。

　　③ ［法］阿尔芒·拉努：《埃米尔·左拉和〈卢贡－玛卡尔家族〉》，施科译，载谭立德编选《法国作家、批评家论左拉》，安徽文艺出版社 1994 年版，第 251 页。

"巨人"世界,即社会上层人物或者"英雄",不过是些犹如"傀儡""木偶般"的"卡通人物",不能反映社会生活的真实,也就不能全面地认识客观世界,因而"小说家如果接受表现普通生活的一般过程这个基本原则,就必须去掉'英雄'"①。西班牙作家加尔多斯《禁脔》的主人公何塞有一段独白,充分表明了这一观点:"我不是英雄,我是自己时代和种族的产儿,与我生活于其中的环境不可避免地和谐一致。"②

为何必须去掉传统的"英雄""巨人"形象呢?表面来看,这是文学创作人物塑造的问题,深层来说,这已不再是人物塑造的问题,也不再是简单的文学问题,而是西方社会演变和文化发展的结果,并在某种程度上具有必然性。因为文学不仅植根于特定时代的文化土壤,而且植根于人的价值观念的自身演变。在自然主义之前,小说作品中所谓的"英雄"人物形象,展现的是人性的自我张扬,从自然主义文学开始,社会下层人物形象的塑造展示的是个体的生理自我,由此开启了"反英雄"的趋向。到了20世纪,现代主义对社会下层人物形象的塑造在于反传统权威的"英雄","反英雄"彰显的是个体的主体自我。当传统的价值观念处于矛盾和危机之中,从"自我张扬""生理自我"到"主体自我"思想观念的转变,就会导致"英雄"的陨落、"巨人"的坍塌。尤其在世纪转型时期,文学创作在人物形象内涵上向现代转型的内在要求,是要建构出一种富有现代性的人物形象。

第三,情感欲望的生理研究。

与注重人的生物属性相一致,自然主义作家将小说看作一本"精神思想的解剖学,是记述人物事件、研究生理情欲的实验哲学"③。也就是说,在自然主义作品中,"情欲"是作为人的性本能的一种表现,将其置于平淡无奇的生活图景中,从生理学的角度去探求情欲对人的行为以及命运的影响。

左拉等自然主义作家认为,"真正的艺术家须重视造物诱惑(生理冲动)的象征意义","从这种冲动的根源上发现原始主义、万物有灵论和

---

① 〔匈〕卢卡契:《左拉诞辰百年纪念》,刘半九译,载朱雯等编选《文学中的自然主义》,上海文艺出版社1992年版,第470页。

② 许铎:《佩雷斯·加尔多斯的自然主义倾向》,载柳鸣九主编《自然主义》,中国社会科学出版社1988年,第367页。

③ 〔法〕让·弗莱维勒:《左拉》,王道乾译,平明出版社1956年版,第31页。

宇宙轮回观念"①。正因此，当《戴蕾丝·拉甘》受到强烈的谴责批评时，左拉愤然辩护道："我只抱一个愿望：即提出一个体格强壮的男子和一个情欲得不到满足的女人，然后地身上寻找兽性，甚至只注意兽性，将他们投入一个惨绝人寰的悲剧中去，极其小心地记录下这两个生物的行为。"②显然，与传统文学注重人的理性、精神品格以及社会性不同，自然主义作家在将生理学引入文学的同时，抛弃了人的道德与理想而将其化身为欲望的载体，突出了原始欲望对人的性格行为的支配。

譬如，在《小酒店》中，绮尔维丝为了满足自己的欲望，除了变卖家产还出卖自己的肉体。在《娜娜》中，巴黎上流社会的各种男性为了满足性欲，不顾一切地迎合娜娜，即便低声下气，俯首帖耳也在所不辞。《卢贡－马卡尔家族》是以遗传世系图建构的，但贯穿家族成员的共同线索则是"贪欲"，或者说是生理欲望的放纵。从卢贡家族的第一代阿黛福格开始一直到第五代的查理，"贪欲"通过生理的遗传因子在家族中代代相传，并且，"贪欲"在遗传与环境的作用支配下，导致卢贡家族的不同成员有着相似的命运轨迹，整个家族犹如陷入了悲剧的旋涡中，悲剧不断地在子孙后代身上重演而无法摆脱。如此一来，人不再承载道德和理性，而仅仅是有机的生命个体，自然主义由此对人的行为、情感的生理根源的探究，实际上已经进入人的心理和非理性层面而具有了现代主义倾向，具有开创性和实验性。从这个意义上来说，现代主义文学对人的非理性层面的书写，在某种程度上是对自然主义生理欲望描写的呼应和发展，既体现着对传统理性人本意识的反拨，又意味着在现代性意义上对传统人本意识的回归。

第四，人物气质的生理探究。

在提倡自然主义之时，左拉提出了许多重要的范畴并赋予了独特的意义，"气质"就是其中之一。如在《戴蕾丝·拉甘》的序言中，左拉指出："我所要研究的是人的气质，而不是人的性格。"③ 在《卢贡－马卡尔

---

① Thomas Zamparelli, "Zola and The Quest for The Absolute in Art", *Yale French Studies*, 1969 (42)：143 – 158.

② ［法］左拉：《〈戴蕾丝·拉甘〉再版序》，毕修勺译，载朱雯等编选《文学中的自然主义》，上海文艺出版社 1992 年版，第 139 页。

③ ［法］左拉：《〈戴蕾丝·拉甘〉第二版序》，老高放译，载柳鸣九选编《法国自然主义作品选》，天津人民出版社 1987 年版，第 728 页。

家族》的创作中，左拉宣称自己所要解决的问题首先是"气质与环境的双重问题"①。那么，左拉所言的"气质"具体指的是什么呢？

从词源来看，"气质"的概念并非左拉最早提出或独创，而是由古希腊哲学家希波克拉底提出，指向由遗传因素所决定的行为特征。在17世纪时，气质的词义已经包含着性格的内涵，因此要确切地区分气质与性格并非易事。若要区分的话，"气质"时常指向由先天因素决定的东西，而"性格"时常指向由后天环境决定的东西。当然，左拉所指的"气质"与今天人们通常所谓的"气质"并不相同。左拉所说的"气质"乃是一种源于遗传、发乎生命深层的东西，主要侧重于与人的生理机能和血统遗传有关的个体状态，这种状态既是生理的亦是心理的，且是由生理到心理的一种状态殊相。在诗学或批评领域，左拉所说的"气质"更多地指向作家的个性，是一种不易把握并在作品中体现出来的个人特色。在创作中，性格与气质相关却主要与后天的社会生活实践有密切联系，往往可辨而容易把握，通过"典型化"的方式就可呈现出来。与性格不同，气质的形态不易把握且源于生命感性深层而难以抽取，实际上并不那么容易"典型化"。因而，"气质"形态的描摹只能最大限度地从生理学层面贴紧个体的感性生命而呈现出来。

为何要强调气质呢？结合前述，这实际上源自左拉对人的生理学的观照，左拉在使用气质时不再关注其后天环境的影响，而是强调它的生理遗传方面。之所以如此，左拉在《戴蕾丝·拉甘》的序言中曾明确地指出，"我试着对气质不同的两个人之间可能发生的奇怪结合进行了解释，并指出一个血气方刚的人同一个神经质的人接触时所具有的深刻混乱"②。这样，源于生命本体的"气质"，被左拉看作一种人物表现的形态。阅读左拉的《戴蕾丝·拉甘》能看到许多词汇，诸如"炽热而激动""汹涌的活力和火热的激情""沸腾的热血""阵阵情火""热辣辣的眼光""天性的热情""神情热狂"等，这些词汇并不是戴蕾丝的性格描写而是气质描写，由此构成了旺盛的生命力。可以说，恰恰是戴蕾丝的"神经质"，正好与罗朗的"多血质"在各自生理机能与生理遗传的气质中得到了结合，

---

① ［法］左拉：《〈卢贡－马卡尔家族〉总序》，柳鸣九译，载柳鸣九选编《法国自然主义作品选》，天津人民出版社1987年版，第736页。

② ［法］左拉：《〈戴蕾丝·拉甘〉第二版序》，老高放译，载柳鸣九选编《法国自然主义作品选》，天津人民出版社1987年版，第728页。

由此决定了他们的行为和命运。进而言之，自然主义人物形象的表现形态不再是"典型环境"中产生的"性格典型"，而是在"生理遗传"中生发的"气质类型"。如此一来，人物形象的表现形态从"性格典型"到"气质类型"的转变将生理学和心理学紧密联系起来，由此突破了传统现实主义具有的某种"典型化"性格，使自然主义的"气质"形态向现代主义之"心理"形态的转变。这种转变既意味着传统"性格典型"开始向现代主义那种零碎片段的"心态"转化，也表明自然主义生理学意义上的"气质"向现代主义心理学意义上的非理性的过渡。这或许是自然主义向现代主义文学的必然发展和内在要求。

第二节　《五镇的安娜》中人物的主体间性

《五镇的安娜》是阿诺德·贝内特具有自然主义倾向的一部小说，其故事情节和人物主体的建构都围绕"特尔赖特—安娜""安娜—迈诺斯/威利"两对人物之间的关系展开，其小说人物之间互为主体，凸显出一种主体间性。"主体间性"原本是一个哲学术语，主要探讨"主体"之间的相互关系，即主体之间不是二元对立或一方压制一方，而是主体之间的共存、交往和对话状态。文学的主体间性基于哲学的主体间性而来，是作品中人与人之间消除主客对立自由交往的美的实现方式，这种方式使文学在呈现个体意义时彰显出丰富的文本意义。结合文学创作实践来看，文学的主体间性代表着文本中各种关系的存在方式，而对小说人物来说，其人物关系的主体间性往往是作品意义的生成之源。然而，以往学界对《五镇的安娜》的研究不仅寥寥无几，而且对小说人物关系所凸显的"主体间性"缺乏应有的关注。在此，以《五镇的安娜》中的人物关系为切入点，从"主体间性的失衡""主体间性的延伸""存在的自由之思"三个层面来探讨小说人物关系的主体间性及其意义。

一　人物主体间性的失衡

在《五镇的安娜》中，"特尔赖特—安娜"（父女）是最主要的人物关系，人物主体间性的失衡也主要体现在"特尔赖特—安娜"的关系上，贯穿其中的则是对以特尔赖特为代表的父权制的超越。

作为安娜的父亲，特尔赖特在教育方面不愿接受新观念，严格按照维多利亚的道德传统来要求女儿安娜的言行。在特尔赖特的教育下，安娜9岁就能得心应手地打理家务。家里的女管家去世后，安娜则承担起照顾家人饮食起居的事务。在生活方面，安娜受卫理斯教的影响，生活简单而枯燥：参加教堂的祈祷、代替父亲收租、在周日学校读书、在狭小的圈子里与别人打交道。安娜没有属于自己的时间，一切都由父亲安排。同时，作为五镇富有的资产者，特尔赖特在生活上精打细算，每星期只给安娜不到一英镑钱作为全家的生活开支，自己还经常亲自去市场买菜，想方设法讨价还价。特别是特尔赖特视财如命，要求自己的每一笔投资都要带来丰厚的回报，将生活的喜怒哀乐建立在对钱财的守护上。

安娜在特尔赖特的压制下生活，特尔赖特的强势和贪婪势必会激发二者之间的矛盾。安娜名下有一所工厂，而这家工厂的实际操控者却是特尔赖特，工厂在安娜那里有名无实。普拉斯曾是这家工厂的经营者，由于经营不善工厂濒临破产，因此普拉斯常常拖欠租金。然而，特尔赖特为了得到钱财，不顾他人死活，一次次地逼安娜到经济拮据的普拉斯家催债，结果导致普拉斯自杀，这激发了安娜与特尔赖特之间的矛盾。与特尔赖特的视财如命相反，安娜从一开始就表现出对金钱的冷漠（无论是母亲的遗产还是父亲吝啬给予的零花钱）。安娜对待金钱的态度之所以与特尔赖特截然不同，原因在于她看到金钱并没有给人带来幸福，反而是痛苦，甚至灭亡。每次特尔赖特打发她去要债，她内心都怀着内疚，认为自己犯了不可饶恕的罪。

美国学者瑞查德·蔡斯（Richard Chase）曾说："自然主义理论认为命运有时是由外部力量强加于个人的。因此，自然主义小说中的主人公由于受到环境而非自己意志的支配，他们往往看起来缺乏自我。"[①] 的确，《五镇的安娜》作为一部具有浓厚自然主义倾向和风格的作品，从特尔赖特和安娜之间的关系来看，安娜是缺乏自我的，特尔赖特的强势和安娜的顺从打破了两者本应具有的主体间性。主体间性为何失衡？表面来看，两者主体间性的失衡是因为安娜的主体性时常被消解在特尔赖特及其所崇奉的维多利亚父权传统之中，特尔赖特和安娜之间呈现出一方压制一方的态势。安娜的主体性越是被压制，特尔赖特的主体性就会被无限制地扩大，毫无疑问，他们主体间性关系的不对等差距就会越来越大。

---

① Richard Chase, *The American Novel and its Tradition*, London: Gordian Press, 1957, p. 199.

在安娜身上，独立的个性被生存的环境所禁锢，"自由"和"独立"的个体精神被父权所压制，贝内特曾自述《五镇的安娜》是"反对父亲暴虐的宣言书"。如此，长久生活在父亲压制下的安娜对自己的处境并非无动于衷，至少在思想和感情上，安娜渴望摆脱五镇的束缚和父权的牢笼，企望自己能在五镇过上一种有教养有文化的生活。然而，安娜的处境是苦闷和无奈的，这使《五镇的安娜》流露出一种悲观的情感。劳伦斯在读了《五镇的安娜》后，曾写信批评贝内特的悲观情绪。劳伦斯写道："我恨英国和它那绝望的情绪。我恨班奈特（笔者注：贝内特）的消极态度。悲剧应该是对痛苦的奋力一击，但五镇的安娜似乎是逆来顺受——从福楼拜开始，所有那些现代作品都是这样。"[1] 劳伦斯的评价不能不说有一定的道理，但我们显然不能完全认同福楼拜以后的现代作品都有悲观情绪的观点，况且贝内特对劳伦斯的评价持保留意见。在贝内特看来，如果"读者发现作品中的某一人物如若生活在真空中，或者孤身于撒哈拉大沙漠，抑或孤立于天地间，人物与外界之间没有关联，不参照其他事物好像就能表现出来。那么，此种小说是否能满足那些喜欢获得生活洞察力，以及具备这种能力读者的要求呢？"[2] 不难看出，贝内特正是想通过这种强烈的对比，来突出特尔赖特和安娜之间原本应有的主体间性，使读者与作品人物之间建立起一种呼应关系，以勾起读者对安娜强烈的同情心。

二　人物主体间性的延伸

主体间性的实现需要主体双方在对话、交流的基础上相互理解，通过客观认知的方式达到和谐与平等。为此，贝内特将目光投向了安娜生活的五镇。五镇作为时代的一个隐喻，既是一种客观地理环境的呈现，也是一种控制社会部分主体认知和诉说的话语方式。五镇这一隐喻决定了安娜与父亲主体间性失衡的必然性，而要建立平等和谐的主体关系就要发挥自己的能动性，打破父权的压迫，建立新的主体间性。这种新的主体间性，即主体间性的延伸则主要体现在对特尔赖特为代表的父权制进行对抗的"安娜—迈诺斯/威利"的关系之中。

---

① 转引自文美惠《阿诺德·班奈特和他的"五镇小说"》，载柳鸣九主编《自然主义》，中国社会科学出版社1988年版，第391页。

② Arnold Bennett, *The Author's Craft*, London：Hodder & Stoughton, 1914, p. 24.

年轻的迈诺斯是一家陶瓷厂的掌控者和卫理会的主要人物，是五镇"成功人士"的象征。安娜遵循父亲的意见，成了迈诺斯陶瓷厂的合伙人。在日常交往中，迈诺斯逐渐看上了安娜，安娜也被迈诺斯的年轻有为所吸引。经过父亲的同意，安娜接受了迈诺斯的求婚并定下婚约。然而，在社会上享有很好声誉的迈诺斯却表里不一。表面上，迈诺斯在陶瓷生产中采取先进的工艺，对待工人和蔼可亲，处处表现出一种绅士的风度，让安娜觉得完美无瑕。实际上，迈诺斯却是一个不折不扣的物质主义者。在对待工人方面，表面开明的迈诺斯并不能改变他对工人剥削的事实——在他的工厂里，随处可见赤身露体的工人在环境恶劣的烘烤间汗如雨下。在对待金钱的态度上，迈诺斯较安娜的父亲是有过之而无不及。迈诺斯爱上安娜，其实是爱上了安娜的钱。迈诺斯原以为安娜拥有的财产也就两万英镑左右，当安娜告诉自己继承了母亲五万英镑的遗产时，迈诺斯除了欣喜若狂外，还在心里盘算起自己有了竞选伯斯利镇长资格的事，其内心的虚伪和贪婪溢于言表。

小说的另一个男主人公威利是个与迈诺斯有着不同命运的人。威利是普拉斯的儿子，因为父亲工厂破产曾与父亲伪造支票而身陷囹圄。在小说中，当威利入狱后，安娜强烈的正义感终于爆发。安娜从父亲抽屉中偷走了父亲的假钞，并将假钞销毁，试图挽救水火之中的威利父子。安娜的做法让视财如命的父亲大发雷霆，父女之间的矛盾因此进一步激化。此时，安娜与特尔赖特在金钱方面的矛盾已经超越了父权制的矛盾。在拯救普拉斯父子的过程中，安娜原本的同情心逐渐转变成了对威利的爱恋，威利也悄悄地爱上了安娜。但是安娜意识到，她与迈诺斯的婚约是不能轻易改变的，她和威利的爱情也绝不会得到父亲的认可。威利的离开决定了惯于服从的安娜只能无奈地接受自己与迈诺斯的婚约。鉴于此，有学者认为，安娜身上体现了一种敢于牺牲的精神——贝内特在作品的开始就提道，"安娜的妹妹阿格里丝在主日学校获得一本名为《珍妮的牺牲》为奖品，就预示了作品'牺牲'的主题"①。这个评价是有道理的。因为安娜在孩提时就明白一个道理，女人的一生或多或少都得有所放弃，服从和低头似乎成了安娜言行方面的惯性。这使安娜的"牺牲"带上了悲观的色彩。

---

① J. A. Siegal Pearson, *Marriges in the Novels of Arnold Bennett*, Saint Louis: Washington University Press, 1997, pp. 27 – 28.

　　主体间性不是对主体性的否定，而是对主体性的超越，而主体之间和谐平等关系的实现，需要在两者之间建立起平衡的间性关系。安娜最后的选择耐人寻味，即订婚的安娜既没有选择与迈诺斯结婚，也没有与善良的威利私奔，而是选择了放弃。为什么选择放弃？其主要原因有两个方面：一是安娜发现婚姻并不是获得幸福的最终途径，二是逃脱了父亲的强权，却逃脱不了五镇所代表的父权文化。安娜处在一个转型的时代，内心世界和心理情感不可避免地会受到社会规范的影响。安娜对迈诺斯的逃避，是她长期缺乏归属感和自我意识的结果；安娜对威利的慷慨帮助，则是对父权制和男权话语的一种积极应对。在此期间，安娜的人生经历了"妥协—反抗—放弃"的过程。在这一过程中，安娜需要从自我的真实想法出发，突破自我心理的狭小空间和父亲的强权压制，实现真实的自我。因此，从自我实现与主体建构的角度来看，安娜的努力挣扎，其实质是想在与"威利—迈诺斯"的情感纠结中找到一个平衡点，实现主体之间的平衡。

三　主体存在的自由之思

　　为了实现小说人物关系主体间性的平衡，贝内特在《五镇的安娜》投入了极大的"同情心"。贝内特强调："整部《五镇的安娜》都充满热情，书中的每一个角色作者都给予了极大的同情。"[1] 从作品来看，贝内特对女性的同情主要有两个方面，一是对处于生活困境中的女性深表同情，二是对女性没有自己独立的选择权深表同情。若将两者归为一点就可发现，贝内特对女性的同情不是在表露一种怜悯之心，其实质是提倡女性自由，超越男性话语权的樊篱。

　　从西方文学的发展来看，关注和追求自由是西方文学永恒的主题之一。维多利亚时代是个保守的时代，父权和男性话语占据主导地位，特别在世纪之交，"女性若想在政治、教育、职业等公共生活领域里取得与男人平等的地位，还有很远的路要走"[2]。而女性自由的获得首先在于对自身真实处境的认知。从小说中可以看出，安娜追求的自由至少包括三个方

---

[1]　James G. Hepburn, *Arnold Bennett: The Critical Heritage*, London: Routledge & Kegan Paul, 1981, p. 161.

[2]　David Powell, *The Edwardian Crisis: Britain 1901–1914*, London: MacMillan, 1996, p. 78.

面：一是对自己生活选择的自由；二是实现个人理想的自由；三是肉体与心灵的解放。这三个方面的实现在安娜身上是渐进的：安娜只有逃避父权制道德观念的牵制，才能有自己的价值判断，只有摆脱旧传统习俗的束缚，才能自由地选择属于自己的情感。一言以蔽之，安娜所追求的自由不仅意味着不合理责任和义务的摆脱以及经济的自立，而且更重要的是理智与情感的自由和超脱。

贝内特为何关注女性的自由问题？这主要源于贝内特的人生经历。贝内特出生在一个以父权制为中心的家庭，家族信奉正统的卫理斯教，童年时代的贝内特就生活在宗教和父权的双重管制中。贝内特天生患有严重的口吃，父亲从不允许他随便走出家门，生硬地阻断了他与其他孩子的联系，苦闷的生活常常使贝内特备感孤独。在《我们女性》一书中，贝内特曾谈到自己和父亲的关系时说："我们父子之间从来没有太多想要说的话，从来没有过。"① 令贝内特更加郁闷的是，当他在作文大赛中获奖时，得到的不是父亲的鼓励，而是强迫他放弃写作，子承父业。正是在这种灰色苦闷的人生记忆中，贝内特一直想逃脱父亲的强权，他曾回忆说："我不喜欢上学，也没有在生活中和家庭教育中获得任何乐趣。"② 因此，贝内特对父亲的怨恨则形象地书写在《五镇的安娜》等作品中。无论是《五镇的安娜》中葛朗台式的特尔赖特，《老妇谭》中狡诈的巴内斯，还是《克雷亨格》中专制和强权的克雷亨格等，这些父亲形象基本都有贝内特父亲的影子，他们的子女都不约而同地受到父亲的压制。可以说，贝内特对女性的关注来自童年痛苦的审美体验，而安娜追寻自由的过程也是超越个人主体性的过程：从个体角度来说，自由就是自我的完善和统一；从社会角度来说，自由就是父女关系的调整与和谐；从精神角度来说，自由就是对男权话语的突破和超越。可见，贝内特通过对女性自由的思考，《五镇的安娜》中人物关系主体间性的平衡及其存在意义由此而实现。

19 世纪后期是英国女性作家崛起和创作繁荣的时代。传统女性作家在对女性遭遇的痛苦和压抑进行书写时，主要强调女性主体的个性解放与独立。与传统女性作家不同，贝内特在突破男性樊篱和父权话语压制的同

---

① Arnold Bennett, *Our Women*, New York: George H. Doran Company, 1920, p. 226.

② John Batchelor, *The Edwardian Novelists*, London: Gerald Duckworth & Co. Ltd., 1982, p. 154.

时，并没有否定一切权威，而是在女性身上投入了更多的同情心和为女性争取权利的热情，赋予安娜一类的女性直面现实的勇气，以自我反抗去实现个体的自由。于读者而言，这对现代社会中如何摆脱现代困境，实现个体自由等问题无疑具有很好的启发意义。

第三节　《伊丝特·沃特斯》中的自我意识

乔治·莫尔的代表作《伊丝特·沃特斯》以自然主义的创作手法，讲述了女主人公伊丝特从一个缺乏自我意识逐渐成长为关注自我精神、建构自我意识的女性的故事。尽管学术界对"自我意识"的界定众说纷纭，但概括来说，自我意识是个体存在的基本要素，是个体寻求自我主体价值和个性意识普遍而突出的表现。特别在近现代社会，自我意识常常被看作具有理性认知、独立人格和自由意志的重要表征和价值追求。从小说叙述来看，伊丝特成长的过程实际上是其"自我意识"实现的过程，自我意识作为伊丝特寻求主体性过程中形成的一种思想形态，始终贯穿于《伊丝特·沃特斯》的故事情节中。柳鸣九曾指出："自然主义重视自然人的一面，在相当大的程度上把人的行为、意识、思想情感归之于人的生理机体，并以这种观点在作品中对任务加以描写。"① 在自然主义作家看来，人物的意识就是人的生理的体现。自然主义作家习惯于将人的生理性和人的情感、意志相结合，以此来处理在不同情境中人物的性格特性和气质变化。莫尔的《伊丝特·沃特斯》在借鉴自然主义文学的基础上，通过挖掘伊丝特的深层意识，让伊丝特的性格在不同的发展阶段形成对照，以揭示伊丝特自我意识的演变过程，展现出其独特的生命体验和女性经验。然而，国内学界对《伊丝特·沃特斯》的研究不仅寥寥无几，而且对伊丝特身上所体现出来的自我意识也缺乏应有的关注和明晰的认识，由此影响到对莫尔创作《伊丝特·沃特斯》真实意图的准确把握。因此，以伊丝特的自我意识为切入口，深入分析伊丝特自我意识的演变与实现过程，以便准确地把握莫尔的创作意图。

---

① 柳鸣九选编：《法国自然主义作品选》，天津人民出版社1987年版，第16页。

一　伊丝特自我意识的觉醒

《伊丝特·沃特斯》的情节主要围绕主人公伊丝特而展开。在小说的开头部分，莫尔首先向读者简要地介绍了伊丝特的出身。伊丝特出身于伦敦的一个贫穷家庭，是一个漆匠的女儿。在伊丝特 10 岁时，父亲去世，母亲改嫁他人，她和母亲经常受到继父的欺压。在伊丝特 17 岁时，继父让她外出当女仆挣钱，后来经人介绍，她到伍德维地区巴菲尔德绅士家里去做女仆。在莫尔所处的时代，女仆是女性普遍从事的职业和工作，有研究者指出，"在 1906 年，将近三分之一的受雇妇女都在做家政服务方面的工作"①。并且，当时女仆的社会地位很低，随时会受到别人的冷落和歧视。作为女仆的伊丝特同样也受到别人的冷落和歧视。但是，与小说中其他女仆不同的是，伊丝特却在别人的嘲弄中唤醒了对实现自我意识的清醒认识，主要表现在三个方面：一是拒绝换衣服风波，二是与男仆威廉的交往和恋爱，三是放弃奶妈工作，喂养自己的孩子。这几次经历意味着伊丝特自我意识的觉醒。

首先唤醒伊丝特自我意识之门的是她拒绝换衣服的经历。在小说中，当伊丝特第一次去巴菲尔德夫人家里做女仆时，威廉的母亲拉奇夫人吩咐伊丝特洗菜，但是伊丝特拒绝按照拉奇夫人说的做，因此伊丝特被拉奇夫人逐出厨房。隔天，当另一个女仆马格丽特·盖尔告诉她，留在厨房做活就必须得到拉奇夫人的赞赏才行，但伊丝特立马反驳了这种看法。请看伊丝特和马格丽特之间的对话：

> "为什么我刚进屋就要洗菜呢，连换衣服的时间都不给我。"
>
> "是太苛刻了，她总是尽可能多地使唤她的帮厨女佣。不过昨天晚上她克制着，有客人来用餐。我可以借围裙给你，你尽管穿，没关系。"
>
> "不能因为一个姑娘穷而——"
>
> "哦，我并非这个意思，我对处境困难有充分理解。"②

---

① David Powell, *The Edwardian Crisis: Britain 1901 – 1914*, London: Macmillan, 1996, p. 72.
② ［英］乔治·莫尔：《伊丝特·沃特斯》，张介明译，华夏出版社 2007 年版，第 7 页。

在伊丝特看来，拉奇夫人其实和自己一样都是受雇的仆人，身份并没有高下之分。伊丝特对拉奇夫人的反抗，一方面反映了伊丝特尽管出身低微，但依然需要得到与她地位相当的人起码的尊重，另一方面说明伊丝特对出身于相同或相近阶级女性不幸命运的无奈。在与拉奇夫人看似平常的换衣风波中，伊丝特已经开始意识到，在任何情况下使自己屈服并非明智之举。同时，为了维护自己的独立性，唯一可以指望的方式就是将自己置于不被他人注意的地位，学会控制自己的脾气。这是伊丝特自我意识的第一次觉醒。

伊丝特自我意识的第二次觉醒发生于她与威廉的恋爱过程中。在伍德维做女仆的日子里，伊丝特与威廉坠入爱河。情窦初开的伊丝特尽管在威廉的表白中真切地感受到了存在的归属感，但当他们为赛马事件发生矛盾的时候，伊丝特的第一反应是自己必须得到相爱之人的尊重。因为在伊丝特眼中，威廉只有认识到自己的罪孽，懂得忏悔，学会尊重对方的自由和权利，他们才能结婚和幸福。正如有学者指出，在那个时代，"绝大多数的女性都不会认为婚姻是生活之外的东西，她们只会认为它是生活的必备，它不能被超越。很多女性甚至把个人命运等同于婚姻好坏"[①]。伊丝特也不例外，从她对待威廉的态度表明，女性理应同男性一样，有着要求平等的意识。然而，由于社会传统和历史原因，在很长一段时间内，男性的社会话语一直压制着女性话语的释放，压制了女性在社会中的身份认同，以致女性的自我意识也被顺理成章地淹没了。在这样的社会背景下，伊丝特能坚持自己的婚姻原则，就其自我意识的觉醒而言，无疑是迈出了一大步。

伊丝特自我意识第三次被唤醒是在她生下了威廉的孩子之后。在小说中，当威廉和佩吉私奔后，伊丝特生下了自己与威廉的孩子。为了抚养孩子，伊丝特百般无奈，只得去斯皮尔斯夫人家当奶妈。当伊丝特听到自己孩子生病的消息后，不顾斯皮尔斯夫人的坚决反对，毅然回去照看生病的孩子，即使被解雇去济贫所也在所不辞。正是出于作为母亲的本能，伊丝特更能清楚地感受到自己的存在，自我意识再次被唤醒。

《伊丝特·沃特斯》作为莫尔最具自然主义特色的一部小说，就一般

---

① 荒林、翟振明：《揭开你的面纱：女性主义与哲学的对话》，北京大学出版社 2008 年版，第 5 页。

而言，"自然主义小说所拟定的形式通常源于个体的发生过程。往往对其从出身到环境和情势的相互作用进行追溯"①。据此，对伊丝特来说，若从出身到社会经历来看，伊丝特想要达到自我意识的觉醒，就必须义无反顾地与不平等的现实进行抗争，超越自我狭隘的个体意识。从换衣服风波到与男仆威廉恋爱，再到坚持喂养自己孩子，出身低下的伊丝特从未奴颜婢膝，而是一直争取自己的尊严。张介明在《伊丝特·沃特斯》一书的序言中曾指出："伊丝特的斗争精神使她足以跻身于19世纪现实主义文学中'个人反抗的小人物'之列。"② 更为重要的是，作为反抗者典型的小人物伊丝特，她对传统的反叛精神是通过其外在行为和内在精神表现出来，她每一步自我意识的觉醒都伴随着一次痛苦的审美体验。从伊丝特自我意识的觉醒过程来看，女性想要实现自我的意识，就必须超越自我的局限性。从合乎人性的抗争与痛苦的经历矛盾中可以看出，莫尔对伊丝特自我意识的建构从一开始就伴随着对传统社会的解构。

二　伊丝特自我意识的困境

伊丝特自我意识的形成过程并不是一帆风顺的。在自我意识形成的过程中，伊丝特面临着三个不同的困境：一是缺乏文化知识的自卑；二是来自宗教的困扰；三是由私生子带来的困扰。

伊丝特自我意识的形成，面临的第一个困境源自不识字、没文化的自卑心理。受到母亲的影响，尽管伊丝特特别喜欢书，但她实际上并不识字。因此，每次别人提起读书的事情，难为情的伊丝特只能以各种方式来搪塞和逃避别人的追问。可以说，伊丝特不识字不会阅读的硬伤，一方面阻碍了她从文字中获取建构自我意识的文化知识，另一方面更严重的是打击了她建构自我意识的信心，阻挡了伊丝特自我意识的提升。

伊丝特自我意识形成的第二个困境是宗教观念对她的束缚。受父母的影响，伊丝特从小就是普利茅斯教友会的成员，曾在普利茅斯教友会受过严格的教育。在日常生活中，伊丝特始终以上帝的标准要求自己，爱上帝，坚持人的朴实性。特别是当萨拉的话深深地刺痛了伊丝特时，伊丝特

---

① Lilian R. Furst & Peter N. Skrine, *Naturalism*, London: Methuen & Co. Ltd., 1978, p. 47.
② 张介明：《一本不该忽视的书》，载《〈伊丝特·沃特斯〉序言》，华夏出版社2007年版，第3页。

与萨拉出现了激烈的对峙局面：

> "我不准你侮辱我的宗教信仰！你怎么敢这样！"伊丝特从她的座位上惊跳起来，可威廉比她动作更快，他一把拉住她的手臂。……
>
> "别理我！……事情明摆着，这人此前从未有个职业，肯定是从某个地方逐出来的。慈善机关，我想应该叫——"
>
> "她不能侮辱我——不行，她不能这样！"伊丝特气得浑身发抖。①

可见，在与萨拉的对峙中，伊丝特之所以情绪反应强烈，主要与她从小接触的宗教信仰有关。伊丝特和萨拉的对峙，一方面说明伊丝特作为普利茅斯教友会的一员，时时都在维护教会的尊严，另一方面表明伊丝特以教会的标准衡量别人的行为又可能会损害别人的利益。实际上，伊丝特的信仰既是坚定的，也是盲目的，因为她不管普利茅斯教的行为规范是否真的会伤害他人的利益——如小说中赛马利益的分配对他人的不公——她仍然坚持捍卫教会的尊严。特别是当伊丝特酒后与威廉发生性关系后，她认为自己犯了"不可宽恕的罪孽，这是一种为她家族排斥的罪孽"②。不难看出，在伊丝特那里，恋人之间的关系已经由一种世俗的情爱逐渐上升到了一种宗教的理想。毫无疑问，宗教强调主体自我对宗教的依附，其实质是主体的消失，而自我意识强调的是主体的自我凸显。因此，宗教信仰必然成为伊丝特自我意识建构的一个巨大的障碍。

阻碍伊丝特自我意识形成的第三个困境来源她与威廉结合产下的私生子。为了抚养她同威廉的私生子，伊丝特不得不坚持工作，但是工作给她带来的除了微薄的收入外，还为她带来了他人对她褴褛的穿戴及道德品质的随意评判。在此种情况下，对于伊丝特自我意识的形成来说，恶劣的生存境遇势必会严重影响她思想的独立。尽管如此，形单影只的伊丝特仍以自己的勤劳和坚持克服了重重困难，赢得了自我的独立，特别是伊丝特将私生子带给自己的困惑转化成自我意识建构的契机，正如莫尔在作品中所说，"假如人们能想到这一点，那么这无疑是个女英雄历险的故事——一

---

① ［英］乔治·莫尔：《伊丝特·沃特斯》，张介明译，华夏出版社2007年版，第41页。
② 同上书，第52页。

个母亲为了她孩子的生存来反抗整个文明阵营对卑贱和私生子的歧视"①。可见，莫尔对伊丝特人物形象的塑造还蕴含着对女性自我意识的探索。

自然主义作家强调遗传、环境和时代因素对人物的影响。然而，这些因素并不能完全替代人所有的自由意志，它们只是影响人的自我意识建构的部分因素。正如左拉所言，他的作品中社会环境的描写意图，是在"展示底层阶级的生活背景，通过这背景解说底层阶级的行为"②。从社会历史的发展来看，女性自我意识的觉醒既要受到所处时代环境的作用，也要受到那些束缚女性思想的旧道德、宗教观念的困扰。从小说中伊丝特对其自我意识的建构可以看出，女性只有立足现实、追求自我、体验世界，逐渐认清和确立自我的主体地位并突破旧道德、宗教的束缚，女性的经验与价值才有可能被肯定，人格才有能获得独立。当然，我们应该认识到，尽管伊丝特身上体现出了强烈的自我意识，但她自我意识的实现，还需要突破自身的局限和社会环境的阻碍进一步才有所升华。

三　伊丝特自我意识的升华

曾有学者指出，"自然主义小说的主人公往往在作品结束时仍然在半空中继续无休止的奋斗"③。与大多数作家一样，针对社会和生活存在的种种问题，作为自然主义作家的莫尔，在小说中并没有提供一个明确的答案以供参考。来自社会底层的伊丝特，自我意识的实现道路亦如此。但是，与其他自然主义小说主人公不同，伊丝特对其自我意识的探索并没有被现实困境所停滞，而是进一步有所提升。如果说与威廉的相遇、相爱是伊丝特自我意识形成的动力的话，那么，威廉的第二次出现则为伊丝特自我意识的升华提供了契机，并且通过伊丝特与威廉和他们的儿子杰克的关系中凸显出来。

首先，伊丝特自我意识的升华表现在她对威廉的接纳上。在小说中，当威廉再次偶遇伊丝特时，他内心对伊丝特的情感立刻被唤起，随之请求与伊丝特复合。伊丝特面对孩子父亲的意外出现和请求，尽管处在困惑之中的伊丝特对自己理想生活的追求显得有些迷茫，但接受威廉还是放弃威

---

① ［英］乔治·莫尔：《伊丝特·沃特斯》，张介明译，华夏出版社 2007 年版，第 120 页。

② Sandy Petrey, "Zola and the Representation of Society", in Brian Nelson, ed., *The Cambridge Companion to Emile Zola*, Cambridge: Cambridge University Press, 2007, p. 139.

③ Lilian R. Furst & Peter N. Skrine, *Naturalism*, London: Methuen & Co. Ltd., 1978, p. 47.

廉成了一个摆在她面前的重要问题。按照一般的处事原则，伊丝特是不能原谅威廉的，因为男方给女方带来了严重的伤害。但是，伊丝特却能敏感地从她抛之不去的痛苦中发现自己对威廉的真实情感，最终接纳了威廉。就此意义上说，伊丝特的这段痛苦体验，无疑提升了她对自我意识的认知和建构的能力。

其次，促成伊丝特自我意识获得升华的还有她对儿子杰克的倾情付出。与威廉破镜重圆之后，伊丝特和威廉共同经营起"皇冠"酒吧。但是好景不长，"皇冠"酒吧因偷窃事件和赌徒自杀事件被吊销营业执照，导致威廉的生活一蹶不振，贫病交加而去世。无奈之际，伊丝特只能回到衰落的巴菲尔德庄园，和寡居的巴菲尔德太太相依为命，艰难度日，共同将伊丝特和威廉的儿子杰克抚养大。而杰克的健康成长对伊丝特来说是生活对她最充分的褒奖。由此，伊斯特的自我意识在威廉和杰克身上得到了升华。在毫无保留的爱与付出中，伊丝特通过儿子与自己的共在，感受到了自我意识升华为一种为他的奉献，感受到了自己存在的真正价值。

值得注意的是，在伊丝特自我意识提升的过程中，赛马赌博对伊丝特的命运产生了深刻的影响。莫尔在谈到《伊丝特·沃特斯》时曾坦言，许多人认为《伊丝特·沃特斯》的意图在于禁止赌博，但赌博是否是恶，小说并没有给出确定的答案，但是，"唯一可以确定的是，所谓的善就是不应妄自判断他人，也不应藐视精神和财富的匮乏者。对于一切有生命的事物，我们应该去同情"[1]。在伊丝特眼中，赛马赌博就像瘟疫一样，侵蚀着许多年轻人的灵魂，宗教的神圣力量并没有改变穷人的命运，许许多多的伤害都与赛马赌博有关，甚至就是由赛马赌博而致。威廉参与组织赛马赌博对伊丝特带来的伤害不容小觑，但莫尔以真诚、同情之心，在伊丝特身上倾注了自己对真善美的理解，以此来缓解赌博对大众带来的伤害，读者由此会在伊丝特自我意识的实现过程中体验到真善美的价值所在。

维多利亚时期是女性作家崛起的时代，其女性文学传统要么将女性书写为天使，要么设定为恶魔。作为男性作家的莫尔却改变了以往女性作家对女性天使或魔鬼的写作套路，不是去设置一个固定的类型，而是在"他者"的性别视角下专注于对女性自我意识的挖掘。高万隆曾在《女权主义与英国小说家》一文中指出，"几乎所有维多利亚后期和爱德华初期

---

[1] Susan Mitchell, *Greorge Moore*, Dublin and London: Maunsel & Co. Ltd., 1916, p. 46.

目光敏锐的英国作家都从不同角度表现了对女权问题的关注"①。从小说来看，与其他表现女权问题的作家相同的是，莫尔对女性书写与这一时期提倡的女权主义精神具有一定的联系。但是，更为重要的是，与其他表现女权问题的作家不同，莫尔在创作中严肃地揭示了社会普遍忽略的女性的自我意识问题。莫尔对自我意识的书写将女人和自我在性别特征和主体意识中统一起来，进而强调女性精神形态的存在方式。尽管伊丝特自我意识的实现过程并非一帆风顺，但伊丝特自我意识的实现是在处理人与社会，人与自身及人与人之间关系，并在自我与他人、社会的关系冲突中逐渐走向和谐。从根本上来说，这是莫尔对社会女性话语的一次重新阐释。《伊丝特·沃特斯》所反映的女性自我意识问题，便具有了深刻的社会意义。莫尔在《坦承》（Avowals，1919）中曾谈到一个细节说，"在 1898 年，一个十分喜欢孩子的护士在读罢莫尔的《伊丝特·沃特斯》后，就立即决定放弃开办婴儿疗养院的梦想，决心开办一个专门为未婚母亲工作的婴儿服务机构，这种事情在以前其实没人关心"②。从这一社会效应可以看出，伊丝特的自我意识是理性的，已经突破了 19 世纪初期女性对情感意识的强调，而更多的是一种理性的权利需求，并能把这种意志付诸行动，由此从现实社会对女性规定的各种角色以及关系网中分离出来，获得独立的存在价值。进而言之，莫尔对伊丝特自我意识的客观书写和性格情感分析，其本意并不是去描写一个仆人的一生，而是要以此来对抗以男性为中心的主流价值模式，倡导女性主体价值和自我意识得以实现。

第四节　环境与性格的辩证统合

19 世纪的现实主义文学主张塑造"典型环境中的典型人物"。哈代通过对人物所处环境特别是具有浓郁乡村特色的"威塞克斯"世界的描写，将人物的性格展示与环境作用结合在一起，并将自己的几部作品命名为"性格与环境"小说。因此，哈代人物的典型性主要体现在从"性格与环境"的角度来塑造人，自然、社会环境和人物性格之间的对立统一贯穿于哈代小说之中。俄国学者普列汉诺夫认为："一个社会的人的行动、意

---

① 高万隆：《女权主义与英国小说家》，《外国文学评论》1997 年第 2 期。
② George Moore, *Avowals*, Edinburgh：The University Press, 1919, p. 101.

向、趣味和思想习惯，不可能在生理学或病理学中找到充分的说明，因为这是由社会关系所决定的。"① 据此，尽管哈代的创作并没有直接受到法国自然主义的影响，但哈代小说对人物性格与环境之间相互关系的强调，对以后一些作家的创作产生了一定的影响。

一 生存困境与命运归宿

《新寒士街》中的玛丽安是吉辛笔下值得同情的一位女性，也是吉辛心目中理想的女性形象。玛丽安出生于旧式文人家庭，言谈举止大方得体。为了帮父亲实现愿望，玛丽安帮助父亲抄写文章，以换取微薄的收入。她痛恨自己整天待在圆形图书馆中的生活方式，但又不得不想方设法地去满足文学市场的需要。为了实现父亲的文学梦，玛丽安一边对自己所从事的工作感到厌倦，另一边却身不由己地向文学市场妥协。玛丽安对父亲的孝顺来自己对文学市场的深刻认识，她可以放弃文学，但不能放弃父亲。之所以顺从地孝敬父亲，是因为玛丽安和她的母亲除了说说日常小事，很少有其他方面的情感交流，她们之间看似充满母女之情，但彼此之间却没有多少信任。玛丽安所处的时代是一个追求物质和金钱的时代，文学的艺术价值已经被商业价值所冲击，理想与现实的矛盾冲突使知识分子的社会地位无奈地由"中心"逐步滑向"边缘"。

父亲尤尔暴躁的情绪时常来自写作事业的不顺利，他将一切不如意归结为没有娶到一位有文化的妻子。吉辛这样写道，"尤尔太太从玛丽安很早的童年起，就从来没有行使过做母亲的权威，至今也没有要求过做母亲的特权，而玛丽安那本能的戒指则由她母亲这种尊敬的疏远得到了加强。英国人在家里罕言寡语的毛病很少脱离他们所处的环境；在那些由于老一辈与新一代所受到的教育不一样而造成的不幸的家庭里，这种隔膜无疑是加深了"②。因此，玛丽安与母亲之间的关系貌合神离。尤尔在情绪低落时对妻子大加指责，坚决反对玛丽安与贾斯帕之间的交往。究其根源，尤尔和玛丽安的精神危机和生存困境是时代所然，是社会物质环境对人物性格的影响所致。

毛姆将人物的性格与环境置于小说创作的重要地位，小说人物的行为

---

① ［俄］普列汉诺夫：《艺术与社会生活》，人民文学出版社 1962 年版，第 238—239 页。
② ［英］乔治·吉辛：《新寒士街》，文心译，浙江文艺出版社 1986 年版，第 98 页。

动机和所处环境之间总是处于一种相互依存的关系。在《兰贝斯的丽莎》中，活泼开朗的年轻姑娘丽莎朝气蓬勃，处处都洋溢着青春活力。丽莎所到之处，总能给大家带来欢声笑语，但是丽莎出生于贫民窟，父亲早逝，母亲嗜酒，缺乏父爱的家庭环境使她与健康成熟的有妇之夫吉姆产生了恋情。生活在贫民区的人根本无法接受这种恋情，丽莎与吉姆的交往也没有给她带来永久的幸福。在甜蜜的爱情和短暂的幸福之后，怀孕的丽莎在孤独中静静地离开了人世。在生命的垂危阶段，丽莎躺在床上，没有温情和关怀，自己的母亲和催生婆霍奇斯太太却在悠闲漠然地喝着白兰地，谈论着过往的夫妻生活。

在《人性的枷锁》中，小说主人公菲利普为了实现自己的人生目标和自我价值，不得不从一个地方变换到另外一个地方，不同的环境对菲利普的人生、生活、宗教、爱情等态度都产生了不同的影响。在牧师学校中，菲利普的心理是自卑和沉闷的。他的跛足常常受到同学们的耻笑，戈登先生对学生常常大发脾气，有时甚至掐着学生的脖子来教育学生。菲利普身边的同学全是贵族乡绅家的孩子，让他一开始就产生了低人一等的自卑心理。更令他苦恼的是，学校的教育方式和食堂的饭菜，常常令他反胃。无法忍受的菲利普在伯父的推荐下去德国学习。与牧师学校不同的是，舒适的异国风情给菲利普带来了愉悦的心情，没有人再去嘲笑他的跛足，美丽的自然风景让他的性格变得开朗，他开始结交新朋友，与周围的陌生人聊天交谈，认识了具有艺术品位的海德威。在众多的知识分子中间，他开始意识到宗教信仰的问题。在牧师学校时，由于伯父是牧师，菲利普在生活中对宗教抱有极大的热情，但他的虔诚并没有得到上帝的眷顾，特别是治好自己的腿疾，他开始对宗教产生了怀疑。在异国他乡，菲利普的朋友威克斯和海德威对宗教的一些观点直接影响菲利普对宗教的态度，他感到宗教就像外界强加给他的一个包袱，刻板的宗教教条和冰冷的教堂并不能改变自己的命运。在菲利普对宗教从怀疑到放弃的态度转变中，不同的环境改变了菲利普的性格。在海德威的建议下，菲利普又到巴黎去学画。在巴黎求学时，菲利普的性格和胸怀变得更加宽广，开始关注更加广泛的社会问题，对自己的生活有了新的认识。在感情方面，周围同学对爱情的随意态度，引发了菲利普对性爱的向往和幻想。在学习绘画的过程中，最让菲利普震惊的是普林斯·范尼的死。普林斯的艺术追求和勤奋努力并没有改变他的生活困境。菲利普之所以放弃绘画是因为自己对于美的感知迫于迟钝和拮据的经济状况。从伦敦到海德堡再到巴黎，菲利普的性格随着环境发生了不同的变化，他的困境则是那个时代小人物生存困境的写照。

贝内特在创作中十分重视小说人物的塑造，他的《老妇谭》《五镇的安娜》《克雷亨格》等小说以记录式的现实主义手法，借鉴自然主义的创作风格，对人物进行客观描写。在《老妇谭》中，贝内特采用动静结合的叙述手法，塑造了生于同一家庭中性格迥异的姐妹俩。姐姐康斯坦斯的稳重大方和妹妹索菲亚的活泼叛逆形成了鲜明的对比，这种对比突出地展示了性格对人物命运的重要影响。在《五镇的安娜》中，贝内特似乎将《老妇谭》中康斯坦斯和索菲亚的生活轨迹置于安娜一个人的身上。安娜是一个在生活习俗上恪守传统，而在情感追求上具有反叛精神的女性。当安娜在父亲的允许下与亨利·迈诺斯订婚后，她认为一个女人嫁给一个好男人是人生完美的重要基础，她在帅气和精明的迈诺斯面前总是恪守传统的妇道，虽然她有时候不太赞同迈诺斯在生意中投机取巧的方式，但是精心服侍迈诺斯，幻想自己对迈诺斯的忠诚可以换来美好的生活。当父亲用残酷的手段逼死了商人普拉斯后，安娜不顾自己订婚的事实，决意慷慨解囊帮助威利，设法偷偷拿钱给威利，鼓励威利去澳大利亚开辟新的生活，并且常常暗自祈祷威利事业发达。从安娜对两个男人的不同态度看出，她的人物性格随着故事情节的变化而变化。安娜从一开始的柔弱温顺到坚定自信，从开始拒绝接受外界环境的改变到矛盾心理中的自我转变，深刻地反映了从维多利亚的道德观念到爱德华时期思想文化观念的转变过程。

上述可见，这一时期英国具有自然主义倾向的作家对人物性格与所处环境之间关系的描述，使他们作品中的人物除了面临社会出现的各种问题外，还面临着道德困境与精神危机，由此不可避免地带有一定的宿命论情调，人物的悲剧命运似乎归于不可知的外部力量，"命运和偶然性剥夺了人的自由意志，决定着人的生死沉浮"[1]。如《新寒士街》中里尔登和贾斯帕不同的性格和面对环境的不同选择，使里尔登的命运呈现出一种悲观主义的感伤情调。为什么会出现这种困境？或者说，小说对人物性格与环境关系的处理具有怎样的文化依据呢？我认为，人物性格和环境背后的深层文化应该是进化论。自1859年达尔文的《物种起源》发表以来，进化

---

①　常耀信：《漫话英美文学》，南开大学出版社1987年版，第167页。

论的观点就深入人心，这一时期的许多作家都受到了进化论不同程度的影响。进化论认为社会和人类个体的发展都是由低级到高级的进化，物竞天择，适者生存。进化论的动态观念改变了以往社会认知方面的静态观点，将社会和人类的进化看作一种历史发展的必然结果。

二　生物性与社会性的结合

李维屏在《英国小说人物史》中从六个方面总结了 19 世纪英国小说人物的演变和特征①：第一是 19 世纪小说人物的塑造注重描写人物的多重性格，突出人与人的关系以及人与环境之间的关系，使人物的主导作用在小说中体现出来。第二是出现了许多女性小说家，小说中的女性形象不仅包括男人眼中的女性形象，还包括女人眼中的女性形象。第三是常常采用自传体的小说形式，以第一人称的叙事视角再现作家的自我。第四是侧重表明人物所受环境的影响，将人物置于新与旧的道德冲突、理性与感性的矛盾中，真实地再现典型环境中的典型人物。第五是 19 世纪英国小说人物主要以现实主义为主导，但在后期逐步地转向自然主义和悲观主义。第六是在叙述上以第三人称的全知叙述视角为主导，巧妙地引入第一人称、心理描写、书信体叙述等方法，使小说的写实和叙事的灵活性更大，叙事视角和叙事距离之间的调节更加灵活。

为何会出现上述特征？历史地看，主要的原因在于，19 世纪英国小说人物的变化是与社会的发展变迁、道德语境和文化特性分不开的。

19 世纪后期，英国正处于维多利亚时代的末期，国力比较强盛，社会较为富裕，但在社会繁荣的背后普遍存在着大量丑恶的社会现象和问题，诸如贫穷、妇女地位、文艺商品化等问题，这些都会对小说人物塑造产生影响。特别是在英国现实主义鼎盛的时期，"越来越多的小说家和批评家倾向于将人物视为小说的'原动力'，在他们看来，虽然人物的塑造有时需要情节的配合与支持，但人物毕竟是行动的支持者和情节的驱动者。不仅如此，小说人物既要带动情节，又要扮演某种代表一定价值取向的角色，并经常在文本中发挥某种艺术作用（如充当叙述者或旁观者等等）"②。相应地，吉辛、莫尔、贝内特和毛姆虽然受到自然主义的影响，

---

① 参见李维屏主编《英国小说人物史》，上海外语教育出版社 2008 年版，第 139—140 页。
② 李维屏：《英国小说人物史》，上海外语教育出版社 2008 年版，第 3 页。

但与英国现实主义作家类似，同样要面对人与自然、人与社会、人与人（自我）在社会转型时期的对立和冲突。进言之，吉辛、莫尔、贝内特、毛姆尽管对人物的生物性有不同程度地关注，但在环境与性格的辩证统合中，与法国自然主义着重（或仅仅）关注人物的生物性相比，他们更加注重人物的社会性，并且将人的生物性和社会性有机地结合起来，以此聚焦于底层人物的精神追求和对悲剧命运的抗争历程，进而揭示人物生存状态的历史性与时代性。

整体而言，英国对世纪之交英国社会和底层人民的自然主义书写，无论是安娜在父权压制下对女性权利的抗争，还是吉辛对文人知识分子出路的探索，抑或是伊丝特自我意识的觉醒等，对小说人物的生存抗争、个体心理及其相关社会问题的审视，都与19世纪英国社会的发展变迁、道德语境和文化特性紧密相连，这也是19世纪英国小说人物与以前人物不同的深层原因所在。更为重要的是，与西方文学人物的发展演变一致，英国小说人物由高贵向平凡、由中心向边缘演变，小说人物逐渐呈现出一种边缘化的特征，不仅反映了19世纪英国的社会风貌和价值取向，而且反映了作品的文化特性和审美期待，一定程度上符合读者的审美取向和阅读趣味。

第六章

英国小说中自然主义的审美追求

美国学者丹尼尔·贝尔认为,"19 世纪下半叶,维持秩序井然的世界竟成了一种妄想。在人们对外界进行重新感觉和认识的过程中,突然发现只有运动和变迁是唯一的现实。审美观念的性质也发生了激烈而迅速的变化"①。这说明,随着人们对客观世界认知和感受方式的变化,审美观念也会随之发生变化,这自然对文学艺术的接受会产生一定的影响。要考察英国小说中自然主义的审美追求,客观地认识和把握自然主义的审美追求是其前提。

第一节　自然主义文学的美学突围

自然主义在产生之初的很长一段时期内,一直被当作淫秽和色情的代名词,许多批评家以道德标准为依据,对自然主义关于"丑"的描写进行批评。那么,自然主义所谓的"丑"具有哪些内涵? 又是如何表现的? 对审美有何影响? 厘清这些问题有助于深入理解自然主义的美学追求。

一　自然主义"丑"的内涵表现

从西方文学批评可知,左拉的许多作品一出版就遭到一些激进评论家的抨击,他们批评左拉的作品为"腐败文学""淫秽小说"。之所以如此,关键在于左拉作品中存在着大量关于"丑"的描写。具体而言,左拉自

---

① ［美］丹尼尔·贝尔:《资本主义文化矛盾》,赵一凡等译,生活·读书·新知三联书店 1989 年版,第 94 页。

然主义所谓的"丑"，主要内涵表现为以下四个方面：

第一，场景的"丑"。如在《萌芽》中，左拉叙述的最为惊世骇俗的情节，应属梅格拉摔死后被一群妇女阉割的情景。① 这一场景，穆凯特野蛮粗暴的行为无不令读者作呕。

第二，人物的"丑"。如在《娜娜》中，左拉写道，"娜娜散步毁灭和死亡的工作已经完成，从贫民区的垃圾堆里飞起来的苍蝇，带着腐蚀社会的酵素，落在这些男人身上，把这些男人一个个毒死了"②。娜娜在作品中被人"当作一股祸水，一只腐蚀巴黎的苍蝇"而看待的。然而，面对娜娜诱人的身体以及其性磁力的作用，莫法伯爵、银行家史坦那等所谓的"社会名流"、巴黎"上等人"轮番追求娜娜，就像一群公狗跟在一只母狗后面，而母狗毫无热情，并且嘲弄着跟在她后面的公狗们。更为滑稽的是，莫法伯爵为了讨娜娜的欢心，竟然身着高贵的官服趴在地上装狗熊，丑态尽现。在《戴蕾丝·拉甘》中，罗朗在给卡米耶画像时，将卡米耶的脸部线条画得发青，活像一张溺水鬼的脸，皱巴巴的画布使整个脸部线条都抽搐在一起，犹如死尸一般。巧合的是，卡米耶后来溺水而死后的可怕怪样，竟然就像鬼魂附在画布上一样。

第三，事物的"丑"。在《萌芽》中，左拉将矿井写成一只吃人的"猛兽"："半个钟头的功夫，矿井一直这样用它那饕餮的大嘴吞食着人们；吞食的人数多少，随着降到的罐笼站的深浅而定。但是它毫不停歇，总是那样饥饿。胃口可实在不小，好像能把全国的人都消化掉一样。黑暗的夜色依旧阴森可怕。罐笼一次又一次地装满人下去，然后，又以同样贪婪的姿态静悄悄地从空洞里冒上来。"③ 在这段描写中，矿井犹如埋伏在地底下的妖怪，倾吐着煤块却吞噬着工人、产品以及机械，改变自然的同时使空气混浊而且毒化，矿井中存在的各种危险就像资本主义的桎梏一样，无处不在却又无形迹可寻，引发着罢工、流血斗争以及犯罪。

第四，情节的"丑"。这一方面突出地体现在对偷情、通奸（性爱）方面的书写。如在《戴蕾丝·拉甘》中，左拉用大量的笔墨描写了戴蕾丝和罗朗二人的通奸行为。这些丑事串联起《戴蕾丝·拉甘》的故事情

---

① ［法］左拉：《萌芽》，黎柯译，人民文学出版社 1982 年版，第 372 页。
② ［法］左拉：《娜娜》，郑永慧译，人民文学出版社 1985 年版，第 485 页。
③ ［法］左拉：《萌芽》，黎柯译，人民文学出版社 1982 年版，第 27 页。

节，让人们感受到在生物性推动下人物的丑恶行为。

上述可见，左拉通过对场景、人物、事物、情节的"丑"的客观真实的描写，突破了文学书写的范围，建构了一种新的文学话语，实际上是用陌生化手法建立了一种不同于传统的新的美学范式。然而，恰恰如此，自然主义作品在传播伊始并不能被人们轻易地理解和接受，存在着明显的主观化倾向。柳鸣九曾指出，"在我们的文学批评界，'自然主义'是一个颇具贬义的用语。如果人们谈到烦琐的、死板的、令人感到厌烦的描写，经常就用'自然主义'一词加以概括；如果人们谈到色情的、黄色的描写，更是经常用'自然主义'一词去加以称呼；如果谈一个写真实的作家，对他作品里一些值得肯定的成就与长处，人们总把它归功于现实主义"①。无独有偶，美国学者韦勒克曾在《批评的概念》一书中也指出，在英美文学批评领域，自然主义等术语的使用有着极端的唯名论色彩，相似的术语常常被贴上"任意的语言标签"，术语混用现象较为普遍，特别在内容上习惯将"健康的现实主义"和"淫秽的自然主义"相对照。究其原因，对"自然主义"的这些主观臆断，既来自自然主义在创作中注重对"丑陋""性爱"等现象的精细描写，也受制于来自某一时期占主导地位的文学观念的影响，还源自自然主义与社会文化道德、宗教以及政治意识形态方面的冲突等。时代在变化，现在已经很少有读者再将自然主义作品看作下流、淫秽的作品，读者已经基本接受和能够客观对待自然主义作品的"丑"及其呈现的禁忌话语，即是说，自然主义时代的审美追求早已发生了变化。

二　自然主义"丑"的价值影响

在西方文学史上，从古希腊时代起，美一直是文学表达的中心，丑尚未成为文学审美对象的主体，文学审美侧重于对美好事物的鉴赏。到了19 世纪，在浪漫主义、现实主义和自然主义文学中，丑的审美价值开始不断地被挖掘出来。法国作家雨果在《〈克伦威尔〉序言》中，率先明确地提出了"美丑对照"的原则，将美与丑放置在对等的位置上，让丑成为与美平分秋色的审美对象。按照美丑对照原则，雨果在《巴黎圣母院》中塑造了一系列形象丑陋、心灵美好的具有强烈对比效果的人物形象，证

① 柳鸣九主编：《自然主义·前言》，中国社会科学出版社 1988 年版，第 1 页。

实了丑与美可以并存的艺术事实。随后巴尔扎克、狄更斯、萨克雷等则以批判的姿态证明审丑不仅仅是一个艺术问题，还是一个社会问题。特别是19世纪中叶以后，文学审美逐渐进入了以审丑为主的审美阶段。在此基础上，左拉进一步将丑发扬光大，侧重于对丑陋、粗俗现象的细节描写，真实地再现现实中的丑，并借此通过扩大文学题材和写实的描写方式，从丑恶中升华出艺术美，深入挖掘丑陋现象背后的内在缘由。20世纪以来，随着现代主义和后现代主义文学的兴起，丑已经在审美中占据了特殊的地位，审丑被当作审美的延伸和补充，这是因为，"丑在传统美学中只是一种否定的力量，而到了20世纪现代主义的美学中，则丑与荒诞代替了崇高与滑稽，成为非理性的审美理想的标志"①。特别是西方现代哲学的发展，艺术在形式上标榜以丑为美，审丑就是审美，"离开了丑这条基本线索，我们根本走不出现代西方的艺术迷宫，根本不可能把握这些无所不变其极的艺术表象的万变不离之宗"②。可以说，从审美和审丑的发展来看，左拉等自然主义作家对丑的热衷描写，主要源自作家对传统题材的革新和对艺术形式的创新，即"我们要描绘整个世界，我们的意愿是既剖析美也剖析丑"③。

历时而言，左拉等自然主义作家已经认识到，浪漫主义时代对情感和想象力的过度重视，在一定程度上忽视了人类最现实的物质存在——肉体。自然主义的文学理念就是要将这种被人们遮蔽的人的生物性揭示出来，以弥补传统文学对人自身认识方面的不足和人物塑造的缺陷。由此，在进化论、生理学和遗传学等启发下，左拉把视线集中在人的个体情欲和肉体描写上。日本自然主义理论家长谷川天溪说："我们直接了解的现实，就是灵与肉。理想派重灵轻肉，以征服肉体作为其最终的理想，因而他们回避了肉体方面的描写。就是描写，也常常把它视为恶德败行。因为他们把肉视为恶、视为丑，而执着于无用的理想。所以，我们自然派无论如何也必须以肉征服灵。"④ 由此，自然主义作家将传统作家和文学作品

①　[英]李斯托威尔：《近代美学史评述》，蒋孔阳译，上海译文出版社1980年版，第233页。

②　刘东：《西方的丑学——感性的多元取向》，四川人民出版社1986年版，第250页。

③　[法]左拉：《论小说》，郑克鲁译，载朱雯等编选《文学中的自然主义》，上海文艺出版社1989年版，第247页。

④　叶渭渠：《日本自然主义文学思潮评论》，载柳鸣九主编《自然主义》，中国社会科学出版社1988年版，第280页。

中普遍存在的"灵肉二元论"观念置换为"灵肉一元论"，着重挖掘人物行为的生理根源和肉体本源，其中的性爱则是肉体本能的重心所在。当然，自然主义绝不是为了性爱而描写性爱，对性爱的描写一方面是对肉体的肯定，健康、正常的性爱是维护男女关系的纽带和社会存在的前提；另一方面性爱是作家艺术形而上的追求和形而下的美感实践。为人性而写性爱，是作家艺术探索的重要组成部分。

从左拉"自然主义"作品接受的反应来看，对"丑"的书写一方面来自左拉对文学观念的大胆革新，是一次审美的历险，另一方面从西方文学的历史来看，左拉自然主义诗学及其作品中的"丑"实际上是西方美学观念的继承，是一次审美对接。对于自然主义的"丑"以及性爱描写，我们自然会将其文艺理论中的模仿相联系，说到底，关键的问题不在于是否应该模仿的问题，而在于应该怎样掌握艺术再现现实的范围和分寸的问题。对于文学艺术来讲，"由于它的反映现实丑的同时对丑进行了否定，体现了美德观念、美的情思和美的理想，因而反映现实丑的艺术品又是美的。真正的艺术，无论其反映对象是美还是丑，它都是一种美的创造"①。也就是说，存在于自然界中的一切都可以作为艺术创造的反映对象，自然主义扩大了描写范围，把传统文学中曾经被认为是丑陋的事物大张旗鼓地描写，超越了传统审美观念，建立了新的美学原则。以此而言，文学艺术中丑的呈现并不是真正的丑陋和恶俗，而是一种与传统审美期待相反的价值取向。在自然主义文学文本中，"令人惊异而又不可否认的事实是，正是那些追求全新的审美印象的人发现了丑陋和病态的魅力"②。在某种程度上，无论是哪一国自然主义创作中的审丑意识和丑的艺术呈现，都具有一定的审美价值。它们的存在不仅有利于从相反的角度强化人们对真善美的认识，改变人们对传统小说的审美认识，而且能在审丑过程中对社会不合理现象批判的同时体现出对审美现象的人文关怀，让读者在审美享受中感到作家对于重建人类美好秩序的愿望。

---

① 柯汉林：《丑的哲学思考》，《文艺研究》1994 年第 3 期。
② ［德］埃里希·奥尔巴赫：《摹仿论：西方文学中所描绘的现实》，吴麟绶等译，百花文艺出版社 2002 年版，第 565 页。

第二节 英国自然主义中的"丑"

丑和审丑意识在英国不同作家作品中都有自己的表达方式，侧重点和描写程度各不相同，那么，英国具有自然主义倾向的作家是如何描写"丑"的呢？与左拉相比有何不同呢？这一问题主要从英国小说中"丑陋"的呈现和"性爱"的书写两方面来论析。

一 英国小说中"丑陋"的呈现

在左拉的第一部小说《戴蕾丝·拉甘》中，左拉对卡米耶尸体的描写最具代表性：

> 卡米耶是丑陋的。他在水里已浸泡了两周。他的脸似乎还是硬实的，容貌也还完好无损，只是皮肤已呈黄土色。卡米耶那瘦骨嶙峋的头，稍有肿胀，样子古怪；他的头有点儿歪，头发贴在脑门上，眼皮翻起，显露出灰白色的眼球；他的嘴唇扭曲地歪向嘴的一角，像是在残忍地狞笑；嘴巴微张，在白色的牙齿间露出了有点发黑的舌尖。这张脸仿佛像一张被鞣过的皮革，并且被拉长了，虽然还看得出是人脸，但因恐惧和痛苦而显得格外可怕。他的身体就像一堆腐肉，他死前一定忍受过巨大的痛苦，可以可得出两个肩膀已经脱白，锁骨刺穿了双肩。在他那发青的胸脯上，肋骨发黑，根根外露，左胁裂开。两条腿张着，里面是一片暗红色的肉。整个上身都腐烂了。两条腿比较硬实在一点，直挺挺地伸着，上面布满了污秽的斑痕。双脚耷拉下来了。①

左拉对卡米耶尸体的描述，让每个阅读它的读者都会产生一种强烈的、想呕吐的感觉。左拉热衷于尸体等令人厌恶和可怖的景象，就像外科医生解剖人的尸体一样，毫不顾忌地、逼真地描绘肮脏丑恶的事物。有记者评价《戴蕾丝·拉甘》为"腐朽的文学"，左拉则扬言要捍卫这种"腐朽的文学"。之所以这样，在于左拉想在真实的基础上，扩大再现现实的

---

① ［法］左拉：《戴蕾丝·拉甘》，韩沪麟译，百花洲文艺出版社2009年版，第67页。

范围和尺寸，将其他小说家从来没有写过的东西，赤裸裸地铺陈在读者眼前，以达到一种强烈的震撼力。

在《人性的枷锁》中，毛姆曾写过一个死亡的产妇：

> 那死去的姑娘，脸上白惨惨的无一点血色，直挺挺地躺在床上，以及那男孩像丧家犬似的站在床头的情景，始终浮现在菲利普的眼前，他怎么也不能把它们从自己眼前抹去。那个肮脏房间里空无一物的景象，使得悲哀更加深沉，更加撕肝裂胆。那姑娘风华正茂时，突然一个愚蠢的机会使她夭亡了，这简直太残忍了。但是，正当他这样自言自语的时候，菲利普转而想起了是一种什么样的命运在等待着她呢，无非是生儿育女，同贫穷苦斗，结果青春的美容为艰苦的劳作所毁，最后丧失殆尽，成了个邋里邋遢的半老徐娘——此时，菲利普仿佛看到那张柔媚的脸渐见瘦削、苍白，那头秀发变得稀疏，那双纤纤素手，因干活而变得粗糙、难看，最后变得活像老兽的爪子——①

从这一段来看，尽管造成产妇死亡的原因与左拉笔下的卡米耶不尽相同，但同样是描写死亡，描写死亡者的尸体，读后却有不同的感受。比起左拉对腐烂尸体描写的露骨和详细，毛姆对死去产妇的描写就显得保守一些，并且与左拉不同的是，毛姆对死后产妇的状态是以菲利普的视角和心理变换的方式来描写的，这种写法在一定程度上缓和了赤裸裸的丑陋描写。

再来看吉辛在《新寒士街》中对玛丽安生病后的一段描写：

> 又浓又黑的雾气钻进这所住宅的各个角落。它让人张不开口，吸不得气。即使那些精神抖擞，充满希望的人，也会被搞得没精打采，意志消沉；对那些深受痛苦折磨的人，雾则是无底坑下冒上来的一股恶臭；污染着他们的灵魂。她（注：指玛丽安）的脸像头下的枕头一样没有血色；玛丽安躺在床上似睡非睡，极度的痛苦压着她；眼泪不时顺着两腮往下淌，有时她浑身瑟瑟发抖，感到一阵疼痛，仿佛这是由于折磨人的寝室充满了极度的苦恼，才造成这样的结果。②

---

① ［英］毛姆：《人生的枷锁》，张柏然等译，上海译文出版社 2012 年版，第 707 页。
② ［英］乔治·吉辛：《新寒士街》，文心译，浙江文艺出版社 1986 年版，第 488 页。

莫尔在《伊丝特·沃特斯》中关于老约翰的一段描写：

> 他（注：指老约翰）坐在角落里的一只高凳子上，灰暗的脸埋在那件旧的、没有浆洗过的衣领里。细细的、满是皱纹的脖子为一条围巾所遮蔽，这围巾按照五十年前的老规矩在脖子上兜了两圈。他脚上的靴子也已经破旧不堪，一条灰不溜秋的长裤已经破到脚踝处，都已是补了又补，补丁摞补丁。那件大衣，因陈旧而泛绿，几个大口袋垂挂在上面，衣面不是磨损就是撕破。对他饥饿的身躯来说，这大衣已显得过于宽大。他看上去非常虚弱，那呆滞的、老泪汪汪的眼睛早已光芒和神采俱无。①

　　与左拉相比，吉辛对玛丽安的描写和莫尔对老约翰的描写更加侧重于对人物颓废迹象的追踪。玛丽安在无聊的抄写工作中失去了女性应有的朝气，在伦敦的雾霾中孤独地承受着生活带来的痛苦。出身下层的老约翰因为贫穷，从穿戴到神情，处处都体现出一种老态龙钟的衰落迹象。吉辛和莫尔对丑陋的描写，在创作意图上除了对污秽肮脏现象的呈现，还有对人物贫穷和病态的呈现，这部分地反映了英国工业革命所造成的贫富差距和悲凄之感。

　　如果说毛姆、吉辛和莫尔对丑陋的描写主要侧重于人物，那么，贝内特对丑陋的描写则侧重于环境的描写。在贝内特的五镇小说中，我们经常可以看到五镇作为一个工业城镇，烟囱林立，白天从烟囱中冒出滚滚的浓烟，将周围的田野染黑，夜晚从烟囱中喷出的阵阵火花，将五镇中黑漆漆的建筑物映照出狰狞的面目。丑陋的红褐色砖房使拥挤的街道显得平淡无奇，狭隘、肮脏的环境常常使人感到畏惧。五镇的天空总是浓云密布，弥漫着黑雾和灰尘，灰蒙蒙的天空让人在精神和肉体上感到一种令人窒息的绝望感。与毛姆等不同的是，贝内特善于在丑陋中发现生活的美，贝内特曾在日记中记录了自己对伯斯利镇那种丑陋的赞美："伯斯利的景色……充满了奇妙的魅力。烟雾把它的丑陋转化成了一种超越于建筑师的工作和

---

①　［英］乔治·莫尔：《伊丝特·沃特斯》，张介明译，华夏出版社2007年版，第234页。

时光之上的美。"①

比较而言，吉辛、毛姆、莫尔在其作品中对丑陋事物的描写是比较少的，对丑陋的描写程度也逊色于左拉等自然主义作家。就数量比例而言，整个英国具有自然主义风格的作品对丑陋描写段落的数量之和，还没有左拉《戴蕾丝·拉甘》或《娜娜》一本书中出现得多。

二 英国小说中"性爱"的书写

性爱作为中西文学创作的一个母题，历来是文学描写中最为敏感的部分。在此以毛姆《人生的枷锁》和左拉《戴蕾丝·拉甘》中的性爱场景为例，来对比分析法国自然主义作家和英国具有自然主义风格的作家对性爱的不同处理。

在《戴蕾丝·拉甘》中，左拉描写罗朗与戴蕾丝的性爱场面：

> 罗朗大吃一惊，觉得他的情妇美极了，他似乎从来没有看见过这个女人。戴蕾丝轻灵而壮实，把他抱得紧紧的，头往后仰着；在她的脸上放射出炽烈的光芒，荡漾着热情的微笑。情妇的这张脸仿佛是换过了，她神态癫狂而又情意绵绵，她的嘴唇湿濡濡的，眼睛亮闪闪的，真可谓容光焕发了，少妇激动不已，全身都在抽搐，虽说是美，但美得有点儿离奇。她的脸仿佛透着亮光，而烈火正是从她的肉体里冒了出来。她周身血液在沸腾，神经高度紧张，散发出炽热、刺激、撩人的气息。
>
> 一次热吻之后，她就媚态百出了，她那不知满足的肉体疯狂地沉溺在淫乐之中。她仿佛从睡梦中惊醒，情欲点燃了她生命之火。她从卡米耶软弱的胳膊里解脱，投入了罗朗强壮有力的怀抱，挨近这个健壮的男子，她内心就感到了强烈的震动，使她蛰伏在肉体里的灵魂苏醒。她本是冲动型的女子，这时，她的一切本能都以其前所未有的猛烈程度一齐爆发出来。她的母亲的血，这种灼烧着她血管的非洲血液开始奔腾了，在她那苗条、几乎还是处女的身体里汹涌着。她恬不知耻地、主动地把自己袒露出来，并奉献给他。她心荡神迷，从头到脚

---

① 转引自文美惠《阿诺德·班奈特和他的"五镇小说"》，载柳鸣九主编《自然主义》，中国社会科学出版社 1988 年版，第 391 页。

长时间地颤动着。①

在《人生的枷锁》中，毛姆描写了菲利普与威尔金森小姐、米尔德丽德、莎莉之间的性爱场面：

他（注：指菲利普）读到过不少关于爱情的描写，而他现在一点也感觉不到小说家们描绘的那种内心情感的奔突勃发，他并没有被一阵阵情欲冲动搞得神魂颠倒，何况威尔金森也不是他理想中的情人。他经常给自己描绘了这么个千娇百媚的姑娘：长着一对水汪汪的大眼睛，皮肤像雪花石膏似的白皙滑润；他常常幻想自己如何把脸埋在她一绺绺涟漪般的浓密褐发之中。可是他没法想象自己会把脸埋在威尔金森小姐的头发里，而这位小姐的头发总是让她感到有点黏糊。话又得说回来，偷香窃玉毕竟是够刺激的，他为自己即将取得的成功感到激动，感到由衷的自豪。他是完全靠自己把她勾引到手的。他打定主意要去问威尔金森小姐，不过不是在此刻，得等到晚上，在灯火阑珊之处比较方便些。只要吻了她，那以后的事就有谱儿了。就在今天晚上，一定要吻她。他还如此这般地立下了誓言。②

在同她（注：指米尔德丽德）道过晚安之后，菲利普便举行仪式般地把他的亲吻奉献给她。首先，他吻吻她的手掌心（她的手指是多么的纤细，那指甲又是多么的秀美，因此她花了不少时间来修剪指甲），接着便先左后右地亲亲她那双合上的眼睛，最后贴着她的嘴唇亲了又亲，吻了又吻。在回家的路上，他那颗心充溢着爱。他引颈期盼能有机会一遂平生心愿，以弥补因自我牺牲而使自己心劳神疲的亏缺。③

莎莉向他翘起了她那温馨、丰满和柔软的双唇；他吻着。并留恋了一会儿，那两片嘴唇微启着，宛如一朵鲜花。接着，他不知怎么搞

---

① ［法］左拉：《戴蕾丝·拉甘》，韩沪麟译，百花洲文艺出版社2009年版，第27—28页。
② ［英］毛姆：《人生的枷锁》，张柏然等译，上海译文出版社2012年版，第160页。
③ 同上书，第413页。

的，顿时张开双臂抱住她。莎莉默默地顺从了他。莎莉的身躯紧紧地
贴着他的身躯。他感到她的心紧贴自己的心。他顿然昏了头，感情犹
如决口的洪水将他淹没了。他把莎莉拉进了灌木丛的更暗的阴
影处。①

　　比较可以看出，首先，在描写方式上，毛姆对性爱的描写没有左拉那
样细致。其次，在描写内容上，左拉侧重于肉欲的描写，毛姆侧重于情欲
的描写。再次，在审美效果上，左拉的描写显得直率露骨，人物性爱的展
示激情四射，毛姆的描写则显得含蓄，人物情欲的释放温文尔雅。最后，
毛姆在处理性爱方面比左拉保守，其描写不是侧重于性爱，而是侧重于情
爱。性爱只是情爱的补充部分，而且对性爱的有些描写还侧重于性心理和
性幻想。

　　《老妇谭》被认为是贝内特最成功的小说，这部小说在性爱描写方面
甚为节制。如与姐姐康斯坦丝忽略不计的性爱表现相比，妹妹索菲亚的私
奔丑闻轰动"五镇"。不过，与生理情欲的追求不同，索菲亚私奔的出发
点不是性爱，而是源于索菲亚具有某种好奇和冒险的性格。而且，索菲亚
为了追求自己的爱情理想与杰拉德私奔这一事件，贝内特在作品中并没有
把维多利亚时代的道德标准强加在他们身上，或者对私奔是否道德做出评
价。这可以说是贝内特对自然主义观念的具体实践。

　　贝内特之所以敢于书写性爱，左拉毫无疑问是贝内特效仿的榜样，尽
管在程度上无法与左拉相比，但就具体书写而言，贝内特对自然主义的接
受反应似乎更接近莫泊桑和巴尔扎克，或者是将莫泊桑和巴尔扎克集于一
身。况且，作为出生于中产阶级下层的贝内特，对英国中产阶级下层最为
熟悉，尽管可能对其种种弊端有所批评，但在潜意识中会维护这一阶层的
价值观念，因而在一定程度上会对其传统道德观念的批判持保留态度，由
此对性爱禁忌的书写显得有所节制。此外，莫尔的代表作《伊丝特·沃
特斯》虽然包含着私生子的情节，但整篇几乎看不到性爱描写。

　　整体来讲，维多利亚时期的小说在性爱方面是隐晦和保守的。在劳伦
斯之前，许多作品中几乎看不到直白露骨的性爱描写。既是有所描写也是
相对隐蔽，不像法国自然主义文学那样赤裸裸。为什么这一时期英国具有

---

① ［英］毛姆：《人生的枷锁》，张柏然等译，上海译文出版社 2012 年版，第 707 页。

自然主义倾向的作家对待性爱的态度如此保守呢？或者即便有书写需要，也是省略带过呢？这与19世纪维多利亚时代的小说理念和文化观念有很大关系。

作家对待性爱的态度、如何描写性爱直接影响着某一时代读者对作品的接受，而读者对作品的接受又不可避免地受到某一时代道德风尚和审美意识的影响。自然主义文学在英国之所以被称为"有害的文学"，其主要原因与自然主义作品中大胆具体的性爱描写有很大的关系。英国有评论者明确指出，"反对这种正在横渡英吉利海峡的小说，一个最明显的反应是对性行为描写的厌恶"①。当时英国的小说家时常在作品中对性有所涉及，处理关于性的主题，但所涉及的性描写一般比较抽象含蓄，多侧重性心理的刻画和描写，以道德说教为旨归。而法国自然主义作品注重描写具体的、可观察的性行为，专注于人的动物性，超出了当时英国清教理想主义传统的接受限度，与英国社会的宗教传统实不相容。况且，基督教虽然在英国维多利亚晚期逐渐式微，但并没有一下就改变英国民众的清教主义信仰，清教主义的道德观念仍然是一般人生活所遵守的道德原则，也是大多数小说家在创作中遵守的艺术标杆。可以说，时代虽然在前进和发展，但性爱作为伦理道德中最敏感的话题之一，只有在社会发展到适合其传播的历史阶段，或许才能被官方和更多读者所接受。就在自然主义产生的法国，广大读者对自然主义露骨的性爱描写起初也表示惊讶和无法接受，后来才逐步地接受。

可见，英国对文学中关于性爱描写的争议不仅是性道德和性伦理方面的分歧，而且是文学模仿在传统文学与现代文学观念和目的之间的分歧。自然主义作家之所以受到非难和争议，除了政治倾向外，与人们对待性爱的态度以及与人类自我的本能表现形式有很大的关系。性爱作为人类生命的重要组成部分，本身并没有美丑之分，而文学作品中的性爱描写和叙述则使性爱具有了审美性，读者对其的审美判断决定了性爱的美与丑。也就是说，读者对性爱的美学判断决定着性爱在文学作品中的审美价值。无论是基督教禁欲主义盛行的中世纪，还是道德比较保守的维多利亚时代，对文学领域内性爱的压抑反而使性爱变成意识形态、宗教权力的工具和傀儡。

---

① William C. Frierson, "The English Controversy over Realism in Fiction 1885–1895", *PMLA*, Modern Language Association, Vol. 43, No. 2, June 1928, p. 537.

事实上，自然主义作家只是想以文学的方式将性爱归还于人的生命本能。

第三节　劳伦斯的创作与自然主义

劳伦斯是一位长期以来颇受争议的英国作家，之所以如此，在很大程度上源自劳伦斯的大部分作品以"性爱"为基本主题，倡导一种男女之间自然和谐的性爱之美，一方面真实地再现了工业革命时期人的社会生活和物质形态，另一方面则自由地展示了人的自然本能和精神状态。正因此，劳伦斯时常与自然主义联系在一起。

一　劳伦斯与左拉的性描写比较

劳伦斯与左拉在作品中都有性爱方面的描写，那么，劳伦斯与左拉在作品中的性爱描写一样吗？无论是劳伦斯的《查泰莱夫人的情人》还是左拉的《戴蕾丝·拉甘》，从内容表述来看，它们有一个最大的共同点，就是事无巨细的赤裸裸的性描写，这种共同点来自劳伦斯和左拉都对性爱在本能层面上进行了叙述，而它们之间的差别又在哪里？

在劳伦斯看来，以往作家描写的是"老式而稳定的自我"，而他所描写的是受到工业文明摧残而"备受压抑、趋向分裂的自我"。在灵与肉分离、人与自然分裂的时代，只有人性的复归、自然欲望的归位，以人性来对抗现代工业文明，才是人类社会走出困境的基本途径，这是劳伦斯大部分作品的创作初衷。比较而言，自然主义关于性的书写立场相对单一，其书写立场就是生理性。我们不妨看一段左拉在《肉体的恶魔》中的一段描写："在意外地与雅克同居的那段时间，虽然她（笔者注：玛德兰）随时都可能被遗弃，但不可抗拒的种种生理因素，将她和雅克紧密结合在一起了，她的肉体和雅克的肉体达到了水乳交融的地步。两个人的血液和神经经过一年的隐秘交流，在外科医生离去时，少妇永远打上了他亲吻的烙印，彻底地被占有了，以至于她的肉体不再完全属于她一个人，里面包含了另一个人，渗透了一些男性的素质，从而变得更加强壮有力了。这纯粹是一种生理现象。"[1] 显然，从整段特别是最后一句可见，左拉对于性爱描写的生理性书写立场一目了然。

---

① ［法］左拉：《肉体的恶魔》，吉庆莲译，花城出版社 1997 年版，第 156—157 页。

　　文学作品对性爱的描写，说到底是如何处理"灵与肉"之间的关系问题，或者说如何认识性爱描写在精神层面还是身体层面的区别。劳伦斯认为灵与肉的完美结合才是和谐的两性关系。左拉等自然主义作家已经认识到，浪漫主义时代对情感和想象力的过度重视，在一定程度上忽视了人类最现实的物质存在——肉体。自然主义的文学理念就是要将这种被人们遮蔽的人的生物性揭示出来，以弥补传统文学对人自身认识方面的不足和人物塑造的缺陷。因而，自然主义作家着重挖掘人物行为的生理根源，侧重于灵与肉的互补。从劳伦斯描写性的书写立场来看，劳伦斯在倡导一种和谐平衡的两性关系，他"之所以写了一本有关男女之间性关系的书，并不是提倡男人和女人都开始轻率随便地结交情人或漫无节制地胡搞淫乱"①。只有当精神与肉体得到完美结合才是人生的伊甸园，由此劳伦斯追求的是灵与肉的融合统一。

二　性描写与自然主义关系辨析

　　面对来自各方的批评指责，劳伦斯《淫秽与色情》一文中详细地区分了色情与淫秽之间的不同，他指出，"性的感召也是各有不同，类型不同，程度各异。或许可以说，轻度的性感召算不上色情，而渲染重的就算是了。这是一种荒谬之说。如果说色情，薄伽丘的作品最热闹的地方也赶不上《帕米拉》[英国作家理查逊（1689—1761）的两部作品。头一部讲的是女仆人与主人的婚姻；第二部讲的是一位良家女受坏人引诱的故事]、《克拉瑞萨》《简·爱》以及甚至当代未受查禁的不少书和电影。还有，瓦格纳的《特里斯坦和伊索德》[德国作曲家瓦格纳（1813—1883）的一部色情音乐作品]倒更接近色情，甚至不少很著名的基督教颂歌也很色情呢。……这是怎么回事？这不仅仅是性感召的问题，甚至也不是作者有意撩拨人们的性激动的问题"②。在劳伦斯看来，艺术中的性感或性刺激甚至艺术家有意唤起的性感觉都算不上色情，性本身没有错，所谓的色情就是玷污性，是对人体的污辱，是对活生生人际关系的污辱，而真正的色情作品除了那些在见不得人的地方偷传而不能公开的作品外，还包括对性和人类精神污辱的作品，或者说把人的裸体丑陋或下贱化且令人作呕

---

① ［英］劳伦斯：《劳伦斯书信选》，北方文艺出版社1981年版，第596页。
② ［英］劳伦斯：《性与美》，黑马译，湖南文艺出版社2004年版，第176页。

的作品，或者是那些人们茶余饭后传诵的打油诗，抑或从吸烟室里的公差人那儿听来的肮脏故事，等等。

如此，劳伦斯曾为《查泰莱夫人的情人》辩护道，"这书（笔者注：《查泰莱夫人的情人》）是向传统挑战中写就的，因此要为这挑战态度说明点理由：让普通人震惊是一种愚蠢的欲望，绝不可取。如果说我用了禁词，也是有道理的——不使用淫词，不使用阳物本身的阳物语言（phallic language），我们永远也别想把阳物的真实从'高雅的'玷污中解救出来，对阳物真实最大的亵渎就是'将其束之高阁'。同样，如果这位贵妇人嫁给了这看林人（她尚未嫁呢），这不是阶级中伤（class‐spite），而是冲破阶级的界限（in spite of class）"①。从劳伦斯的辩词来看，劳伦斯在性方面的审美倾向一目了然。如果我们将其看作淫秽小说或色情小说来阅读，实际上是没有理解劳伦斯小说中性爱描写的艺术初衷和审美理想，正如霍嘉特所言："如果这样的书，我们都试图把它当成淫秽书，那就说明我们才叫肮脏。我们不是在玷污劳伦斯，而是在玷污自己。"②

反观左拉，与劳伦斯关于性的审美倾向不同，左拉将性与真实、实验联系在一起，并由此呈现出一种真实感。左拉在《戏剧中的自然主义》一文指出，"自然主义只是一种方法，一种实验的方法，它完美地适应于我们这个生理学的时代"③。在自然主义作家看来，"形而上学的人已经死去，由于对象已经成了生理学上的人，文学领地的面貌当然也就全然为之改观"④。这种改观来自对人的生物性的揭示，由此将人全面真实地描绘出来。为了达到真实感，左拉的一个策略和方法就是将小说中的人物作为实验的对象，如《戴蕾丝·拉甘》的每一章都可以看作奇特病例的生理学分析。

人们普遍认为，自然主义文学注重对性爱的描写，但问题在于，是不是所有的性爱描写或者说关于性爱描写的作品都可以归入自然主义呢？在实际的文学创作和阅读中，所能直观区别的就是对性爱的描写是相对保守

---

① ［英］劳伦斯：《性与美》，黑马译，湖南文艺出版社 2004 年版，第 158—159 页。

② Richard Hoggart, *Introduction*, *Lady Chatterley's Lover*, London: Penguin Books Ltd., 1961, p. v.

③ Emile Zola, "Naturalism in the Theatre", in George J. Becker, ed., *Documents of Modern Literary Realism*, Princeton, New Jersey: Princeton University Press, 1963, p. 196.

④ ［法］于依思芒斯：《试论自然主义的定义》，傅先俊译，载朱雯等编选《文学中的自然主义》，上海文艺出版社 1992 年版，第 324 页。

还是比较暴露，描写的片段是详细还是粗略，而关于性爱描写与自然主义的关系问题时常困扰着我们。譬如说，左拉的《娜娜》中有很多露骨的性爱描写，而作为中国古典名著之一的《金瓶梅》中同样也有大量直观的性爱描写。毫无疑问，左拉的《娜娜》是一部典型的自然主义作品，但是否因为这一点，我们就可以把《金瓶梅》当作一部自然主义作品呢？事实并非如此，似乎没有充分的证据表明《金瓶梅》受到了自然主义的影响。再如中国作家张资平创作的一些作品中（如《冲积期化石》等）也存在大量的性爱描写，我们却将它们归入自然主义，主要理由是张资平的创作受到了自然主义的影响，他的一些作品从生物学的角度来描写性爱。

如何判定性爱和自然主义文学标准之间的关系呢？有以下几个标准可以参照：第一，作品中的性爱描写是出于一种什么立场或者说作家是从哪个角度来描写的。第二，作家是否受到过左拉等自然主义文学及理论的影响。第三，考察性爱在文学作品中所具有的审美功能。当然，不可否认，如何确定和区别作家描写性爱处于什么意图，这是一个非常微妙和复杂的问题，需要联系作家的细节描写在整部作品中的构思意图，以及人物形象的审美意义来判定，而不能仅仅依据作品字面的性爱描写。从以上几个方面来看，尽管劳伦斯与左拉的自然主义描写有些许相同之处，但更多的是不同，这种不同需要细细体悟才能辨别。

第四节　审丑与审美的文本张力

如何对待文学中的"丑"，说到底还是审美的问题，是如何对待审美中的审丑意识。如此，自然主义在英国传播的过程中，英国读者对待自然主义的审美态度，既是对期待视野挑战的过程，也是审美间距逐渐弥合的过程。

一　期待视野的挑战

当左拉小说改编的戏剧版《小酒店》在伦敦剧院上演时，就引起了不小的轰动。《小酒店》英译本的出现，对英国读者来说是一次不小的洗礼和冲击。这是因为，对于19世纪后期的大部分英国读者来说，他们已经习惯了阅读狄更斯、萨克雷、特罗洛普等较为熟悉的作家的作品，而左拉的《小酒店》对生活的粗鲁表达和性的直白表现，对于一向拘谨的英国读者来说，《小酒店》显然是枯燥、单调和病态的，是对生活邪恶的描写，这些都有可能打破读者原先形成的期待视野。

与《小酒店》的接受不同，左拉的《娜娜》出版后就颇受读者欢迎，争相购买。其中的原因，有学者解释道，"娜娜的出现，其淫荡行为的每一个方面，对英国读者来说都有一种神秘的色彩，而这种感觉又和他的法国读者的口味完全不同"[①]。还有学者认为，"一个好奇的好色的运动，色欲的痉挛，身体的恐怖感觉都是这本书所激发的最高的情绪，拥有《娜娜》这本书的人若没有沦落到娜娜的精神层面或心灵水平，是不可想象和丝毫无趣的，这也是娜娜为什么受到欢迎的重要意义所在"[②]。与《娜娜》一样，左拉的《萌芽》对英国读者来说，首先在标题上就认为有一种怪异的神秘感。这种"神秘感"可能会引起读者阅读的兴趣，也可能引起读者的反感或抵制。如左拉在《戴蕾丝·拉甘》的第二版序言中写道："各家文学小报都捂住鼻子，叫嚷这本书（《戴蕾丝·拉甘》——作者注）污秽不堪、臭气熏天，而这些小报本身，每天晚上都向读者提供床头隐私和餐馆单间秘闻之类故事。"[③] 尽管如此，我们暂先不能确定左拉的作品在多大程度上已经打破了英国读者原先形成的期待视野，但这种"审美间距"肯定存在，即读者在一定时期内原有的审美阅读习惯被一种新的艺术形式介入，打破了读者原先形成的期待视野，引起一时的轰动也在情理之中。并且，随着英国读者对左拉作品的广泛阅读，英国读者和法国读者一样，"对左拉的评价正在发生一个变化，一方面他的理论正遭到越来越多的讥贬，另一方面他的小说却越来越受人赏识，这归因于他的作品充满诗意而不是出于自然主义教条"[④]。何况，"自然主义对左拉来说，就像现实主义一样，是对现实的再现，但是现实主义不是对我们所看到和听到的现实的反应。通过适当的手段可以来反应，诸如情感、经验、象征手法、抒情表达和非个人叙事。自然主义对时代来说，是一种方法，新的

---

　　① Graham King, *Garden of Zola*: *Emile Zola and His Novels for English Readers*, London: Barrie & Jenkins, 1978, p. 127.

　　② Ibid., p. 142.

　　③ ［法］左拉：《〈戴蕾丝·拉甘〉序言》，罗国林译，载柳鸣九主编《自然主义》，中国社会科学出版社1988年版，第460页。

　　④ Lilian R. Furst & Peter N. Skrine, *Naturalism*, London: Methuen & Co. Ltd., 1978, p. 46.

社会运动、经济压力、劳工矛盾——这些没有一个可以通过自然主义小说流派来得到解决，一个新的世界需要一种新的方法，一个作家是可以书写这些过去被别人忽视的现象和需求。左拉首先要做的是跨越新世界和旧世界之间的鸿沟以及被大众阅读和理解，写一本不可读的作品，对左拉来说是不可思议的事情"①。一定程度上，这表明了左拉作品所具有的可读性和读者的接受心态，同时，出版商手中的书单目录表明英国读者对自然主义作品的持续需求。

自然主义传播到他国遭受到不同程度的批评攻击，主要来自对他国读者接受的审美挑战。结合自然主义创作来看，这种挑战集中体现在借鉴科学对人的生物性进行探索，突破了文学书写的禁忌。自然主义作家将人的灵与肉同时带入文学创作中，不再将描写的重心仅仅放置在人的思想情感方面，而是将具有自然机制、生理机制的血肉之躯置于文学叙述的范畴，互为补充，在扩大人物描写范围的同时，用科学的实验方法分析剖析人物。由此，自然主义文学科学化的一个聚焦点就是用生物学、遗传学等科学原理对人进行实验，赤裸裸地描写人的生物性。这些内容的书写在很大程度上挑战了读者的审美视野。从题材来说，左拉的小说《戴蕾丝·拉甘》是一个通奸故事，《小酒店》是一个酗酒者故事，这些题材对读者来说并不陌生，但是左拉在处理这些题材时进行了创新，一是将以前作家较少涉及的禁忌进行大胆地书写，对丑陋的事物进行细致如实地描绘，二是放弃了全知全能的叙述话语，运用具有陌生化的叙述话语刺激读者的触觉，让读者体悟到新的审美感受，最终使读者有意或无意地发现文学书写中暗隐的创作动机，进而适应这些审美规范的创新。

二　审美间距的弥合

自然主义传入英国的时代，英国的现实主义小说创作已经成熟并取得了突出的成就，萨克雷、狄更斯、勃朗特、哈代等作家的作品受到读者的欢迎和喜爱。这些作品与自然主义作品在审美上必然存在着一定的距离，即审美间距。当读者在情感上还无法接受作者所要传达和作品体现的情感观念时，审美间距就处于背离状态。在此状态下，一些作品没法被接受实

---

① Graham King, *Garden of Zola: Emile Zola and His Novels for English Readers*, London: Barrie & Jenkins, 1978, p. 44.

际上是很正常的现象。尤其是涉及性这一敏感话题时，审美间距显而易见。如福楼拜的《包法利夫人》、左拉的《戴蕾丝·拉甘》《娜娜》等作品在问世之初，反对批评声不绝于耳，赞同支持者寥寥无几，审美间距基本处于背离状态。

　　到了世纪之交（所谓的"世纪末"），维多利亚时代尚未结束，"维多利亚道德"却受到了质疑。哈代的《德伯家的苔丝》和《无名的裘德》因有悖"维多利亚道德"而受到正统批评界的指责，却受到了大众读者的喜欢和许多作家的称赞。理查德·伯顿的《印度性经》、威尔斯的《莫洛博士岛》等描写或涉及性的小说风行一时，大受读者欢迎。王尔德有意打破"高雅文学"与"色情文学"之间的界限，创作出版了具有情色风格的《莎乐美》、同性恋味道的《道连·格雷的画像》。更为重要的是，这一时期，"性科学"得到了承认，"性科学家"得到认可，可以公开谈论性话题。这些事实表明，维多利亚初期形成的"性禁忌"，到世纪末已经有所突破。一向恪守维多利亚道德的小说家吉辛不得不承认："在眼下这个性混乱的时期，你上谁的床都可以，只要床上的人同意。"① 可以看出，随着社会文化的发展，后来的一些英国小说家，即使是最正统的小说家包括女性小说家，都不再对"丑陋"和"性爱"有太多的忌讳，因为读者对其习以为常，司空见惯了，这种审美挑战自然就变成了审美新常态。尤其是，发现了"丑"的魅力。②

　　美国评论家马尔科姆·考利曾说过："文学上的自然主义不是那种可以由官方提倡，在中学里教授的理论。它要靠对读者感情的冲击，靠打破他们的许多幻想，来取得起许多效果的。"③ 确实如此，自然主义文学中关于丑陋的描写和性爱的书写对读者审美的冲击，将自然界中的丑转化为艺术中的美，实现了自然丑到艺术美的审美过渡。莫泊桑无不敏锐地指出，"文学革命不会无声无息地进行，因为读者习惯于既存事实，只在消闲时关心文学，不去了解艺术的奥妙，对于不能立刻引起兴趣的东西十分冷漠，不喜欢自己已经确定的欣赏规则受到干扰，凡是迫使他在日常事务

---

① Jane Mills, ed. , *Erotic Literature*: *Twenty - four Centuries of Sensual Writing*, London: Harper Collins Publishers, 1993, p. 219.

② ［德］埃里希·奥尔巴赫：《摹仿论：西方文学中所描绘的现实》，吴麟绶等译，百花文艺出版社2002年版，第565页。

③ 转引自张合珍《德莱塞小说中的自然主义细节描写》，《国外文学》1997年第3期。

以外转换脑力活动的东西，他都感到恐惧"①。莫泊桑所言表明，左拉作品招致的群起攻击并不是作品主题或叙述的淫秽、悲观，而是由审美间距引起的。不过，值得注意的是，这种"审美间距"在文学史中普遍存在，如高乃依的《熙德》、歌德的《少年维特之烦恼》、司汤达的《红与黑》、福楼拜的《包法利夫人》、哈代的《无名的裘德》等作品刚出现时，无不受到冷遇或反对，这些文学现象的出现其主要原因就在于"审美间距"的存在。因此，虽然自然主义赤裸裸的丑陋描写和性爱书写一开始遭到了批评家的质疑和批评，但随着审美视野的转变，自然主义小说逐步地受到了读者的喜爱，读者已经适应和习惯了自然主义丑的美学呈现，美和丑在审美中得到了转化和融合。这样一来，从传统文学到现代主义文学，"作家—读者"之间的稳定关系被解构，文学审美接受从"愉悦"向"震惊"的间距被弥合，自然主义无疑起到了重要的调节作用（非决定作用）。

　　从审美接受角度来说，自然主义在英国被当作有害的文学、受到严厉的批评就是正常不过的事了，只不过刚刚进入英国后，自然主义在遭受谴责的同时，审美间距也在一定程度上进行了调整。英国批评者对自然主义的谴责实际还是以生活体验为基础，在艺术真实和绝对真实对立统一的基础上来认识社会生活，进而在自然主义创造的另一种真实的前提下，来批判或者重新建构社会政治和文学审美形态。同时，自然主义对英国传统审美的挑战，让审美间距的背离状态转向对接弥合，攻击谴责实际在客观上扩大了自然主义的影响。究其根源，这种审美性挑战和接受效果实际上来自自然主义文学所倡导的"小说实验"，来自自然主义作家对传统文学形态的实验革新。

---

　　① ［法］莫泊桑：《爱弥尔·左拉》，郑克鲁译，载朱雯等编选《文学中的自然主义》，上海文艺出版社 1992 年版，第 365 页。

第七章

英国小说中自然主义的修辞艺术

左拉时常强调，自然主义首先是一种方法，然后才是一种修辞学。结合自然主义理论就可知道，"非个人化"作为自然主义获得真实感的实现途径，如果说客观话语是非个人化的主要形态指向，那么，对话叙述、隐含作者、印象主义描写、自由间接引语等创作手法或修辞手段就是其具体表现形式。英国具有自然主义倾向的作家在基本遵循自然主义小说观念的基础上，运用不同的修辞艺术来体现自身的生活体验和小说创作观念，如毛姆在《兰贝斯的丽莎》中大篇幅地使用对话叙事，吉辛在《新寒士街》中隐含作者的设置，莫尔在《伊丝特·沃特斯》中自由间接引语的运用等，这些不同的艺术方式不仅提升了小说的主题内涵，而且是文本分析需要重点关注的地方。

第一节　《兰贝斯的丽莎》的对话叙事

《兰贝斯的丽莎》是毛姆创作的第一部小说，小说讲述了年轻姑娘丽莎为了追求自己的幸福，与有妇之夫坠入情网、怀孕，最后悲惨死去的故事。整部作品的故事情节、人物性格、矛盾悬念等都是在对话中实现，同时由小说人物言语构成的表层对话背后隐藏着深层对话。然而，以往对《兰贝斯的丽莎》的研究不仅成果屈指可数，而且对作品中的对话叙事更是鲜有论及，这在一定程度上影响了对毛姆艺术追求的总体理解。因此，探究《兰贝斯的丽莎》的对话（表层对话、深层对话）是理解其叙事手法和审美效果的关键之处，有利于深入理解毛姆的艺术追求。

一　表层对话的主体场景

毛姆的《兰贝斯的丽莎》以丽莎为中心，将一个个生活场景按时间顺序串联起来，而贯穿其中的人物对话占了作品的四分之三多，人物对话构成了《兰贝斯的丽莎》表层对话的主体。具体如表 7 – 1 所示：

表 7 – 1　　　　　　　　　　《兰贝斯的丽莎》表层对话的主体

章　节	时　间	事　件	对话人物
第一章	星期六下午（八月）	丽莎在人们的呼喊中出场、跳舞； 意外撞倒在高大汉子（吉姆）怀里	丽莎—朝她呼喊的众人 丽莎—萨莉、吉姆
第二章	晚饭时间	丽莎和肯普太太谈论生活琐事； 汤姆向丽莎表白遭拒	丽莎—肯普太太（丽莎母亲） 汤姆—丽莎
第三章	周日	丽莎拒交母亲工资，母亲大发雷霆； 汤姆邀请丽莎郊游聚会遭拒； 萨莉向丽莎谈论郊游之事； 丽莎偶遇吉姆含羞提"吻事"	丽莎—肯普太太 汤姆—丽莎 萨莉—丽莎 丽莎—吉姆
第四章	公假日	丽莎对郊游一事犹豫不决； 汤姆再次邀请丽莎郊游成功； 吉姆夫妇在旁鼓动丽莎出去郊游	丽莎—萨莉 汤姆—丽莎 吉姆夫妇—丽莎
第五章	公假日	丽莎与他人聊天，在中途客栈饮酒，到达目的地，用餐、散步； 丽莎对汤姆发火，众人参加骑驴比赛、投椰子游戏； 返回维尔街，吉姆私会丽莎	丽莎—他人 丽莎—汤姆 丽莎—吉姆
第六章	公假日后第二天早晨	丽莎与萨莉饮酒，下班后同行回家 吉姆邀请丽莎看戏遭拒； 斯坦利太太被丈夫打向丽莎诉苦； 肯普太太同情安慰斯坦利太太； 丽莎与街上男孩子们打球； 肯普太太喊叫丽莎抹风湿药	丽莎—萨莉 吉姆—丽莎 斯坦利太太—丽莎 肯普太太—斯坦利太太 丽莎—街上男孩 肯普太太—丽莎
第七章	两天之后星期五早晨	萨莉向丽莎讲述戏剧情节、感受； 吉姆等待丽莎，丽莎受邀去看戏； 戏毕饮酒、回家怕被瞧见分道走	萨莉—丽莎 吉姆—丽莎

续表

章　节	时　间	事　件	对话人物
第八章	星期天早晨	丽莎与街上男孩打板球； 汤姆参与打球与丽莎聊天； 肯普太太哭诉丽莎不孝顺； 吉姆主动约见丽莎	丽莎—街上男孩 丽莎—汤姆 肯普太太—丽莎 吉姆—丽莎
第九章	吉姆和丽莎相恋时期	吉姆和丽莎私会被人识破； 维尔街的人同丽莎开玩笑； 萨莉和哈利结婚	吉姆—丽莎 众人—丽莎
第十章	十一月	吉姆约会丽莎，向丽莎求婚； 汤姆有意回避丽莎； 萨莉受打向丽莎倾诉苦衷； 丽莎约会吉姆，被吉姆打伤眼睛， 旁人关心询问	吉姆—丽莎 萨莉—丽莎 丽莎—吉姆 丽莎—众人
第十一章	过了几天	丽莎和萨莉谈心聊天； 丽莎放工回家对峙布莱克斯顿太太， 双方大打出手； 汤姆劝架，丽莎获救后哭诉衷肠； 吉姆与布莱克斯顿太太吵架扭打； 肯普太太询问安慰丽莎受伤之事	丽莎—萨莉 丽莎—布莱克斯顿太太 （吉姆老婆） 汤姆—丽莎 吉姆—布莱克斯顿太太 肯普太太—丽莎
第十二章	打架之后夜半	丽莎夜半寒冷口渴求助母亲； 丽莎生病，怀有身孕，肯普太太 求助霍奇斯太太，众人探望丽莎； 吉姆看望丽莎，肯普太太商量丧葬事宜	丽莎—肯普太太 肯普太太—霍奇斯太太 丽莎—吉姆

　　表层对话作为人物心理、情感的一种外化和表征，既起到勾勒社会环境和刻画人物性格的作用，又推动了故事情节的发展。《兰贝斯的丽莎》中的表层对话有时连续好多句都没有标明说话者是谁，即"某某说"的方式，而是一句一句的问答式设置，让小说中的背景、人物关系、性格特征在人物之间的对话中自然地呈现出来。在作品一开始，丽莎并没有直接上场，而是交代了丽莎所处的兰贝斯区维尔街的具体环境。随着旁人的喊

叫和口哨声，丽莎才出现。当她走到风琴周围的人群时，丽莎与他人的对话才真正开始：

> "这是你的新衣裳吗，丽莎？"
>
> "怎么，不像是旧的吧，"丽莎说。
>
> "哪儿来的？"另一个朋友带着妒忌的口气问她。
>
> "街上拾来的，还有哪儿来！"丽莎鄙夷地回答她。
>
> "这套衣裳正是我在威斯敏斯特桥大道的当铺里看到过的，"一个男人有意说这话逗弄她。
>
> ……
>
> "见你的鬼！"丽莎愤怒地说。"你再跟我噜苏，我给你个嘴巴子。我这衣裳，料子是西区（注：指伦敦西部的高级住宅区）买来的，叫我的宫廷服装师给我做的，这下你可以少耍贫嘴了，朋友。"①

从丽莎与他人的对话中，我们可以了解到丽莎是一个性格开朗、心直口快的女孩子。在欢快的舞蹈之后，丽莎在一群小伙子"我要亲个嘴"的调侃中像风一样逃脱的过程中，一不小心撞到了吉姆的怀里。吉姆在众目睽睽之下，捧起丽莎的脸，在她的脸颊两侧出声地吻了两下。丽莎的内心世界与吉姆的偶遇而荡起了涟漪，故事才真正开始，小说给读者留下了悬念——吉姆是谁？

在《兰贝斯的丽莎》中，悬念的设置和解密都是在人物之间的表层对话中实现，这使小说的表层对话富有戏剧性。吉姆的出场是丽莎生活中的第一个悬念。丽莎在大庭广众之下被一个陌生男子亲吻，除了羞涩之外，还有一个本能的反应就是——想知道亲吻自己的人是谁？丽莎首先向母亲打听。然而，她从母亲口中获得的关于吉姆的信息很少，并且母亲对吉姆的评价不高。母亲的语焉不详为丽莎继续探寻"吉姆是谁"作了铺垫。随后，丽莎与汤姆的对话揭开了吉姆身份之谜：

> "他姓布莱克斯顿——叫吉姆·布莱克斯顿。我只跟他说过一次

---

① ［英］毛姆：《兰贝斯的丽莎》，俞亢咏译，上海译文出版社1997年版，第7—8页。

话。他住在十九号的顶层房间里。"

"他要两间房间作什么?"

"他?他有一群孩子——五个。你没在街上看见过他老婆吗?她是个又高又大的胖子,头发梳的怪里怪气的。"①

在丽莎与汤姆的对话中,吉姆的基本信息逐渐显现。当丽莎知道吉姆有老婆孩子的时候,作品又引起另外一个悬念——丽莎应该放弃还是继续呢?丽莎在犹豫不决中还是接受了吉姆的追求,但丽莎的心情一直处于矛盾之中。处在恋爱中的丽莎,虽沉浸在幸福之中,但爱上一个有妇之夫在传统观念中却难以启齿,所以丽莎和吉姆的约会总是在躲躲藏藏中进行,怕被别人瞧见。最终纸里包不住火,吉姆已有家室的真相改变了丽莎的乐观态度,丽莎与布莱克斯顿太太之间的冲突则将故事推向了高潮。当吉姆生病后,霍奇斯太太告诉肯普太太丽莎怀孕的事情后,肯普太太在极度惊讶中极力猜想让丽莎怀孕的人是谁?毛姆在作品的结尾再次设置了一个悬念,悬念在丽莎对汤姆的否认和吉姆的自我承认中被揭开。令人惋惜的是,丽莎的生命因小产而终止,故事也到此结束。

从情节叙述来看,《兰贝斯的丽莎》中的表层对话遵循了时间性的线形叙事,但毛姆这样书写的目的并不在于叙述一连串的事件,而在于通过表层对话的时间性再现每一个生活情景,让悬念、矛盾在表层对话中客观化。同时,毛姆在《兰贝斯的丽莎》中不是把人物的矛盾冲突建构在外在世界的表面,而是内置于人物话语的交流中,即通过表层对话的方式,通过人物的所思所想,来反映特定情境中特定人物的生活状态。可以说,毛姆在《兰贝斯的丽莎》中用表层对话代替了故事情节的叙述,用人物对话来设置和解密悬念,使对话成为小说最有利的表达手段。

二 深层对话的精神联系

美国学者希利斯·米勒曾指出,"小说的统一性不是字面上的,而是精神上的,即通过与一个精神上的中心点的共同关联将各个部分联结为一体"②。的确,《兰贝斯的丽莎》内部的统一性在一定程度上是由深层对话

---

① [英] 毛姆:《兰贝斯的丽莎》,俞亢咏译,上海译文出版社 1997 年版,第 13 页。

② [美] 希利斯·米勒:《解读叙事》,申丹译,北京大学出版社 2002 年版,第 71 页。

统筹的，而要探讨《兰贝斯的丽莎》的深层对话，关键在于把握人物之间各类对话的精神联系。

与人物表层对话的时间性不同，深层对话在形式上不是线形的，而是具有空间性。具体表现为，小说中丽莎、萨莉、肯普太太、汤姆、吉姆、布莱克斯顿太太之间的对话或者对爱情、婚姻直接发表意见，或者对一件事、一个人物发表各自的见解，蕴含着对爱情、婚姻、自由等问题的思考。如图 7 – 1 所示：

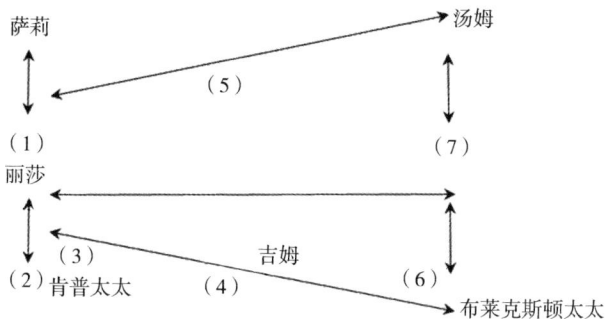

图 7 – 1

从图中可以看出，《兰贝斯的丽莎》以丽莎和吉姆之间的情爱为情节主线，小说中主要人物之间的关系都是以情感（包括爱情、亲情，友情）为纽带联系在一起的。其中，对话（3）在作品中起着举足轻重的作用，对话（1）（2）与对话（6）（7）作为中心事件的陪衬对情节的发展起着推动作用。可以说，《兰贝斯的丽莎》两条平行的故事情节推动读者对丽莎的理解：一条是丽莎意外地遇到吉姆，与吉姆相爱怀孕；另一条是汤姆苦苦地追求丽莎而不得。在叙述逻辑上，这两条平行的道路是相反的。（1）（2）之间的对话关系体现着同性之间（闺密、母女）情感趋于平衡的状态。丽莎和萨莉之间的对话是现代女性之间富有建设性的对话，她们谈论对婚姻、对人生的态度以及现实生活的种种感受。丽莎和肯普太太之间的对话内含着一种具有血缘关系的亲情，代表着一种传统与现代之间的对话。而（6）（7）之间的对话则体现着在两性冲突中情感趋向毁灭的过程，他们都是小说情爱主题的承担者，是对小说情节完整性的有力补充。

总体上看，（3）（5）（7）与（3）（4）（6）之间的对话关系则是一种对应的结构，不同的是，前者是在建构，后者是在解构。前者表现了不同生命个体相互交汇的过程，而后者则是不同生命个体逐渐走向决裂的过程。

在（3）（4）（6）组成的矛盾关系中，吉姆与丽莎的相爱，使布莱克斯顿太太处于矛盾的焦点，特别是当布莱克斯顿太太为了自己权益而与丽莎僵持对峙，破口大骂之时。在激烈的口角冲突中，布莱克斯顿太太代表着一种维护传统婚姻关系的力量，而丽莎则代表一种追求自由爱情的力量。在丽莎与布莱克斯顿太太的争执和扭打中，吉姆对布莱克斯顿太太的暴力态度，使他们二者的夫妻关系名存实亡，情感关系趋向毁灭。在（3）（5）（7）组成的矛盾关系中，在丽莎与吉姆相爱的过程中，汤姆始终处于"中间人"的位置，丽莎在与吉姆和汤姆的情感纠葛中形成了一种张力，尤其是汤姆想一步步地得到丽莎的认可，而丽莎却步步地阻挠汤姆的追求，一进一退形成的张力，让丽莎心中潜在的内驱力不断强化。从（3）（4）（6）与（3）（5）（7）交织的矛盾关系中我们可以看出，丽莎其实是毛姆生命精神探索的载体，承载着毛姆的人生理想，丽莎与汤姆以及他人之间的对话让叙述者与人物关系复杂化，进一步形成了文本内部的对话性，由此小说人物在相互的对立争论中使《兰贝斯的丽莎》形成一个有机的对话体。

从小说建构的角度来说，深层对话是小说情节单元之间的一种文本内部对话，是建构我们生命存在的一种本真方式。写作《兰贝斯的丽莎》时正值毛姆大学之际，正是毛姆人格逐步独立和精神探索的时期，毛姆一方面以强烈的主体意识在进行创作，另一方面也与小说中的人物进行对话，其主体之间的深层对话也由此在各个层面展开：在现实层面，毛姆着力于对贫民窟等社会底层现状的描绘；在精神层面，毛姆着力于对底层女性爱情追求的关注；在文化层面，毛姆关注世纪之交多元文化之间的融合和交流。这些对话关系使人物之间的对话超出了人物话语的表象层面，进入了人类不同价值目标交流对话的层面，让不同的意识相互作用。这是毛姆所追求的。可以说，《兰贝斯的丽莎》的深层对话在一定意义上开启了毛姆一生的精神探索之旅，毛姆的《人性的枷锁》《月亮与六便士》《刀锋》则进一步对人性的各个层面展开了探索。

三　对话的自然主义效果

毛姆在创作《兰贝斯的丽莎》时，充分利用了对话的叙事功能，设置了多组人物对话，将多重叙事者在时间和空间上并置，使作品中不仅叙述者在叙事，被叙述者也在叙事，形成了小说表层对话与深层对话浑然天成的艺术效果。那么，毛姆在《兰贝斯的丽莎》中的对话体现了毛姆怎样的艺术追求呢？

毛姆曾在《总结》一书中说，"在《兰贝斯的丽莎》中，我既没有多加渲染或夸张地描写我在医院门诊部遇到的人和作为产科职员在服务病区遇到的人，以及那些我因工作需要走家串户和无事可做随意闲逛时看到的事情。想象力的缺乏（……）迫使我直截了当地记下我目见耳闻的东西"①。由此推断，毛姆在《兰贝斯的丽莎》中采用表层对话的叙事目的主要在于实现外在世界的客观真实性。毛姆为何将客观真实作为自己的创作标准呢？这与毛姆的人生经历与艺术追求有很大的关系。

首先，毛姆的从医经历使他了解到底层人民的生活状况，临床实践则培养了他冷静解剖和记录社会的习惯，形成了自然主义那种客观审视人生的视野。毛姆曾坦言："对一个作家来说，我不知道还有什么方式比当几年医生能更好地训练自己。……律师是从一个特殊的角度来看人类的本性，但医生（特别是医院的医生）却以一种赤裸裸的眼光来察看人性。"②如吉姆坦然承认丽莎怀孕之事，这原本应引起读者极其惊讶的事件，毛姆的表述却显得客观而无动于衷，在高潮中显示出平淡。其次，当法国自然主义传播到英国时，毛姆大量地阅读法国的文学作品。法国文学对毛姆的熏陶，使毛姆的早期小说在内容和形式上表现出自然主义倾向。由此可以说，毛姆表层对话所体现的是一种自然主义式的客观真实。

整体而言，《兰贝斯的丽莎》的故事情节、人物性格、矛盾悬念等基本在时间性的表层对话中实现，而小说中不同人物的生命个性和情感追求则在深层对话中形成一个空间性的对话体。如果说表层对话体现了外在世界和小说文本的客观真实，那么深层对话则体现了毛姆将真实诉诸读者的追求。曾有学者指出："自然主义美学主张对现实的表达应该是转喻式

---

① W. Somerset Maugham, *The Summing Up*, London: Pan Books Ltd., 1976, p. 109.

② Ibid., p. 45.

的，而不应该是隐喻式的，应该让文本传达事实本身。"① 事实上，尽管毛姆在创作《兰贝斯的丽莎》时遵循自然主义转喻式的美学观念，但毛姆并不拘泥于自然主义的束缚，并不完全赞成自然主义的绝对客观，而是将真实建立在读者的基础上。《兰贝斯的丽莎》中所体现的深层对话与读者是分不开的。在毛姆看来，尽管小说"不追求复制生活，而是尽可能接近生活以免读者觉得不可信"②，但也应让读者去挖掘小说的深层对话及其内涵。因此，毛姆在创作中极力赋予对话在日常生活中那种常规范式的同时，也非常注重读者的作用。如在丽莎出场后的欢快舞蹈之后，叙述者在作品中插入了一段，专门谈论了丽莎的对话："这并不是她的原话，不过丽莎和这个故事中其他人物所说的原话，要全部准确写出来，也不大可能；因此还得要求读者运用自己的想象力，去补足这些对话中不得已的失真之处。"③ 毛姆希望读者发挥自己的想象力，根据自己的生活实践和日常经验参与小说的理解，小说深层对话的意义就会在此过程中显现。这样，深层对话产生的内在动力将读者引入小说人物的不同纬度，引导读者从具有冲突的戏剧场景中主动认识生活及其意义所在，建构出作者、文本和读者三者之间的复合关系。总之，《兰贝斯的丽莎》中的对话叙事不仅体现了毛姆客观真实的艺术追求，显示出生活的原生态，而且在审美效果上打破了逻各斯理性思维定式，呈现出一种自然主义式客观真实的美学效果。这种方式有力地凸显了作品的客观真实性，而且往往比小说家用介入的评价方式带给读者的道理更加深刻。

第二节   《新寒士街》中隐含作者的建构

吉辛的《新寒士街》以自然主义的方法，叙述了以贾斯帕和里尔登为代表的文人作家的生活处境和命运状态。《新寒士街》之所以新：一是新在内容上，吉辛选取生活在底层的作家文人为主要表现对象。二是新在形式上，吉辛以自然主义的方式展现了作家的生死悲欢。吉辛之所以在"寒士街"前面加个"新"字，除了想通过新的内容和新的形式，引起人

---

① June Howard, *Form and History in American Literary Naturalism*, Chapel Hill & London: The University of North Carolina Press, 1985, p. 146.
② ［英］毛姆：《书与你》，花城出版社 1983 年版，第9—10 页。
③ ［英］毛姆：《兰贝斯的丽莎》，俞亢咏译，上海译文出版社 1997 年版，第8 页。

们对"寒士街"新的关注外，更重要的在于"新寒士街"背后隐含着作者的深层意图。而要挖掘这一深层意图，我们可以从与自然主义相契合的"隐含作者"的修辞手法入手，因为"隐含作者"的运用不仅是提升《新寒士街》主题内涵的关键点，而且是探究吉辛创作《新寒士街》意图的切入点。

一　隐含作者与自然主义

"隐含作者"是美国批评家韦恩·布斯（Wayne Clayson Booth）在《小说修辞学》（*The Rhetoric of Fiction*，1961）中提出的概念，一般被认为是隐含在作品中的作者或作者的"第二自我"，代表一种隐藏于文本背后的作者立场和价值倾向。隐含作者的概念一提出，就引起了众多学者的争论，但隐含作者的"广泛使用和流行，并不代表隐含作者的含义已经完全确定下来"①。尽管如此，隐含作者的提出"有利于引导读者摆脱定见的束缚，重视文本本身，从文本结构和特征中推导出作者在创作这一作品时所持的特定立场"②。具体来说，作家在创作一部作品时，一方面，尽量使自己成为作品的隐含作者，隐含作者代表作家写作某一作品的特定立场和态度；另一方面，作家根据特定的需要和目的以不同的面目在作品中出现，读者在阅读作品时依据作品推导出隐含作者的形象。事实上，在几乎所有作家的创作中，隐含作者都或隐或现地存在着。吉辛的《新寒士街》也不例外。

《新寒士街》作为吉辛最具代表性的一部自然主义小说。吉辛在小说中借人物毕芬之口，提出了自己对自然主义创作方法的理解："我想出了一个表达它的新方法，我的真正用意是在那些出身低贱的人的范围里发现一种绝对的现实主义。这方面，就我的理解，还是个新的领域。我知道没有哪个作家以忠实和严肃的态度对待普通的世俗生活。"③ 吉辛遵循这一创作理念，在内容上以自然主义作家偏爱的下层人物（寒士街作家）为描写对象，在叙事上大量采用自然主义小说常用的客观化叙事话语（人物间的对话），并将隐含作者的修辞方法置于自然主义的创作方法中。

---

① W. Nells, *Frameworks: Narrative Levels and Embedded Narrative*, New York: Peter Lang Publishing, Inc., 1997, p. 12.

② 申丹:《再论隐含作者》,《江西社会科学》2009 年第 2 期。

③ ［英］乔治·吉辛:《新寒士街》,文心译,上海译文出版社 1986 年版,第 162 页。

　　从艺术（修辞）手法的角度来看，吉辛在《新寒士街》中将自然主义与隐含作者结合具有哪些理论契合点呢？要对这一问题有所解答，就必须从提出隐含作者的原因入手来分析。布斯在晚年曾就提出隐含作者的动因做过如下解释：第一，布斯"对当时普遍追求小说的所谓'客观性'而感到苦恼"①，由此对作品追求的客观性进行质疑。第二，布斯对自己学生常常把叙述者，特别是第一人称的叙述者和隐含作者、作者本人相混淆而感到忧虑，由此需对作品人称的混淆状况进行改变。第三，布斯"为批评家忽略伦理修辞效果（作者与读者之间的纽带）而感到'道德'上的苦恼"②，由此对作品的伦理进行强调。

　　对照布斯隐含作者的提出动因，可以发现，自然主义的创作方法与隐含作者的修辞手法在艺术本质上具有一致性。首先，布斯对作品客观性的质疑从表面上看与自然主义对客观性的追求背道而驰，但从创作的实际来看，无论作家在文本中保持怎样的中立立场，都无法排斥作品主观性的存在，纯客观的文学作品是不存在的。我们之所以感到自然主义作品的真实性和客观性，除了作家在介入文本时的隐蔽程度高以外，主要原因还在于作品中存在的隐含作者。其次，布斯对作品人称混淆的忧虑表明，虽然真实作者和隐含作者的作用不同，但二者在某些特定的语境中无法区分，因此读者在阅读作品时常常不能有效地区分真实作者与隐含作者，造成误读。结合自然主义的理论来看，真实作者一般描述事实，隐含作者则表达一种深层意义，隐含作者的艺术追求和真实作者的价值判断不仅是对作者人格互补的复杂体现，而且是对作品内涵审美化与理想化的建构。最后，布斯对作者和读者之间关系（特别是伦理修辞关系）被忽视而感到的苦恼表明，文本的价值意义在一定程度上是在作家创作与读者阅读的活动中共同产生的，隐含作者的出现既是对作者与读者关系的重视，也是将"读者"的权利置于一个可以言说的境地。这与自然主义重视读者的参与不谋而合。

　　隐含作者作为作家创作思维的表征，在文本中并不像叙述者那样直接表明自己的见解，而是依托于整个文本所存在的隐含意义。隐含作者的建

构，隐含意义是关键。结合以上自然主义与隐含作者契合点的分析，我们可以从两个方面对《新寒士街》中的隐含作者进行分析：一是灵活地借鉴布斯隐含作者的理论框架，让隐含在情节叙述中的意义明确化；二是从隐含作者与自然主义的契合点中去分析吉辛的深层叙事意图。

二　知识分子形象的建构

布斯在《小说修辞学》中曾指出，小说修辞的最终问题是决定作者应该为谁写作的问题。那么，在《新寒士街》中，吉辛是为谁写作的呢？小说中里尔登的身上确实透着吉辛的影子，但里尔登并不与吉辛重合，并不代表真实事件中的任何一个人物。因为《新寒士街》中的叙述者并不是固定的，贾斯帕、玛丽安、里尔登、艾米等人物在不同的场合和情境中都承担过叙述者，他们有时与隐含作者保持一致，但在大部分情况下与隐含作者背离。从作品来看，多元的叙述者虽然不能确定作者为谁写作，但实际上叙述者与隐含作者的这种背离却凸显了吉辛的写作目的，即吉辛在《新寒士街》中所要凸显的是一种对待文人知识分子的态度，所要建构的是文人知识分子的形象。

英国文学批评家约翰·凯里在其专著《知识分子与大众》中认为，吉辛是英国第一位论述知识分子与大众对抗的作家。在他看来，吉辛在作品中拔高精英文化而贬低大众文化，字里行间流露出对大众的不屑："吉辛小说中的权威角色坚信：要把劳动阶级从'粗鄙的困境'中拯救出来，需要几代人的教育。"[1] 显然，凯里的观点有所偏颇。事实上，吉辛将知识分子和大众进行对比，并不是要形成一种对抗，而是要在对比中更加深刻地认识知识分子的处境，探寻转型时期知识分子的出路。吉辛尽管对精英文化和大众文化的态度相异，但吉辛对知识分子的描述是客观的，并且带有浓郁的大众与平民意识。如里尔登的形象一方面体现了知识分子的坚忍，另一方面却显示了现实自我与理想自我的分歧。无论现实如何，里尔登也没有放弃对自我的追寻。当贾斯帕询问里尔登出国生活的感受时，里尔登如实答道："从实用的观点讲，是个错误。出国使我大开了眼界，却丧失了我控制我的文学源泉的能力。"[2] 这样一来，当里尔登追求的传统

---

① ［英］约翰·凯里：《知识分子与大众》，吴庆宏译，译林出版社 2010 年版，第 110 页。
② ［英］乔治·吉辛：《新寒士街》，文心译，上海译文出版社 1986 年版，第 86 页。

知识分子形象被颠覆，文化精英的身份遭到质疑后，里尔登更是常常陷入如何定位自己创作行为及其价值的困惑中。这表明，现代文学知识分子属性的形成过程是一种精神世俗化和精英文化大众化的过程，但这一矛盾过程本身并不改变作家的知识分子属性。

　　一般而言，当精神世界与物质世界发生冲撞时，文人知识分子需要以文学创作为中介，参与现实世界的改良和变革。然而，传统知识分子特有的身份、角色和信仰却使他们无法在文学中找到自己的位置。如里尔登最后的失败和死亡，一方面是因为英国当时的社会环境阻碍了里尔登文学理想的实现，另一方面源于文学商品化在里尔登身上产生的致命影响。从表面来看，里尔登的内心矛盾来源于社会生活的外部冲突，但从深层来看，里尔登的内心矛盾实际上源于知识分子内在的生命对峙。疾病的折磨、内心的煎熬和无法回避的价值抉择，将卑微而又无助的里尔登抛入一个又一个困境和冲突中，其知识分子的精神向度呈现出一种悲剧性。

　　布斯指出："当严肃认真的作家把作品交给我们时，有血有肉的作者创造出来的隐含作者，会有意无意地渴望我们以评论的眼光进入其位置。"① 的确，当我们从时代的历史语境去考察《新寒士街》中知识分子的身份时，就会发现知识分子身份的转变既是外在的，也是内在的。对贾斯帕等商业文人来说，世俗化的生活不再是现实的一种承诺，而是一种背景式的存在，已然成为商业文人的生活常态。对里尔登等传统文人来说，艺术化的生活不再是一种理想的设定，而是一种商业背景的点缀，成为延续传统文人生活的脆弱支柱。里尔登、毕芬等文人作家将文学价值置于生存价值之上，而创作瓶颈的出现和身体疾病的折磨最容易将他们逼入绝望的境地，最后只能选择死亡以放逐自我对自身内在价值的选择和支配。贾斯帕从文人作家到文学商人的角色转变，虽然不一定受到人们的赞同，但在一定程度上再现了当时许多知识分子面临的精神动荡和角色转型。吉辛塑造贾帕斯这一商业文人的典型，不是要去谴责这一类知识分子，而是在向大家表明，在文学商品化的物质社会里，知识分子角色的转变以及由此导致的困境是不可避免的。

　　吉辛对知识分子角色转变的认识无疑是正确的，因为文人知识分子的

---

① ［美］韦恩·布斯：《隐含作者的复活：为何要操心？》，载詹姆斯·费伦、彼得·拉比诺维茨编《当代叙事理论指南》，申丹译，北京大学出版社 2007 年版，第 67 页。

困境是时代的产物。1870 年，英国教育法案的推行，使大多数人在脱盲的同时，造就了一批趣味不高的低俗文学消费者，而图书市场的繁荣则使每年出现的小说达到好几千册（甚至 6000 本左右）。然而，小说数量的增加并不代表作家群体收入的增加。伴随读者大众阅读口味的转变，一部分作家遭遇生存困境是不可避免的。特别在市场经济的调控下，维系知识分子精神世界的艺术依靠就会受到动摇。基于此，19 世纪 80 年代以来，英国许多作家开始着手"进行前代未完成的事业，试探性地重新选择方向"①。尽管如此，当文学的交换价值在满足了消费者欲望的同时，传统文本世界所传达的那种稳定的知识结构逐渐被现代读者的阅读期待所打破，由此知识分子在文学的消费中走向边缘化。吉辛塑造贾斯帕和里尔登形象，在很大程度上所要展示的正是世纪转型时期，英国知识分子内部出现分化的一种历史必然性。可见，吉辛对这一时期的知识分子自我镜像式的反观与书写，显然敏锐地捕捉到了社会价值和文化消费观念对知识分子产生的影响，小说的深度则源于此——在现实的生活情境中，知识分子已经很难扮演自己原有的角色，而是时常处在一种尴尬的矛盾处境中，由此西方知识分子仍需不断地思考自己的身份和立场。

三　人文精神的重建反思

在《新寒士街》中，吉辛通过对文人知识分子形象的建构，最终指向的价值和立场是什么呢？大多数评论认为，《新寒士街》展示了作家的异化，理由是金钱对人产生的巨大影响。这种看法其实不妥。首先，异化主要指由"人"到"非人"，而《新寒士街》中的作家们受到文学商品化的影响选择了不同的生活态度，是走向"分化"，而不是异化。其次，从《新寒士街》的叙述逻辑来看，先是文学商品化、市场影响了作家的收入，进而才影响作家的生存处境，对生存处境的影响并不一定就会发生异化。也有论者认为，吉辛对贫困的书写是为了对抗个人利益至上的经济学功利主义。还有论者从消费主义的视角出发，认为文学创作的商业追求压倒和取代了时代的精神追求，读者的审美趣味排斥了文学的审美价值和文化价值。这两种观点虽有一定的道理，但都是从某一侧面得出的片面结

---

① ［英］雷蒙德·威廉斯：《文化与社会》，吴淞江、张文定译，北京大学出版社 1991 年版，第 214 页。

论，并不能全面地反映《新寒士街》的隐含意义。其实，隐含作者常常意在言外、言此及彼。结合吉辛的经历和创作就会发现，无论是作家的异化、贫困导致的个人主义，还是消费主义的结果，吉辛对文人知识分子（作家）困境的书写最终指向的则是人文精神的缺失。

何为人文精神？这是一个被人们赋予不同内涵但仍存争议的术语。那么吉辛所指的人文精神是什么呢？结合以往人们对人文精神的理解，《新寒士街》中所体现的人文精神包含以下几个层面：第一，以自我关怀和价值尊严为追求，指向作家的职责，即文学创作的严肃性和神圣性。第二，以理想人格和精神文化为诉求，指向作家的信仰，即大众"媚俗"和文化传统之间的链接。第三，以身份认同和伦理道德为旨归，指向作家的心灵归属，即真、善、美的崇高价值理想。

在维多利亚后期，随着人们受教育程度的提高，人们对文学创作和审美体验产生了诸多新的心理感知和文化认同，这自然会引起作者和读者重新关注人文精神。然而，由于作家个体的审美立足点、审美视野和心理结构等不同，其人文观念也有所不同。是否将文学当作生意是这一时期作家观念的一个分歧点。如里尔登希望自己站在精英知识分子的立场上，重构一个崇尚理性、具有终极人文关怀的文学场。贾斯帕则希望自己站在世俗文人的立场上，重构一个重视自然生命和本真欲望的价值体系。当里尔登被贫困折磨得筋疲力尽，还要坚持自己的文人原则时，他的妻子艾米立马反唇相讥："艺术必须当作一种生意来做。我们的时代所有事情全都一个样。这是一个做生意的时代。"① 显然，在文学商品化的过程中，作家将审美价值作为自身的艺术追求已失去了诸多可能性。

当商业价值制约了文学的价值和书写方式，文学作品成为供大众娱乐和消遣的消费品时，文学价值就会失去原有的崇高性，文学危机的产生就会成为必然。文学危机（特别是严肃文学的危机）的产生，实际上暴露了维多利亚后期人文精神的危机。自英国工业革命以来，现代传媒技术和报刊业的不断升级和更新，不仅改变了人们获取信息和知识的方式，而且使文化、艺术、作家的角色都有所转变。对作家文人来说，维多利亚后期正是英国社会的转型时期，也是社会充满悖论的时期。这一时期文学从现实主义逐步向现代主义过渡，人文精神和历史理想不可避免地遇到了诸如

---

① ［英］乔治·吉辛：《新寒士街》，文心译，浙江文艺出版社1986年版，第54页。

唯美主义、颓废主义、象征主义等新的文学范式的冲击，私人化的阅读兴趣和公共知识分子价值也出现了矛盾。在这一过程中，世俗精神与人文精神、历史尺度与道德尺度、工具理性与价值理性等诸多的悖论无疑会导致作家的内心世界发生震动。伴随而来的是，"生活于这个时期的文学家也将自己视为社会学家、人种学家、观察家、侦探和医生，以全面反映社会现实、揭示社会本质为使命"①。文学家之所以在社会中扮演着多重的角色，一方面主要来自人文精神的危机，另一方面是为缓解人文精神危机作出的权宜之策。在《新寒士街》中，人文精神的危机主要通过贾斯帕和里尔登在功利追求与道德缺失、实用主义与理想缺失、个人利益与信仰缺失等几对矛盾表现出来。之所以会出现这些矛盾，从作家角度来说，主要原因在于人文精神在创作中出现了价值的虚无。也就是说，在社会转型时期，坚守严肃还是媚俗大众是摆在作家文人前面的两条路，但是无论走哪条路，都不会完美。

　　寻找解决人文精神危机的确切方案是有难度的，但仍要付诸努力。那么，如何实现人文精神的重建呢？人文精神的重建就是要在人与自然、人与社会、人与人之间的关系中探寻人的生存意义和价值，追求如何让人类诗意地寄居在大地上的有效途径。具体来说，要重建人文精神，一是要维护严肃作家的艺术追求，平衡市民阶层的世俗审美需求。二是要保持作家的独立人格和本体意识，保持文人知识分子的批判态度。从这个角度来看，吉辛可以算得上是一位具有责任感的作家，他对人文精神的重视和探索本身就是作家的一种自救行为。然而，人文精神的重建不仅仅是作家文人一个层面的问题，而是关乎政治、经济、文化等各个领域的问题，单独在文学领域几乎不可能找到解决问题的终极方法，况且也不是吉辛一个作家力所能及的。因此，吉辛没有给他的读者指出明确的答案，这是吉辛对作家认识的局限。需要指出的是，从古希腊人文精神的萌发到文艺复兴人文主义的提出，再到20世纪的西方文学至今天，西方关于人文精神的探究从来就没有停止过。从这个意义上来说，《新寒士街》无疑是一部探索西方人文精神的力作，《新寒士街》对作家的自审和对文学的深刻反思，对我们今天认识知识分子人文精神的建构仍然具有重要的现实意义。

---

①　陈晓兰：《中西都市文学比较研究》，复旦大学出版社2012年版，第8页。

第三节　《伊丝特·沃特斯》的非个人化艺术

受到自然主义的影响，莫尔在创作《伊丝特·沃特斯》时运用了"非个人化"的艺术手法，主要体现在两个方面：其一，莫尔灵活地借鉴了左拉的叙事艺术，运用了与隐匿叙事主体不同，但叙事效果类似的"印象主义"式描写手法。其二，莫尔在《伊丝特·沃特斯》中使用了大量的自由间接引语来叙述人物的心理。

一　印象主义的描写手法

通常而言，小说作为一种以叙述为主的文学形式，描写是小说叙述的重要组成部分。左拉在《论小说》中给"描写"下了一个简单的定义：描写即"确定人和使人完整的环境状态"①。简单地说，左拉所谓的"描写"是为了处理小说中"人与环境"之间的和谐关系。在《论小说》一文中，左拉结合龚古尔兄弟、福楼拜和自己的创作专门论述了"描写"，具体分析了描写的必要性和重要性。有学者指出，自然主义文学在创作方法上"轻叙述而重描写"。这一说法的不足之处在于将描写和叙述绝对地分开，与实际的文学创作不相符。自然主义作家对描写的重视，并不"只是为了从描写中获得乐趣而去描写，而是因为他们投身于详情的描写加上以环境来补足人物的公式的缘故"②。描写本质上还是一种叙述手法。文学创作为了避免程序化叙述，用描写以达到"人与环境"的主客统一。在实际的创作中，描写什么和如何描写则对文学作品的风格具有重要的影响。

如何描写？不同的作家采用的描写方法各不相同，既是同一个作家也会在不同的作品中采用不同的描写手法。与现实主义作家采用平面式的典型描写方法不同，自然主义作家有时主要采用一种印象主义的描写手法。印象主义是19世纪后半期源于法国的一种文艺思潮和艺术流派，最初主要用于绘画。印象派画家以"艺术家看什么就表现什么，怎样感受就怎

---

① ［法］左拉：《论小说》，郑克鲁译，载朱雯等编选《文学中的自然主义》，上海文艺出版社1992年版，第221页。

② ［法］左拉：《戏剧中的自然主义》，毕修勺、洪丕柱译，载朱雯等编选《文学中的自然主义》，上海文艺出版社1992年版，第199页。

样表现"① 为口号，注重感觉的瞬间印象，主张用颜色和光线对客体进行
整体的描绘。受印象主义绘画观念和技巧的影响，一些作家将印象主义绘
画的手法运用于文学创作，大胆运用色彩和光线呈现给读者一幅幅色彩清
晰、形象逼真的画面，从而获得对物体和场景等的连贯印象。如左拉在
《欲的追逐》中，用长达几页的篇幅对女主人公勒内卧室的描写，犹如在
读者面前展示了一幅印象主义的画卷：

> 　　这是一个宽敞的安乐窝，放着椅子，没有整扇的门，而是用两个
> 门帘掩着。两个房间的墙壁上都同样挂着深灰色的亚麻丝织物，上面
> 有金银线和彩色线绣的大束玫瑰花、大束白丁香花和金色的花蕾。窗
> 帘和门帘都是用威尼斯镂空花边做的，丝绸的衬衣是灰色和玫瑰色相
> 间的带子做成的。在卧室里，壁炉是用白色大理石砌成的，是一件真
> 正很美的艺术品，就像一只花篮那样摊开着，它的精工镶嵌的天青石
> 和珍贵的镶嵌品形成玫瑰花、白丁香和金色花蕾形状的壁饰。……②

　　从上看出，左拉对勒内卧室场景的描述不是从一个固定的视角出发，
而是采取由外及内的游移视点，以摄影的方式从多个不同的视角来观察和
描绘。从卧室门到窗帘，再到壁炉、地毯等家具摆设逐一进行描写。在描
写的过程中，左拉重视色调的和谐和笔触的节奏感，用深灰色、白色、红
色、金色等词汇来描述卧室中不同物件的颜色。马克·贝纳尔曾说："左
拉写小说就像画画一样，简直是一个不是画家的画家。"③ 印象主义的描
写方式就像在一块画布上布景，诚如左拉所说："布景不就是一种连续不
断的描写吗？它可能比一部小说所做的描写还要更为精确而动人的多。"④
与印象主义画家不同的是，左拉在描写中并没有将色彩和光线作为主要的
艺术目的来呈现，而是注重对描写效果客观性的追求。
　　莫尔在创作《伊丝特·沃特斯》时，同样运用了印象主义的描写手
法。首先来看莫尔在《伊丝特·沃特斯》开头对"伍德维"的描写：

---

　　① 翟宗祝：《蓝色画廊——日出·印象》，江苏美术出版社 1999 年版，第 84 页。
　　② ［法］左拉：《欲的追逐》，金铿然、骆雪娟译，浙江文艺出版社 1987 年版，第 179 页。
　　③ ［法］马克·贝纳尔：《左拉》，郭太初译，上海译文出版社 1992 年版，第 48 页。
　　④ ［法］左拉：《戏剧中的自然主义》，毕修勺、洪丕柱译，载朱雯等编选《文学中的自然
主义》，上海文艺出版社 1992 年版，第 200 页。

　　这是一个荒凉的地方。海的大潮有一次曾几乎淹上了那些高地的边缘。于是，那被沿着海岸汹涌而来的海水冲刷过的砂石海滩如今变得一无所用。在这沙滩和一条蜿蜒的小河河岸之间紧紧地依偎着一个小镇，它的脚已插入水边。那里大概是港口的衰坍的船坞，还有木质的防波堤，仿佛是为那不归之船而伸出的长而细的手臂。铁路的另一面，一堵刷白的墙上开着苹果花，在低洼地方有些园艺业，从那里开始高地逐渐倾斜，在第一个斜坡的那树林扶疏的所在，就是伍德维。

　　就像每一个首次看到这地方的人一样，姑娘凝视着这凄凉的地方。她心不在焉地看着，心里正估算着，是丢下包袱还是丢下箱子呢。①

与作品开头相呼应的是，莫尔在《伊丝特·沃特斯》的末尾再次对"伍德维"有所描写：

　　伍德维农场延续到地平线，视线再下降一些。在一排榆树的顶权之间，露出了小镇联翩的屋顶。过了一座长长的蜘蛛腿似的桥梁，一列火车像蛇一样地在那儿匍匐，黯淡的河水流入了港湾，卵石的河堤护围着低洼地免遭洪水。火车在广场后面消失了，然后是那千篇一律的乡村教堂的尖塔。②

　　物是人非，同样的伍德维，却折射出伊丝特不同的心灵感受。伊丝特刚到伍德维时，面对荒凉的景象，对生活还抱有一些憧憬和希望。在伍德维经历了太多的苦难之后，面对眼前的荒芜景象，伊丝特更加触景生情。同样是荒凉，感受却不相同。与左拉善于运用光、色作用不同的是，莫尔更注重画面的主观感受，印象主义式的描写恰到好处地将伍德维小镇的荒凉气象和伊丝特内心感受有机地融合在一起。若要说莫尔与左拉在印象主义描写方面有何不同，通过比较可以看出，他们之间最明显的不同在于，左拉强调和追求现实世界的纯客观性，而莫尔将对现实世界的主观感受也

----

① ［英］乔治·莫尔：《伊丝特·沃特斯》，张介明译，华夏出版社 2007 年版，第 3 页。
② 同上书，第 275 页。

作为客观世界的一部分。

美国学者韦勒克指出，"文学有时确实想要取得绘画的效果，成为文字绘画"①。自然主义作家之所以喜欢用描写的方式展示画面，是因为"这种描写令人想起钢琴能手的动人的弹奏"②。这样呈现在读者面前的社会生活富有层次感，在叙述故事主体的同时给读者带来社会生活认知的愉悦。描写在文学创作中的重要性不言而喻，但与之相关的一个问题是，描写在自然主义小说中是否具有独立性？左拉的回答是："作家事先准备好这种图画，仔细地保存在抽屉里以备不时之需。这类图画放在小说中就像每一章末尾的图案画或插图一样。"③ 左拉的意思是将日常生活的特写当作一幅一幅的图画，根据故事情节的需要来插入，描写在自然主义小说中具有相对的独立性。随之的问题在于，是不是所有的描写在自然主义的叙述中都具有独立性？事实好像不是这么绝对。针对自然主义的描写，卢卡奇曾撰写《叙述与描写——为讨论自然主义和形式主义而作》一文将左拉《娜娜》与托尔斯泰《安娜·卡列尼娜》中的赛马描写对比得出，《安娜·卡列尼娜》中的赛马与整个故事的情节具有不可分割的联系，而《娜娜》中的赛马描写则与故事情节的发展没有直接的关系。卢卡奇否定了描写在自然主义小说中的作用与价值。通过阅读左拉和其他现实主义作家的作品就会发现，卢卡奇的判断是不够准确的。因为描写与情节是否有关系，取决于作家的创作倾向和读者的认知接受。自然主义小说中许多的描写并非完全与情节毫无关联。如左拉在《萌芽》中对沃勒矿井的描写，对蒙苏工人居住环境的描写等，不仅使读者了解到了矿井的场面，而且对以后工人的罢工起了很好的铺垫作用。如莫尔在《伊丝特·沃特斯》对"皇冠"酒吧的描写，暗示着威廉的死亡和酒吧必然走向败落。这样的例子还有很多。左拉也说过："撷取从你自己周围观察到的真实事实，按逻辑顺序加以分类，以直觉填满空缺，使人的材料具有生活气息……我们的自然主义小说正是将记录分类和使记录变得完整的直觉的产物。"④ 正是

---

① ［美］勒内·韦勒克、奥斯汀·沃伦：《文学理论》，刘象愚等译，生活·读书·新知三联书店1984年版，第132页。

② ［法］拉法格：《左拉的〈金钱〉》，罗大冈译，载朱雯等编选《文学中的自然主义》，上海文艺出版社1992年版，第338页。

③ 同上。

④ ［法］左拉：《论小说》，郑克鲁译，载朱雯等编选《文学中的自然主义》，上海文艺出版社1992年版，第243—244页。

景物、环境的描写和人物命运的"情景交融",描写在人物命运的不同状态中具有不可忽视的美学效果。

莫尔虽然受到左拉的影响,但莫尔在《伊丝特·沃特斯》中的印象主义描写又不完全来自左拉一人的影响,更确切地说,来源于莫尔在巴黎十年学习绘画的经历。早在《伊丝特·沃特斯》出版的前一年(也就是1893年),莫尔就出版了《现代绘画》(又译《19世纪绘画艺术》)一书,这本书是对他在巴黎学习绘画十年的总结。《现代绘画》对19世纪著名的印象主义画家惠斯勒、夏凡纳、米勒、莫奈等的生活创作、艺术风格等作了评价,研究了艺术与科学、宗教和王权等多方面的问题。莫尔在学习绘画以前,就早已对法国小说中那种绝对的客观和英国小说中那种表层的主观心理表述有所不满,开始探索一种主客观有所融合的表达方式。在学习绘画的过程中,莫尔曾坦言,"他对绘画的好观点,都是从惠斯勒那儿抄来的"①。从上推断,莫尔在自己的文学创作中借用印象主义绘画技巧是自然而然的事。美国学者赫尔穆特·格伯评价说,《伊丝特·沃特斯》的成功之处在于莫尔"运用了印象主义画家的技巧,作品呈现的多声部音调是自然主义方法转向的一个标志"②。可以说,莫尔的印象主义描写手法,既有左拉的影响,又有莫尔自己的艺术创造。莫尔的印象主义式描写将文学和绘画结合,其文学的绘画性实现了由可视到可感的审美转化,突破了现实主义小说平面化的描写。

二　自由间接引语的运用

自从瑞士语言学家查理·巴利(Charles Bally)对"自由间接引语"③从理论上正式命名以来,许多学者对"自由间接引语"进行过不同的界定和解释,并广泛应用于文本分析。美国学者杰拉尔德·普林斯(Gerald Prince)将自由间接引语定义为"一种呈现人物话语或思想的方式,这种方式给人的感觉好像是人物自己在言说,没有任何形式(如小句和引号

---

① [英]乔治·莫尔:《一个青年的自白》,江苏教育出版社2005年版,第216页。
② 转引自 Wolfgang Bernard Fleischmann, ed. , *Encyclopedia of World Literature in the 20th Century*, New York: Fredrick Ungar Publishing Co. , 1977, p. 421.
③ 从叙事学的分类看,引语一般有四种模式:直接引语、自由直接引语、间接引语、自由间接引语。自由间接引语在学术界也有不同的称谓,如间接引语的独立形式(independent form of indirect discourse)、描绘引语(represented speeeh)、叙述独自(narrated monologue)等。

等）的叙述干预"①。中国学者胡亚敏则认为，"自由间接引语是一种以第三人称从人物的视角叙述人物的语言、感受和思想的话语模式。它呈现的是客观叙述的形式，表现为叙述者的描述，但在读者心中唤起的是人物的声音、动作和心境"②。学术界对自由间接引语之所以有不同的理解，主要在于对"自由"和"间接"的界定上。简单地说，所谓"自由"就是在叙述过程中，叙述者隐退在话语背后，不受外界的干预。叙述者和人物两种不同的叙述声音可以自由地变换，在间接和直接之间切换。所谓"间接"是指"它们或多或少地使用了叙述者的表达方式，采用了叙述者为基准的人称（时态）"③。自由间接引语在叙事作品中具有重要的美学功能，主要体现在以下三个方面：一是从作者的角度来说，作者在叙述中隐退，以第三人称模仿人物的语言和内心独白，或者意识流。二是从文本（作品）的角度来说，人物话语同叙述人的话语相互交织，以增强作品的客观性。三是从读者的角度来说，读者在阅读过程中，可以揣摩和体验作者、叙述者、隐含作者对作品人物的态度，重构文本的多层内涵和主题意义。如莫尔在《伊丝特·沃特斯》对伊丝特心理活动的一段叙述：

> 她决心要使他尊重她。开始的时候她还是隐隐约约地感到这是唯一所希望的，而此时这感觉已经上升和明确为一种思想。她决心决不屈服，而是继续她的信念：他必须认识他的罪孽，然后再来向她求婚。而最重要的是，她渴望着看到威廉的忏悔。充满了她的整个生命的那种天生的虔诚，不知不觉中使她相信忏悔是他们幸福的基本条件。④

在这一段中，莫尔自由间接引语的运用在形式上再现了伊丝特的主体意识和内心感受，并将读者的目光吸引到伊丝特的情感困惑中。莫尔运用的自由间接引语，其"间接"不是简单地以第三人称（他或她）来叙述，也不是以含混不清的叙述声音来记述伊丝特的心理，而是叙述者对伊丝特心理世界的"模仿"，这种"模仿"已经突破了19世纪小说中那种作家

①　Gerald Prince, *A Dictionary of Narratology*, Great Britain: Scolar Press, 1988, p. 34.

②　胡亚敏：《论自由间接引语》，《外国文学研究》1989年第1期。

③　罗钢：《叙事学导论》，云南人民出版社1994年版，第222页。

④　［英］乔治·莫尔：《伊丝特·沃特斯》，张介明译，华夏出版社2007年版，第52页。

全知全能的上帝叙述视角，更加接近伊丝特的心理话语。同时，莫尔在叙述中保持时态和人称的同步，打破了线性叙事的时间结构，将过去、现在、将来交叉，将伊丝特的时间观念在心理维度上重新排列，把过去的心理和现时的期待进行新的组合，让读者体会到伊丝特心理意识的"未言"部分。

为了进一步理解自由间接引语在自然主义小说中的应用，在此分别选取左拉《萌芽》和莫尔《伊丝特·沃特斯》中的片段，比较分析左拉和莫尔在运用自由间接引语方面的异同。

首先来看左拉《萌芽》中卡特琳和艾蒂安在矿道中一前一后疲惫挪步的一段心理叙述：

> 他心里很乱，因为他知道她是个姑娘，觉得不拥抱她一下简直是傻瓜，但是一想到另外那个人，就又认为不能这么做。肯定说，她对他说了谎；那个人一定是他的情人，他们一定曾经随便在哪个煤渣堆上睡过觉，因为她走路的姿势已经是一些放荡女人的样子。他毫无理由地生着他的气，好像她欺骗了他。而她却不断地回过头来，告诉他要小心，不要绊倒，似乎在求他和她要亲热一些。他们走在这样僻静无人的地方，本来很可以像好朋友似的有说有笑。①

再看莫尔在《伊丝特·沃特斯》中对伊丝特和威廉矛盾之后的叙述：

> 她曾整整一夜在那里等他，他也曾满脸恼怒和失望地回到家里。争吵不久就开始了，她以为他会打她，但他克制着，也许是怕其他的房客的反应。他抱住她，把她拉出破烂的楼梯间，一把将她推到院子里。她听到了身后的楼梯响声，听到一只猫蹑手蹑脚通过的沙沙声，她希望自己也能同样就此在黑暗中消失。②

仅就以上两段进行对比，左拉和莫尔的共同点都在于以第三人称叙述者的视角来摹仿小说人物的话语，描绘人物的感受和思绪。莫尔与左拉的

---

① ［法］左拉：《萌芽》，黎柯译，人民文学出版社 2001 年版，第 53 页。
② ［英］乔治·莫尔：《伊丝特·沃特斯》，张介明译，华夏出版社 2007 年版，第 202 页。

不同在于对自由间接引语运用的侧重点有所不同。左拉使用自由间接引语虽然有心理的成分，但重心在于对客观事件的叙述（或者补充），主要为了叙述艾蒂安和卡特琳在矿道垮塌后的逃离。而莫尔使用自由间接引语侧重于对主观心理的叙述，主要叙述的是伊丝特对她和威廉之间经历的心理回忆。仍需注意的是，自然主义作家追求的绝对客观和作品体现的实际效果还是有一定的距离，也就是说，自由间接引语的使用虽然能使作者在叙述中隐退，或者叙述者和人物的界限不再泾渭分明。但是，在具体的文学创作中，叙述者在文本中的在场、缺席和中立状态都会对作品或隐或显、程度不同地有所干预，这种干预并不是作者有意所为。但无论怎样，自由间接引语的使用在一定程度上调控着作者与小说人物、作者与读者之间的距离。正如有学者所言，"小说家对距离的控制，最终体现为他要在哪些方面，在多大程度上影响读者，或者说他想让读者对人物保持怎样的态度"①。自由间接引语的主要目的和意义也在这里。事实上，自然主义作家在创作小说时，为了追求客观性的艺术效果，以自以为最接近真实的形式来表达人物的话语。作品一旦完成后，无论是客观的真实性还是主观的真实性，都交给读者来评判。读者对小说人物情感的共鸣还是非议，都不再受到作家的控制，而取决于读者对作品人物话语的理解。

　　如果"非个人化"的目标是追求一种客观性和真实性的话，那么"非个人化"的内在原因在于作家叙事方式的转变，叙事方式的转变又会引起作品形式风格的变化。左拉曾说："文学之所以为文学，恰恰在于形式。"② 他认为作家的才能不仅表现在情感思想方面，也表现在形式风格方面，形式是作品不朽的重要原因之一，那些个性突出，文辞优美的作品，必定会吸引不同年龄阶段读者的兴趣。无独有偶，莫尔在《一个青年的自白》中说："艺术家是不受教条主义约束的，或者说，如果你喜欢用另外的说法，可以说他就是他自己的教条，并且讲述生活带给他的故事……"③。文学形式是评价文学作品的一个重要标准，但文学的艺术法则并非固定不变，不同的作家有着不同的运用和再创造，就连自然主义的创始人左拉在创作时与自然主义理论也存在一定的差距，这种差距说到底是

　　① 李建军：《小说修辞研究》，中国人民大学出版社 2003 年版，第 131 页。
　　② ［法］左拉：《实验小说论》，吕永真译，载柳鸣九主编《自然主义》，中国社会科学出版社 1988 年版，第 494 页。
　　③ ［英］乔治·莫尔：《一个青年的自白》，江苏教育出版社 2005 年版，第 73 页。

"个人"（个性）与"非个人"之间的差距，这种差距也是作家的创作个性和艺术追求使然，体现出同一类型文学在表现方式上的丰富多彩。可以说，莫尔在《伊丝特·沃特斯》中印象主义的描写手法和自由间接引语的运用，已经超越了左拉自然主义"非个人"的创作原则，显示出独特的艺术风格。

第四节　客观与主观的精神互通

从文学史的角度而言，每一种文学思潮的出现总是和它前后相继的文学思潮存在着千丝万缕的联系。我们对自然主义的谈论，大部分是以其之前的现实主义为标准，而对自然主义与其后产生的现代主义之间的关系谈论不多。那么，自然主义中是否包含着现代主义的一些因子？或者说，自然主义是否如一些学者所说是现实主义和现代主义的中介呢？要回答这一问题，首先需要解决的问题是，左拉（自然主义）是如何对待生理学和心理学及其二者之间的关系的？

一　"生理学"向"心理学"的转变

早在 19 世纪 60 年代伊始，左拉就曾在《致安东尼·瓦拉布莱格》的信中表明自己将要着力探索"心理和生理小说"。同样，他给批评家于勒·克拉尔蒂写的信中指出，"我热衷于心理分析方面的问题"[1]。此后，左拉在《实验小说论》中认为，作家以观察和实验的方法从事生理学家的工作，为了弥补生理学的不足，也要做心理学的科学研究工作。泰纳在读了左拉的《普拉桑之征服》之后写信称赞左拉说："您是处理精神病、谵妄病进展过程的高手。梦幻——尤其宗教梦幻的恶性和痛苦的蔓延，描写得非凡有力和清晰。"[2] 曾经对自然主义小说持反对意见的德国批评家梅林毫不吝啬地称赞左拉为"细致深刻的心理学家"[3]。从左拉自己的阐

---

① ［法］左拉：《致于勒·克拉尔蒂》，载《左拉文学书简》，安徽文艺出版社 1995 年版，第 47 页。

② ［法］泰纳：《给埃米尔·左拉的信》，马振聘译，载朱雯等编选《文学中的自然主义》，上海文艺出版社 1992 年版，第 334 页。

③ ［德］梅林：《爱弥尔·左拉》，载《梅林论文学》，张玉书等译，人民文学出版社 1982 年版，第 284 页。

述和别人的评论来看，尽管左拉侧重于从生理学和遗传学角度分析和塑造人物，但左拉并没有忽视人的心理，而是将人物心理作为生理的一部分，或是作为生理学描写不足的一种补充。之所以如此，是因为在左拉所处的时代，心理学还没有取得较大程度的发展。左拉将心理学看作依附于生理学的自然科学，声称"没有一点理由，使得一个心理学家站在高于生理学家的行列里"①。左拉为什么将心理学隶属于生理学呢？这与左拉所提倡的真实观有很大的关系。在左拉看来，首先，人的生物性涵盖了人与人、人与自然、人与社会等外界条件的一切属性，想要真实地描写人物的行为和心理，就必须深入人物的生理层面去探索和分析人的生理机能。其次，传统文学对心理的描写侧重于情感的抒发，是一种想象的、虚假的描写，人物的描写在先入为主的观念上杜撰和编造，不能真实地揭示人物的真实心理。左拉因此摒弃了抽象和先验的人学观念，让真实的人物在真实的环境里活动。

随着心理学的进一步发展，现代人对世界的认识发生了改变，改变"所采取的形式之一就是对人类心理领域的兴趣远较以往为甚；这种变化必定会记录在文学表现的层次上，文学表现需要一套新的形式来体现这种变化"②。这样，作家自觉地汲取心理学的最新成果，全方位地介入想象力，由 19 世纪自然主义那种客观的对生物本能的叙述逐渐转向现代主义那种主观的对人物心理（意识流）的描写为主，尤其是左拉重视人的生理情欲的人学观念，成为现代主义作家创作的重要参照标准。

作为现代主义文学派别的意识流小说，注重描写人物动态的内心意识，表面上看与左拉所提倡的客观性没有必然的联系。但是，从艺术效果来看，自然主义小说和意识流小说在对艺术的真实追求上有相通的地方。意识流作家将自然主义的真实论和弗洛伊德的精神分析理论以及柏格森的直觉主义有效地融合，主张真实地描述人物意识的动态变化。布勒东评价说："针对有意识的联想这种虚假的思潮，乔伊斯代之以一种竭力从四面八方涌现的潮流，而归根结底趋向于最近似的模仿生活……与排成长蛇阵

①　［法］左拉：《论司汤达》，载智量编《外国文学名家论名家》，华东师范大学出版社1985 年版，第 56 页。

②　［英］彼得·福克纳：《现代主义》，傅礼军译，昆仑出版社 1983 年版，第 61 页。

的自然主义、表现主义为伍。"① 在《尤利西斯》中，乔伊斯运用意识流的手法，以内心独白、自由联想、蒙太奇的方法将主人公布鲁姆、斯蒂芬、莫莉三人在一天中的意识流动在不同的事件时空中展开。他们的意识流动过程既包括主观的、未知的意识，也包括对外部世界的回忆、自身情感的体验和想象，这些在他们的意识中折射出一个真实的世界。例如莫莉睡梦中内心独白的经典描写：

> ……几点过一刻啦　可真不是个时候　我猜想在中国　人们这会儿准正在起床梳辫子哪　好开始当天的生活　喏　修女们快要敲晨祷钟啦　没有人会进去吵醒她们　除非有个把修士去做夜课啦　要么就是隔壁人家的闹钟　就像鸡叫似的咔哒咔哒地响　都快把自个的脑子震出来啦　看看能不能打个盹儿　一二三四五　他们设计的这些算是啥花啊　就像星星一样　隆巴德街的墙纸可好看多啦　他给我的那条围裙上的花儿　就有点像　不过我只用过两回　最好把这灯弄低一些再试着睡一下　好能早点儿起床　我要到兰贝斯去　……②

在这段（中文原文长达 45 页，2 万余字）内心独白中，乔伊斯运用自然主义的描写手法，描述了莫莉在床上睡意蒙眬的恍惚状态，莫莉在此时的回忆、梦呓和联想肆无忌惮地从她的生命本能中流出。美国文学批评家埃德蒙·威尔逊在《阿克瑟尔的城堡》中指出，乔伊斯在《尤利西斯》中紧紧抓住人物的心理活动，采用象征主义和自然主义两种艺术手法，将人物内心独白的描写建立在自然主义的基础之上。与左拉侧重于文学"生活现象学"不同，乔伊斯按照"事物本来的样子去摹仿"人物的心理世界，侧重于文学的"心理现象学"，同时去掉过度夸大、木偶化的"英雄"。在《尤利西斯》中，乔伊斯创造了与传统文学中具有英雄气概相反的"反英雄"人物，以自然主义的手法侧重描写生活中最平凡和普通的人，从心理学的角度对普通人的生活琐事及其市井百态的关注，改变了传统小说人物的价值定位。

---

① ［法］安德烈·布勒东：《论活生生的作品之中的超现实主义》，载柳鸣九编《未来主义、超现实主义、魔幻现实主义》，中国社会科学出版社 1987 年版，第 348 页。
② 参见乔伊斯《尤利西斯》片段，萧乾、文洁若译。

　　自然主义小说和意识流小说都在追求"真实"，那么，它们在"真实"方面是否一致呢？我认为，在两种真实论背后一致的应该是科学思维和实验精神。从西方文学的发展来看，自然主义和现代主义的出现是一种前后相继的关系，科学是其重要的参照物。20 世纪初期，心理学得到了很大的发展。特别是弗洛伊德的心理学说和柏格森的直觉主义一出现就被传播到世界各国，打破了以往人们对世界认识的统一标准，改变了人们认识和对待世界的方式。人们对客观世界和人类自身的认识由外在的认识向内在的潜意识转变。意识流小说等现代主义文学将心理学作为自己的科学基础，将外部自然的真实转向内在自然的真实，这与自然主义作家的科学思维方式具有一致性。因此，如果说自然主义文学侧重客观真实的话，那么，意识流等现代主义文学则侧重于心理的真实，客观的真实在某种程度上被主观的真实所替代。与传统心理描写不同，自然主义不仅关注人物行为与心理活动之间的关系，而且从人物的心理活动中挖掘出人的生理机能。在真实的基础上，自然主义小说和意识流小说的相通之处在于，二者都关注人的生理机制如何在性格和环境的相互制约下发生作用，并在外部条件的刺激下，人物的心理世界和内在情欲以怎样的方式展开。

二　"客观自然主义"与"主观自然主义"

　　在 19 世纪 20 世纪之交，在各种新元素和文化因素的影响下，英国传统的以写实为主的文学，内涵和外延都有不同程度的"变异"。特别是到了现代主义文学的全面发展时期，"人人都是自然主义者了。那些不辞辛苦，细心模仿外部世界的全部细节，严格保存它的一切偶尔巧合或无关宏旨或不相连贯的零乱面目的人，是自然主义者。那些沉浸于内心世界，如饥似渴地辨寻心灵活动的每一细微踪迹的人，也是自然主义者"[1]。在此背景下，自然主义作为一种对既定现实秩序进行革新的文学范式，在对传统小说进行颠覆和建构的同时，其革命性已经远远地超过了现实主义，与描写生活未定性的现代主义具有内在的一致性。

　　事实上，意识流小说对人的心理描写与自然主义对人的生理描写都只是现实生活的一部分，并不能完全反映真实生活的全貌。况且，"英美文

---

　　① ［英］弗里德里克·迈克尔·费尔斯：《现代主义》，载马·布雷德伯里、詹·麦克法兰编《现代主义》，胡家峦等译，上海外语教育出版社 1992 年版，第 174 页。

学传统中的这种'现实主义'，自产生之日起，就既不隐含着某种唯物主义的认识前提，也无'真实地再现典型环境中的典型人物'的意向，它基本上只是一种'传达与人的经验相吻合的印象'的文学表现方法成惯例"①。进入20世纪以后，随着社会发展向多元化、系统化的发展，西方文学的写实传统（自然主义和现实主义）对古希腊以来"按生活本来样子书写"的模仿信条进行了理论置换和实践更新。对"客观—主观"与"真实—真实感"有了新的理解和现代化的处理，人物性格的描写由典型性走向心理性，人物性格与环境之间关系的处理由必然性走向象征化，整体上对生活的反映提升到了科学和哲学的深度。虽然客观的现实和主观的现实在真实的维度上有着千丝万缕的联系，但实为不能混为一谈。正如国内学者盛宁所言，"长期以来，人们趋于将20世纪英美小说中的'心理现实主义'倾向看作'现实主义'的延伸和发展，其实是莫大的误解，从哲学本体论的意义上说，二者有着本质的不同。"② 尽管我们不能将二者之间的"现实—真实"等同，但也不能将二者的区别绝对化。心理现实主义者并未在认识前提上忽略了现实世界的真实性，它和传统的现实主义之间恰恰在认知"现实"和"真实"的精神上具有相同性。

　　国内大多数学者认为，自然主义是现实主义和现代主义的中介。事实是否如此呢？若将自然主义放在世界文学的发展中来看，自然主义的确在一定程度上充当了现实主义和现代主义之间的桥梁。若将自然主义放在一些国别文学中就不一定恰当了。例如，拿自然主义产生的法国来说，自然主义的发展就充当了现实主义和现代主义之间的桥梁。对英国来说，自然主义并不是当时文学的主流，只是一小部分作家的创作风格。受现实主义在英国的强大影响，自然主义在英国的发展并没有充当现实主义和现代主义的中介。更确切地说，自然主义在英国是一种潜在的隐性影响，是一个阶段或者点而已。

　　卢卡奇在谈到自然主义和现代主义的关系时，认为以乔伊斯为代表的意识流小说是左拉自然主义小说在现代主义语境中的翻版。乔伊斯等现代主义小说家对人的心理变化的分析是"以另一个同样虚伪的极端来对付

---

①　盛宁：《"写实"还是"虚构"？——试论英美小说观念演变中的几个问题》，《当代外国文学》1992年第1期。

②　同上。

自然主义的虚伪的极端。因为人的内心生活及其主要的特征和主要的冲突，只有跟社会的和历史的因素存在有机的联系才能被正确地描写出来"①。可以说，乔伊斯等现代主义小说家对人物意识流的模仿所达到的高度，已经超越了对客观世界模仿的限度，走向一种虚无的状态，即"极端的主观主义重又近似虚伪的客观主义的死一般的物件化"②。可见，如果把左拉看作极端客观主义的追求者，那么，乔伊斯就是极端主观主义的追求者。从自然主义文学到意识流文学，就是从极端的客观主义到极端的主观主义的转化。因此，如果我们将以左拉为首的法国自然主义小说称为"客观自然主义"的话，那么，我们就可以将英国意识流小说称为"主观自然主义"。从客观自然主义到主观自然主义，一方面是文学创作向内转的趋势在人物心理描写上的体现，另一方面则代表着传统的写实文学向现代文学的转变。自然主义和意识流小说相同的科学、哲学认识论，使英国自然主义已经超越了理性和非理性文化的对立，具有了现实主义和现代主义的二重性。

---

① ［匈］卢卡契：《卢卡契文学论文集》（二），刘半九译，中国社会科学出版社1981年版，第50页。

② ［匈］卢卡契：《卢卡契文学论文集》（一），刘半九译，中国社会科学出版社1980年版，第74页。

第八章

英国小说中自然主义的形态嬗变

当我们将自然主义作为一种话语和知识时，要探究英国文学中自然主义的不同形态，就不可避免地要追溯自然主义的源流。这是因为，在左拉看来，若拒绝承认自然主义在人类写下第一行文字就存在的事实的话，实际上就"意味着一下子抹掉历史，意味着对人类精神的持续进展视而不见，只能导致绝对论"①。这表明，一方面，自然主义并非无源之水，而是深深地植根于西方文化传统之中；另一方面，自然主义自从远古时代产生后，在不同的时代不同的文学中都有所反映。历史地看，自然主义在不同时代与国家的文学发展演变中都不同程度地存在着，只不过其存在形态、内涵命名、类型表现不同罢了。那么，"自然主义"在英国文学中的形态是如何发展嬗变的呢？

纵观英国文学史，若以近代科学发展为界限，自然主义在英国文学中主要有以下呈现形态：自然主义作为最原初的哲学观念，则是以本体论的形态存在，贯穿于英国文学的不同发展阶段中。在英国浪漫主义文学时期，自然主义主要作为一种认识论而存在，在英国现实主义文学时期，自然主义主要又作为一种方法论而存在，在英国现代文学乃至后现代主义文学时期，自然主义则主要作为一种价值论而存在。因此，我们可以将英国自然主义的形态演变分为作为本体论的自然主义、作为认识论的自然主义、作为方法论的自然主义、作为价值论的自然主义，下面分而述之。

---

① Emile Zola, "Naturalism in the Theatre", in George J. Becker, ed., *Documents of Modern Literary Realism*, Princeton, New Jersey: Princeton University Press, 1963, p. 198.

第一节　作为本体论的英国"自然主义"

"自然主义"最初来源哲学领域，那么，其源头又来自哪里？很多学者将自然主义的源头追溯到古希腊时期的自然哲学（家）那里，其理由在于古希腊的自然哲学旨在探索"自然"的"自然"缘由，即本源。特别是古希腊哲学以自然界的某一具体的物质形态来解释万物的生成和本质形态，反对用神秘主义和超验主义来解释世界的本原。因此，自然成为了古希腊时期哲学探讨的中心问题。古希腊时期对"自然主义"的界定具有很强的本体论意蕴，常常与朴素唯物主义联系在一起。

在古希腊社会生产力低下的时代，"自然"对人类而言是一种强大的力量存在，人类尚未具备关注自然的条件，因而那一时期的神话史诗对自然方面的专门记述较少，如《荷马史诗》《神谱》等作品侧重表现希腊先民对外在宇宙和自然现象的猜想，将不同的神祇赋予各种自然的属性，如海神波塞冬、太阳神阿波罗、火神赫淮斯托斯、月亮神阿尔忒弥斯等，通过诸神的活动与经历解释自然界的现象，将自然外界的体系幻化，并借助社会秩序构建诸神体系，从而关注城邦政治生活，因为"任何神话都是用想象和借助想象以征服自然力，支配自然力，把自然力加以形象化；……希腊神话，也及时已经通过人民的幻想用一种不自觉的艺术方式加工过的自然和社会形式本身"①。以此为基础，人们将神融于自然之中，以神话故事或传说的方式，试图探析宇宙和自然万物的起源，进而在万物中寻找唯一的根源（本原）。

中世纪向来被认为是欧洲历史上"黑暗的千年"，但在人类历史的长河中，中世纪却不是可有可无地存在。抛开中世纪对古希腊罗马文化遗产、经典文学的破坏湮没，辩证地看，中世纪对人类思想的贡献莫过于基督教了。中世纪时期基督教占据了不可抗拒的统治地位，给人们思想留下了不可磨灭的印记。在基督教神学观念统照下，一切皆为神的婢女，自然主义实际上就成为了"神学主义"婢女或者"上帝"的神示。在某种程度上，中世纪主要的四种文学类型（教会文学、骑士文学、英雄史诗和

① ［德］马克思、恩格斯：《马克思恩格斯选集》（第2卷），人民出版社1995年版，第113页。

城市文学）实际上充当了宗教神学思想传声筒的角色，宗教神学成为当时人们认知世界的哲学。宗教神学的统治地位使自然主义变成了神学的附庸而受到了冷落。

从 14 世纪到 16 世纪，资产阶级的初步萌芽，文艺复兴运动的快速发展，"人文主义"成为了那一时代的思想主潮。"把人、人性从宗教束缚中解放出来"是新兴资产阶级的观念信条。由于自然主义所包含的"本源"与"人性"在某种意义上的同构性，这一时期"自然主义"在西方的哲学著述中得到广泛使用，主要内涵指向唯物主义（无神论者）、伊壁鸠鲁学说（享乐主义者）或其他世俗主义的生活信条。譬如，16 世纪著名的外科大夫安不瓦·帕里（Ambroise Paré）将"自然主义"看作伊壁鸠鲁学派的无神论学说，狄德罗则认为那些信奉物质存在而不信奉上帝存在的人是"自然主义者"。不过，当"自然主义"被用来指称某种无神论者或享乐主义者的生活信条时，这一术语在很大程度上被当作一个贬义词而使用。

在 17—18 世纪，经过文艺复兴的洗礼，欧洲哲学沿着法国理性主义和英国经验主义的道路前行。哲学的发展为科学革命提供了方法视角，欧洲人的认知触角在宏观上走向了时空宇宙，在微观上深入到人类的血液循环甚至细胞。随着自然科学的出现，自然哲学的研究者开始借助科学设备和仪器，运用观察分析、归纳演绎的方法，以严密性和精确性为目标，对物质世界和自然机理进行探索和解释。因此，这一时期的自然科学家直接被称为"自然主义者"。在狄德罗眼中，所谓的"自然主义者"就是只相信物质实在的人，而不是完全接受上帝。"自然主义"一词在 17 世纪演变为一个确定的哲学概念。在 18 世纪，"自然主义"作为一种哲学体系，其意义指向"人仅仅生活在一个可被感知的现象世界（一种宇宙机器）中，它如同决定自然那样决定着人的生活。简言之，这是一个不存在超验、先验和神力的世界"①。

到了 19 世纪，"自然主义"在哲学领域仍然沿用了 18 世纪以来的含义，并将上述观念看作"自然主义"概念的核心意义，但对"自然主义"的看法各有不同。据英国学者弗斯特的描述，如 1839 年，圣佩甫（Sainte - Beuve）将自然主义与唯物主义、泛神论归为一类。在 1882 年，

---

① Lilian R. Furst & Peter N. Skrine, *Naturalism*, London：Methuen & Co. Ltd. , 1978, pp. 2 - 3.

哲学家卡罗（Caro）却将自然主义和唯灵论进行对比。19世纪的大多数工具书在对"自然主义"这一术语进行解释时仍然凸显其所包含的哲学含义。例如，1875年出版的由利特莱（Littré）主编的《法语词典》将"自然主义"解释为以自然为本原的理论，认为自然主义是一种主张万物皆导因于自然的哲学体系。现代英国字典在解释自然主义时，依旧将其哲学和神学层面的意义放在艺术意义之前。

　　到了19世纪末，自然科学大力发展，自然主义作为自然科学的方法论载体，逐步与自然科学交融，并且常常与科学的思考和实践联系在一起。在这一阶段，"自然主义"的内涵在严肃认真的科学研究中得到了重新审视，该词原先所带有的唯物的、无神论色彩的意义偏见逐渐消逝。就在这一时期，自然主义文学的倡导者左拉曾坦言，"我对'自然主义'这个词其实并不比你更在意，不过我还是一遍又一遍地重复它，因为事物需要命名，公众才会认为是新的"①。"在当下，我承认荷马是一位自然主义的诗人；但毫无疑问，我们这些自然主义者已经远不是他那种意义上的自然主义者"②。就此可以判断出，左拉主张的自然主义与古希腊时代所提到的自然主义并非等同，在内涵指向上相去甚远。同时，自然主义的哲学化和科学化倾向也影响了绘画领域。左拉不仅结识了很多印象主义等绘画名家，而且热情地为马奈等画家辩护，主张以现实中选择的日常生活为绘画主题，以此反对学院派色调沉闷、历史神秘的绘画风格。只有从当代现实的日常生活中取材，才是"真实主义""现实主义""自然主义"③。不可否认，"自然主义"在19世纪中后期进入文学领域后一直到20世纪，其含义的模糊性其实要比在哲学和绘画领域复杂得多，但不管怎样，自然主义都没有脱离自然主义最原初的本体意义，即除自然外，现实世界并不存在超自然的事物，一切都包括在自然的法则之中。

---

　　① 〔法〕左拉：《给安托尼·瓦拉布雷格的信》，郑克鲁译，载朱雯等编选《文学中的自然主义》，上海文艺出版社1992年版，第263页。

　　② Emile Zola, "Naturalism in the Theatre", in George J. Becker, ed., *Documents of Modern Literary Realism*, Princeton, New Jersey: Princeton University Press, 1963, p.198.

　　③ 左拉在评论中有时将这些词随心所欲地当同义词使用。

第二节　作为认识论的英国"自然主义"

相对于远古时代，近代科学的兴起发展，为人类认识世界提供了更多的可能性和现实性，但为人类也带来了诸多困惑。伴随着资本主义生产力的发展，法国大革命对封建秩序的冲击，德国古典哲学和英法空想社会主义思想的传播，传统知识分子对启蒙时代"理性王国"感到失望，表现理想、推崇英雄、充满激情的浪漫主义文学逐渐成为那一时期的主流文学。

19 世纪初期一向被诸多文学史划分界定为"浪漫主义"时期。关于浪漫主义的内涵指向、形态倾向等问题至今仍有争论，但可以确定的是，浪漫主义与"自然"紧密地联系在一起，浪漫主义有时甚至被当作"自然主义"的同义词，这也说明了浪漫主义与自然的紧密联系。或者说，浪漫主义与"自然"先天地联系在一起。"自然"成为了浪漫主义的创作基点，表露出作家的自然倾向与诗意品性。如果说浪漫主义文学的主题始于"自然"，目标在于"回归自然"。那么，"回归自然"就意味着人类与自然万物和谐相处，意味着挣脱工业社会的人性束缚，回归本真人性。就此而言，在 19 世纪浪漫主义时期的英国，"自然主义"一词主要指向诗人作家们对大自然景物或环境的崇尚向往，抒发诗人作家面对自然的心理情感。确切地说，"自然主义"即"自然"主义。

英国浪漫主义文学的代表华兹华斯认为，好的诗歌应该都是诗人"强烈情感的自然流露"的结果，此说后来被看作浪漫主义的宣言性表述。之所以如此，除了"自然"是权衡诗歌的主要标准外，还在于达成了一种自我与自然融合的有机自然观。与古典主义侧重强调文学艺术"工于优美和高雅"的观念不同，浪漫主义超越了古典主义理性的局限，以质朴的思想感情和语言表述，强调以"自然而不做作的"方式（具体包括自我被自然吸收、自然被自我吞并、自然和自我表象分离）将自我融入自然，力求揭示自然状态的人性存在和个人情感。当然，这里自我与自然的融合并非人与物的关系，而是情景、情境的交融，因为"人类的普遍情感必定是自然的情感，惟其自然才是恰当的"①。

---

①　M. H. Abrams, *The Mirrorand the Lamp: Romantic Theory and the Critical Tradition*, New York: Oxford University Press, 1953, p. 104.

　　在浪漫主义诗人看来，田园似乎是自然的最好表征。华兹华斯在《序言》中多次重复回归田园，由此回归与外界隔绝的格拉斯米尔乡村，以抗衡来自法国、殖民地、城市的污染。① 在华兹华斯看来，昆布兰湖区以外的城市犹如一个他者，一个会使人产生人格分裂、造成身份危机的他者。面对这一他者，自然"田园"则变成了现代人远离城市文明的归宿。这是因为华兹华斯将田园首先看作一种社会的、经济的组织模式，然后才看作文学抒情的内容或形式。因而，作家只有回归自然，回到田园，才能实现人格的完整和身份的同一。华兹华斯的观点实际上代表了大多数浪漫主义诗人的倾向。

　　在文学批评中，将英国浪漫主义作家命名为"英国自然主义"的人非丹麦批评家勃兰兑斯莫属。他的《英国的自然主义》（*Naturalism in England*，1875）一书，主要讨论华兹华斯、雪莱、拜伦和司各特等这类推崇自然的浪漫派诗人。在勃兰兑斯看来，"英国诗人全部都是大自然的观察者、爱好者和崇拜者"②，华兹华斯、柯勒律治、司各特、拜伦和雪莱等创造了一种支配文学界的"自然主义"潮流。在《英国的自然主义》一书中，勃兰兑斯不仅以比较文学的方法对英国浪漫主义时期的主要作家进行了比较分析，而且更为重要的是，勃兰兑斯分析了自然主义在上述作家创作中的演变：在华兹华斯笔下，自然主义体现为三个方面，即"对一切永恒的自然现象的爱""一种储存自然印象的习惯"以及对动物、儿童、乡村居民和"精神上的赤贫者"的虔诚敬意。在柯勒律治和骚塞那里，他们的创作向德国浪漫主义接近，注视着大地、海洋和一切现实的要素，将自然主义作为浪漫主义主题的呈现方法。司各特则将民族性格和历史作为自然主义的聚焦所在，"人作为一个种族和一个时代的产儿"的面貌是自然主义描写的重心。在济慈那里，以全部感官世界为自然主义的出发点，自然主义既不思考自然也不传达福音。与济慈不同，思想自由和政治自由是穆尔的追求，当目睹到自己的故乡本土受苦受难时，自然主义变成了自由主义的热情讴歌。在坎贝尔的作品里，自然主义变成了对英国作为海上霸主的歌颂。雪莱作品中的自然主义既包含着对于自然充满激情的

---

　　① Francesco Crocco, *Literature and the Growth of British Nationalism*, Jefferson：McFarland & Company, Inc. , 2014, pp. 71－72.

　　② ［丹］勃兰兑斯：《十九世纪文学主流·英国的自然主义》，徐式谷等译，人民文学出版社 2009 年版，第 6 页。

爱的书写，也流露出一种充满诗意的激进主义，但因其自然主义包罗万象，加上英年早逝而超越了他的时代。可以看出，勃兰兑斯谈论的"自然主义"侧重于与"大自然"相关的主题内容和价值偏好，不同的作家有不同的自然，也就形成了不同的自然主义。

　　勃兰兑斯为何将我们通常认为的许多英国浪漫主义作家称为"自然主义"呢？在《英国的自然主义》一书的序言中，勃兰兑斯指明了自己的写作意图，即在诗歌创作中，"追溯出这个国家的精神生活中那股强大、深刻和内涵丰富的潮流的进程。这股潮流涤荡开各种古典的形式和传统，创造出了一种支配着整个文学界的自然主义"①。此段叙述表明，勃兰兑斯称谓自然主义的意图在于从国家精神生活的角度对文学进行变革，在对文学传统到宗教政治的反抗中，提倡一种自由主义。换言之，勃兰兑斯的自然主义是从浪漫主义延伸而来，又与自由主义交织在一起。显然，勃兰兑斯与左拉所言的"自然主义"不同。在勃兰兑斯看来，"自然主义在英国是如此强大，以致不论是柯勒律治的浪漫的超自然主义、华兹华斯的英国国教的正统主义、雪莱的无神论的精神、拜伦的革命的自由主义，还是司各特对以往时代的缅怀，无一不为它所渗透。它影响了每一个作家的个人信用和文学倾向"②。历史地看，这一时期英国自然主义的核心就在于返回大自然的基础上，如何认识"自然"、如何才能"自然"。如果说"回归自然"源于工业文明发展过程中产生的各种弊端与压力，那么"认识自然"源于人类天性对自然产生的依恋之情，"自然"作为浪漫主义诗人抒发情感的媒介，已经突破了审美对象的层面，超越了自然的物质形态而具有了认识论的形态。

　　当"自然主义"作为一种认识论，"自然主义文学"与"自然文学"在英国文学中经常混淆误用。因而，区别浪漫主义时代的英国"自然主义文学"与英国"自然文学"便成为一个不容忽视的问题。顾名思义，"自然文学"就是以"自然"为中心的写作或文学形态，不同于法国的"自然主义文学"，也不同于英国的"浪漫主义文学"。在文体形式方面，浪漫主义时代的英国自然主义文学基本是以诗歌为主要创作形式，借鉴民

　　① ［丹］勃兰兑斯：《十九世纪文学主流·英国的自然主义》，徐式谷等译，人民文学出版社 2009 年版，第 1 页。
　　② 同上书，第 7 页。

间故事、歌谣，侧重抒情，而英国自然文学大多以散文、日记、自传等形式为主，突出非虚构性和科学性。在创作理念方面，英国自然主义文学以"回归自然"为主导思想，倡导人性的本真。英国自然文学则以"土地伦理""荒野意识""生态良知"为导向，倡导人与自然的和谐相处。在内容主题上，浪漫主义时代的英国自然主义文学以"人与自然"的关系为创作中心，探索人类如何诗意地栖居，英国自然文学将"自然"视为文学创作的中心，以此来探索人类与自然的生态和谐问题。在叙述方式方面，浪漫主义时代的英国自然主义文学以情感的自然流露为基本方式，而英国自然文学大多运用第一人称的叙述视角来描述置身自然环境的身心体验。20 世纪以来，生态危机的形式日益严峻，无论是英国的自然主义还是英国的自然文学，关于"自然"的书写实际上在英国现当代文学中并未消失。20 世纪末至今，在人与自然、自我与自然的关系需要重构的历史语境下，自然主义文学或自然文学皆为人类的异化状态提供了精神启示，特别英国自然文学（批评界将其冠以"新自然文学"一名）开始呈现出复苏的趋势，这类书写在保留了英国自然主义文学传统，继承了自然文学精神的基础上，受到现代主义或后现代主义的影响，在主题和文体上有所突破和创新。

第三节　作为方法论的英国"自然主义"

左拉指出，"自然主义意味着回到自然；科学家们决定从物体和现象出发，以实验为工作的基础，通过分析进行工作，这时候他们的手法便意味着自然主义"[1]。与浪漫主义相似，自然主义文学创作就是要从自然出发。那么，为何要从"自然"出发？原因在于，"存在于自然中的一切都是真实的，自然是由物体、行动和受某种原因支配的力量构成"[2]。可见，左拉所谓的"自然"，既不是浪漫主义理想化的自然，也不是古典主义理性化的自然，也不是现实主义的典型自然，而是自为的、客观的自然，是人由内及外的生理特性和自然本性。英国学者达米安·格兰特说过：

① ［法］左拉：《戏剧中的自然主义》，载伍蠡甫编《西方文论选》（下），上海译文出版社 1979 年版，第 246 页。

② C. Hugh Holman, *A Handbook to Literature*, Indianaplis：The Odyssey Press, Inc., 1972, p. 337.

"'现实主义'源自哲学,描述一种'目的',即现实的获得。'自然主义'源自自然哲学即科学,描述一种'方法',有助于获得现实的方法。"① 自然主义以自然为基点,以实证主义哲学为基础,首先获得的就是一种方法论,即主张在文学创作中借助科学原理,运用实验方法来叙述事件,表达主题。

当"自然主义"作为一种创作方法时,其主要体现在题材选择、人物塑造、叙述艺术三个方面。在题材层面上,自然主义以底层社会生活为主要题材。如龚古尔兄弟的《热米妮·拉赛朵》以底层女性的苦难作为题材、左拉的《萌芽》以矿区工人的生活与工人运动为题材。在人物层面上,自然主义借鉴遗传学、生理学等科学研究和方法来强调人的生物性(动物性)。如左拉的整个《卢贡-马卡尔家族》的系列小说则是以家族遗传为主的血缘关系而连接为一个整体,其第一部小说《戴蕾丝·拉甘》在艺术手法上则以生理学的角度来讲述泰蕾丝与罗朗的通奸行为。在叙事层面上,自然主义在叙述中使用大量的客观性叙事话语——"自由间接引语",最突出的特点是作者在叙述中隐退,以第三人称模仿人物的语言和内心独白,以达到增强作品客观性的目的。如左拉在《小酒店》开端介绍女主人公绮尔维丝时写道:"她穿着一件短小的寝衣,在窗口冷风中站立久了,弄得全身发抖,只好横倒在床上打瞌睡;她身心如焚,眼泪湿透了脸颊。"② 左拉在此以第三人称的方式模仿人物的语言和内心,达到了"非个人化"的客观效果

从文学批评来看,批评领域对"现实主义"和"自然主义"或交叉使用,或相互混淆,或褒贬固化。但从自然主义在英国的引介和反应来看,自然主义更多的是作为一种艺术手法和思想倾向而存在,英国批评者所表述的"自然主义"主要指向左拉等自然主义作家的作品、自然主义创作手法的艺术选择。

具体而言,在作品内容方面,吉辛、莫尔等英国具有自然主义倾向的作家在书写现实的同时也在表达理想,并在客观叙事中隐藏着作家的乌托邦意识。在处理小说人物方面,英国具有自然主义倾向的作家对小说人物的塑造并不完全以生物学和遗传学为出发点,而是以塑造"典型环境中

---

① [英]达米安·格兰特:《现实主义》,周发祥译,昆仑出版社1989年版,第43页。
② [法]左拉:《小酒店》,王了一译,人民文学出版社1990年版,第1页。

的典型人物"的现实主义传统为标准，借鉴自然主义的人学观，将人物置于一定的环境中来书写人物性格、行为的发展演变，主要体现出"性格与环境"之间的相互作用。与自然主义在法国的产生一样，自然主义在英国变形的文化表征仍然可以在科学、哲学中找到逻辑的对应。英国小说中的自然主义在审美上受制于社会道德语境，在对待丑陋和性爱的描写上呈现出一种保守的态度。在主题思想方面，英国具有自然主义倾向的作家在表现世纪之交英国的社会和经济活动时，着重于表现那一时代底层人物的生活状况和精神困惑。无论是贝内特对安娜女性权利的争取、吉辛对人文知识分子出路的探索，还是莫尔对伊丝特个体心理和社会问题的审视，以及毛姆对菲利普精神世界的探索，都以自然主义的方式体现了这一时期底层人物的精神生态。在修辞叙事方面，英国具有自然主义倾向的作家在基本遵循自然主义小说创作方式的基础上，运用不同的修辞艺术来体现自身的生活体验和小说创作观念，无论是毛姆《兰贝斯的丽莎》的对话叙事、吉辛《新寒士街》中的客观叙述，还是莫尔《伊丝特·沃特斯》中非个人叙述的运用，都在试图构建一种富有秩序和历史感的客观现实，让我们理解社会转型时期文学观念和审美追求的不同所在。

第四节　作为价值论的英国"自然主义"

作为自然主义的倡导者，左拉无不自信地认为，"本世纪的文学推进力非自然主义莫属。这股力量在当下正日益强大，犹如汹涌的大潮席卷一切，没有任何力量能够阻挡。小说和戏剧更是首当其冲，几乎被连根拔起"①。这一表述表明，自然主义作为文学史发展动力上的一环，在传统中确立不同于浪漫主义、现实主义新质的同时，继续沿着"模仿""写实"的路线，影响着现代主义文学的走向与形态。在19世纪20世纪之交，在各种新元素和文化因素的影响下，英国传统的以写实为主的文学，内涵和外延都有不同程度的变异。细究其因，这种变异离不开自然主义的潜在影响。

必须承认，19世纪后期自然主义引发的争论，并没有影响自然主义

①　Emile Zola, "Naturalism in the Theatre", in George J. Becker, ed., *Documents of Modern Literary Realism*, Princeton, New Jersey: Princeton University Press, 1963, p. 219.

在 20 世纪现代主义文学中的存在。如自然的真实展现、生理情欲的分析描写、文学形式的大胆实验等观念不同程度地渗透在现代主义甚至后现代主义文学中。自然主义与现代主义的承上启下，并不是简单地在时间上的单纯承接，而是在时空层面上的精神传递。如此，难怪巴比塞认为，不应该把左拉归入 19 世纪，他应该属于 20 世纪和未来的世纪。特别是到了现代主义文学的全面发展时期，人人似乎都成为了自然主义者。这说明，即使自然主义作家退场，自然主义流派解体，但自然主义依然存在并影响着现代主义文学甚至后现代主义文学的发展。

　　然而，自然主义和现代主义的天然联系并不能掩盖它们之间的异同。进入 20 世纪以后，随着社会发展向多元化、系统化的发展，西方文学的写实传统（自然主义和现实主义）对古希腊以来"按生活本来样子书写"的模仿信条进行了理论置换和实践更新。譬如，现代心理学的发展，为重新解释自然主义的生理学提供了参照，自然主义文学提出的"气质"，不单单是一种生理现象，更是一种心理现象。在"气质"与"性格"的相互关系方面，自然主义文学的"气质"形态为现代主义文学向"心理"形态的转变提供了基础。亨利·詹姆斯在谈到现代心理描写时说："它本质上恐怕是那种非戏剧性的作品，描绘的不是情节而是状况。它是一种自然的写照……也是灵魂和神经状态的叙述，气质、健康、悲伤、绝望状态的叙述。"① 事实上，自然主义在现代主义的价值传承，对"客观—主观"与"真实—真实感"有了新的理解和现代化处理，人物性格的描写由典型性走向心理性，人物性格与环境之间关系的处理由必然性走向象征化，整体上对生活的反映提升到了科学和哲学的深度。虽然客观现实和主观现实在真实维度上有着千丝万缕的联系，但若将心理现实主义简单地视为现实主义，漠视哲学本体意义上的本质差异，就会导致莫大的误解。不能将二者之间的"现实—真实"等同，也意味着不能将二者的区别绝对化。因为心理现实主义者并未在认识前提上忽略现实世界的真实性，它和传统的现实主义之间恰恰在认知"现实"和"真实"的精神上具有相同性。如今，在不同国家，自然主义含义更加多样，界定更加多元，"自然主义"尽管有时在使用上显得颇为随意，但大致皆可以看作一种价值论在

---

① ［英］亨利·詹姆斯：《也谈〈赫达·加布勒〉》，转引自马·布雷德伯里 詹·麦克法兰编《现代主义》，胡家峦等译，上海外语教育出版社 1992 年版，第 171 页。

不同的文学艺术形式中的实践应用。

　　历时地看，作为本体的自然主义一直隐含在英国文学的发展中，是隐性的存在。作为认识论、方法论和价值论的自然主义则是本体论自然主义的显性变体。这三个层面凸显了英国文学中自然主义的演变轨迹，也反映了英国自然主义的诉求、选择和转向。共时而言，英国自然主义存在的不同形态源自于对"自然"或与"自然"相关关系在认知方面的不同，自然的嬗变，内涵的演变，其形态亦会发生变化。整体而言，结合自然主义在哲学层面的演变可以看出，从古希腊荷马时代的以本源为探求的自然主义、古典时代的以理性为内核的自然主义、浪漫时代以自然为焦点的自然主义、现实主义时代聚焦客观世界的自然主义，一直到 20 世纪以来的自然主义，"自然主义"都可归结为对现实世界的一种模仿、描述和表达，以对客观世界的认知为基础，通过探索认识世界的方法论，由此寻找人与世界关系的价值基点。因而，在英国文学的兴起及其发展变迁中，自然主义的核心实际上就是"自然"，"自然"是一个说不尽的话题，"自然主义"也成为了一个说不尽的话题。

结　　语

从文学发展的内在规律来看，一种文学形式发展到一定阶段必然会出现一定的变化，而且大多数变化都是对传统或先前文学观念在创作方法上的革新和探索。同时，每一次文学的内部革新都不同程度地通过借鉴其他（哲学、科学等）的观念和方式来实现。自然主义作为一种文学规则和范式，产生于19世纪后半期欧洲实证主义哲学盛行和科学取得大发展的时代，主要由实证和科学两种话语构成。在文学与现实的关系层面上，"实证"和"科学"奠定了自然主义的思维和方法论基础，实证哲学与科学发展产生的共时性效果为文学话语内部的规则调整和新质重组提供了契机，其文学话语的转变体现了文本与现实之间的秩序形态，话语互涉则实现了自然主义文学新质的确立。

左拉在对自然、真实、实验小说等范畴界定的基础上，提出了真实感、客观性、科学性等自然主义原则。通过对左拉小说创作核心范畴和理论原则相互关系的考察，可以发现左拉的自然主义小说理论具有严密的内在逻辑关系。从横向来看，"自然—客观性""真实—真实感""实验—实验小说"显示了左拉自然主义小说理论的形成和发展过程。从纵向来看，"自然—真实—实验"代表了左拉自然主义小说理论的逻辑起点，"客观性—真实感—实验小说"则表明了左拉自然主义小说理论的追求目标。左拉的自然主义小说理论尽管有不可避免的局限和不足之处，但左拉以新的文学观代替旧的文学观，对19世纪后期至20世纪的小说创作产生了重要的影响。

作为一个批评术语，"自然主义"在文学领域由于被广泛地运用和不断地界定，因而成为一个内涵意义较为复杂的术语。要在文学批评中合理地运用"自然主义"一词，就需要对自然主义的不同形态，即作为一种文学思潮（流派）的"自然主义"、作为一种文学理论（诗学）的"自然主义"、作为一种创作方法的"自然主义"进行辨析，明确不同形态的"自然主义"在文学批评中的内涵指向，并在运用中注意"自然主义"与现实主义的差异性、"自然主义"评价标准单一化的问题，克服"自然主义"运用的主观随意化倾向，避免"自然主义"在不同语境中的理解误区，将"自然主义"看作一个变化的术语来理解，考察其在不同时代语境中理论效度和价值生命，在特定的语言形态和批评语境中去理解和运用"自然主义"。

历史地看，自然主义在英国的传播和接受并非一帆风顺。在英国社会政治、道德观念、文学传统、审查制度等因素的影响和制约下，自然主义作品虽然在英国拥有众多的读者，但并没有得到英国主流文化的认同。一方面，自然主义在英国引起了很大的争论。英国关于小说描写和革新的论争与左拉主义以及英国小说长期存在的敌视细节的美学倾向有关，体现了英国不同接受主体对自然主义文学在审美判断和价值取向方面的分歧，这种分歧内在地要求人们对小说进行新的观照和革新。英国的自然主义支持者通过自然主义的论争希望在文学内部实现艺术的民主化，以取得自然主义文学在英国存在的合法性。英国政府和一些保守的评论者反对自然主义，是对英国文学"英格兰性"的一种坚守，但过分注重以道德为标准的文学评价机制，在一定程度上影响到英国文学对新的艺术形式的吸收；另一方面，左拉等的自然主义小说在英国销售数量的逐步增加，表明读者和市场已经逐步取代了批评家的权威，在审美和道德方面表现出对自然主义文学的逐步认同，而道德之所以在自然主义英国传播中起到了重要的作用，这与英国文学创作和批评的道德传统有关。

英国作为自然主义的接受主体，其社会历史语境、读者接受屏幕、特定的民族文化心态等都对自然主义的接受起到潜在的文化过滤。对于维多利亚后期的英国来说，自然主义文学的社会功效其实所对应的是"有用的文学"或"实用的文学"，自然主义是否对英国有用便成了判断自然主义接受的潜在标准。不过，自然主义文学对维多利亚时期及其 20 世纪英国文学的影响和改变有多大，这除了作家的艺术选择外，还涉及文学的民族化问题，如何对待和处理艺术的民族性和民主化，决定着自然主义在英国传播的广度和深度。

整体而言，如果把自然主义在法国的出现视为摆脱文学困境所做的自我调整的话，那么，自然主义在英国传播和产生的影响则是一种本国传统与异域文化的较量。在较量的过程中，自然主义在英国的传播和在其他国家的传播都面临一个相同的问题，那就是如何对待来自异国的文学思想或创作范式，接受还是拒绝，都会受到本国文化土壤、艺术传统、政治环境等各方面的影响。当然，在探讨文学的外来影响时，反思自身的文学文化环境也很重要。因为任何一种文学思潮（形式）的影响和接受，并不完全取决于所传播文学的外部情况。法国自然主义对英国文学产生的冲击，并不意味着对英国文学的变革产生决定性的作用。

自然主义传播到世界各国后，基本会在他国文学传统的潜移默化中发生不同程度的变异，其名称或实指都会有所变化。英国也不例外，英国自然主义文学的名称与实指是认识英国自然主义文学首要解决的问题。以"逻辑基础""意义之源""价值取向""审美间距"为可比性，可以有效地区别自然主义与现实主义在文本建构方面的异同。当然，对现实主义和自然主义的异同关系在理论上的区别，只能作为我们参照的一个标准，并不能机械地套用。况且，在可比性基础上对现实主义与自然主义的关系在文本系统层面的比较是相对的。同时，理论的抽象或概括并不一定能反映创作实践的全部。

从自然主义在英国的传播和影响来看，自然主义在英国既没有形成流派也没有成立团体，只是部分作家受到自然主义的影响后在一些作品中体现出的一种创作倾向，若要对这些作家作品进行归属，又会涉及文学影响的实证批评和审美批评。文学的审美批评和实证批评是文学批评经常会遇到的一组矛盾。在具体的作家作品中，一些作家作品与自然主义的联系是"先天"的，可以依据一定的事实材料推导出来，而另一些作家与自然主义的联系则是"后天"的，以审美价值为纽带联系在一起，需要通过审美阅读来发现。要对具有自然主义倾向的作家作品有所归属，切实可行的方法则是以自然主义理论为基础，以自然主义小说定义为出发点，将文学影响的实证批评与审美批评相结合，判断作家是否受到了左拉等其他自然主义作家的影响，判断作家的创作是否在题材、人物塑造，叙述手法等方面与左拉等自然主义创作具有共同点，判断作品中的审美特质（如性描写）是否与左拉等的自然主义作品具有相同的审美效果。以此为方法，与英国其他现实主义作家相比，乔治·吉辛、乔治·莫尔、贝内特、毛姆等作家的创作具有一定的自然主义倾向和风格，一些作品明显地带有法国自然主义的痕迹。

从吉辛、莫尔、贝内特、毛姆等的创作来看，这些作家具有自然主义倾向的作品在许多方面呈现出与法国自然主义作品不同的文学追求和艺术倾向。在作品内容方面，英国具有自然主义倾向的作家在书写现实的同时也在表达理想，并在客观的叙事中隐藏着作家的乌托邦意识。在小说人物方面，英国具有自然主义倾向的作家对小说人物的塑造并不完全以生物学和遗传学为出发点，而是借鉴自然主义的人学观，将人物置于一定的环境中来书写人物性格、行为的发展演变，主要体现出"性格与环境"之间的相互作用，其背后的深层文化原因则是进化论。英国意识流小说等现代主义文学对人物意识流的描写，是自然主义在现代语境中的一种变形，其中所体现的科学精神则与自然主义一脉相通。英国小说中的自然主义从客观到主观的转变，一方面是文学创作向内转的趋势在人物描写上的体现，另一方面则代表着传统的写实文学向现代文学的转变。英国小说中的自然主义在审美上受制于社会道德语境，在对待丑陋和性爱的描写上呈现出一种保守的态度，既是有所描写，也体现出含蓄、温和的特色。自然主义作品所包含的道德倾向和价值判断与英国维多利亚时期的社会宗教语境在一定程度上是背离的，背离的根本在于价值取向的不同。在主题思想方面，英国具有自然主义倾向的作家在表现世纪之交英国的社会和经济活动时，着重于表现那一时代底层人物的生活状况和精神困惑。在修辞叙事方面，英国具有自然主义倾向的作家在基本遵循自然主义小说创作方式的基础上，运用不同的修辞艺术来体现自身的生活体验和小说创作观念，试图构建一种富有秩序和历史感的客观现实，让我们理解社会转型时期文学观念和审美追求的不同所在。

纵观英国文学史，若以近代科学发展为界限，自然主义在英国文学中主要呈现为四种形态，即自然主义作为最原初的哲学观念，是以本体论的形态贯穿于英国文学发展的不同阶段。在浪漫主义文学时期，自然主义在英国文学中主要作为一种认识论而存在。在现实主义文学时期，自然主义在英国文学中主要作为一种方法论而存在。在现代文学乃至后现代主义文学时期，自然主义在英国文学中则主要作为一种价值论而存在。若将自然主义放在整个西方文学的发展历程中来考察，其文学的发展规律基本是有据可寻的，但就具体的创作方法和小说观念的传播和影响来看，不同的国家有不同的选择。

　　如果把自然主义看作一种不同作家以各自方式运用的方法,答案是肯定的,而如果将其定义为一种需要大家遵守的文学教条则是否定的。自然主义更像一种文学的大纲,各国对自然主义的接受各取所需,目的相异。英国作家所受的自然主义影响体现的不是文学发展变革的必然结果,而是部分作家在艺术追求上的个人选择。尽管英国具有自然主义倾向的作家在自然主义理论方面建树甚少,但在实际的创作中,他们并不是全盘地照搬法国的自然主义理论,而是更多地依赖自己的生活体验和人生经历,能够在更大程度上突破自然主义理论的条条框框,突破决定论思想的束缚,注重对社会变迁过程中具体环境中具体人物(特别是底层小人物)的行为与心理进行叙述。与法国自然主义相比,英国自然主义在人物形象、主题意义、修辞艺术等方面体现出一种相似性和差异性(主要是差异),这种差异性不仅体现了作家对文学各要素(本体论、认识论、功能论等)的不同态度,而且体现出作家对社会现实、个体精神、价值追求等各方面的不同处理。这些差异在某种程度上符合文学多样性的发展规律。

　　文学史上的每一阶段都具有一定的连续性,但每一历史阶段出现的文学现象所占的地位是不同的。由于现实主义文学在英国的强大影响,自然主义在英国的发展并没有充当现实主义和现代主义的中介。确切地说,自然主义在英国是一种潜在的隐性影响,是英国现实主义文学发展中出现的一个点而已。时间的错位、语境的差异、选择的不同,观念的迥异等导致自然主义在英国只是短暂地存在,但我们并不能随意抹杀和忽略自然主义对英国文学产生的影响,诸多问题还需要进一步深入研究,如对英国具有自然主义倾向的作家作品在艺术特征与美学特质方面的提炼和评估、英国小说中自然主义与现代主义之间的关系、对英国具有自然主义倾向的作家作品的深入研究等。不可否认的是,本著对英国小说中自然主义的研究是基于一定的历史事实所进行的建构,这种建构建立在我对英国自然主义文学史实的理解和思考之上,指向一定的学术目标,决非代表一种绝对性的终极阐释。如果用新的阐释框架和学术观念,英国小说中的自然主义或许是另外一个样子。

主要参考文献

一　中文文献

（一）著作

［苏］阿尼克斯特：《英国文学史纲》，戴镏龄等译，人民文学出版社1959年版。

［法］阿尔芒·拉努：《左拉》，马中林译，黄河文艺出版社1985年版。

［德］埃里希·奥尔巴赫：《摹仿论——西方文学中所描绘的现实》，吴麟绶等译，百花文艺出版社2002年版。

［美］艾布拉姆斯：《镜与灯——浪漫主义文论及批评传统》，北京大学出版社2004年版。

［俄］巴赫金：《陀思妥耶夫斯基诗学问题》，白春仁、顾亚铃译，生活·读书·新知三联书店1988年版。

陈晓兰：《女性主义批评与文学诠释》，敦煌文艺出版社1999年版。

常耀信主编：《英国文学通史》（第二、三卷），南开大学出版社2011年版。

陈晓兰：《中西都市文学比较研究》，复旦大学出版社2012年版。

［法］德尼丝·勒布隆-左拉：《我的父亲左拉》，李焰明译，广西师范大学出版社2002年版。

［英］弗吉尼亚·伍尔夫：《论小说与小说家》，瞿世镜译，上海译文出版社1986年版。

高建为：《自然主义诗学及其在世界各国的传播和影响》，江西教育出版社2004年版。

高建为：《左拉研究》，中国社会出版社2005年版。

［德］汉斯·罗伯特·尧斯：《接受美学和接受理论》，周宁、金元浦译，
　　辽宁出版社 1987 年版。

胡海：《显微镜中看人生——自然主义文学》，海南出版社 1993 年版。

胡振明：《对话中的道德建构——十八世纪英国小说中的对话性》，对外
　　经济贸易大学出版社 2007 年版。

［美］海登·怀特：《后现代历史叙事学》，中国社会科学出版社 2003
　　年版。

侯维瑞主编：《英国文学通史》，上海外语教育出版社 2006 年版。

蒋承勇等：《欧美自然主义文学的现代阐释》，复旦大学出版社 2002
　　年版。

蒋承勇等：《英国小说发展史》，浙江大学出版社 2006 年版。

［美］克里斯托弗·考德威尔：《浪漫主义与现实主义》，薛鸿时译，生
　　活·读书·新知三联书店 1988 年版。

［美］卡尔迪纳、普里勃：《他们研究了人》，孙恺祥译，生活·读书·新
　　知三联书店 1991 年版。

［英］李斯托威尔：《近代美学史评述》，蒋孔阳译，上海译文出版社
　　1980 年版。

［奥］卢卡奇：《卢卡奇文学论文集》，中国社会科学出版社 1981 年版。

卢康华、孙景尧：《比较文学导论》，黑龙江人民出版社 1984 年版。

刘东：《西方的丑学——感性的多元取向》，四川人民出版社 1986 年版。

柳鸣九选编：《法国自然主义作品选》，天津人民出版社 1987 年版。

柳鸣九主编：《自然主义》，中国社会科学出版社 1988 年版。

罗钢：《叙事学导论》，云南人民出版社 1994 年版。

［英］拉曼·塞尔登：《文学批评理论——从柏拉图到现在》，北京大学出
　　版社 2000 年版。

李公昭主编：《20 世纪英国文学导论》，西安交通大学出版社 2001 年版。

刘文荣：《19 世纪英国小说史》，中国社会科学出版社 2002 年版。

李建军：《小说修辞研究》，中国人民大学出版社 2003 年版。

李维屏：《英国小说艺术史》，上海外语教育出版社 2003 年版。

李维屏主编：《英国小说人物史》，上海外语教育出版社 2008 年版。

［美］罗兰·斯特龙伯格：《西方现代思想史》，刘北成等译，中央编译出
　　版社 2005 年版。

［英］雷蒙德·威廉斯：《文化与社会》，吴淞江、张文定译，北京大学出版社 1991 年版。

［美］雷纳·韦勒克：《近代文学批评史》（第四、五卷），杨自伍译，上海译文出版社 2009 年版。

［英］马·布雷德伯里、詹·麦克法兰主编：《现代主义》，胡家峦译，上海外语教育出版社 1992 年版。

［法］米歇尔·福柯：《知识考古学》，谢强、马月译，生活·读书·新知三联书店 1998 年版。

［法］马克·贝尔纳：《左拉》，郭太初译，上海文艺出版社 1992 年版。

［英］毛姆：《巨匠与杰作》，王晓明等译，华东师范大学出版社 1987 年版。

［英］毛姆：《兰贝斯的丽莎·别墅之夜》，俞亢咏译，上海译文出版社 1997 年版。

［英］毛姆：《人生的枷锁》，张柏然等译，上海译文出版社 2012 年版。

宁宗一：《中国小说学通论》，安徽教育出版社 1995 年版。

［英］彼得·福克纳：《现代主义》，付礼军译，昆仑出版社 1983 年版。

［法］皮埃尔·布迪厄：《实践与反思：反思社会学导引》，华康德译，中央编译出版社 1998 年版。

［法］皮埃尔·布迪厄：《艺术的法则：文学场的生成和结构》，刘晖译，中央编译出版社 2001 年版。

［英］乔治·吉辛：《新格拉布街》，叶冬心译，上海译文出版社 1986 年版。

［英］乔治·吉辛：《新寒士街》，文心译，浙江文艺出版社 1986 年版。

［英］乔治·莫尔：《埃伯利街谈话录》，孙宜学译，广西师范大学出版社 2003 年版。

［英］乔治·莫尔：《十九世纪绘画艺术》，孙宜学译，中国人民大学出版社 2003 年版。

［英］乔治·莫尔：《伊丝特·沃特斯》，张介明译，华夏出版社 2007 年版。

［英］乔治·吉辛：《四季随笔》，李霁野译，上海人民出版社 2007 年版。

［英］特里·伊格尔顿：《马克思主义与文学批评》，文宝译，人民文学出版社 1980 年版。

［美］特德·摩根：《人生的挑剔者——毛姆传》，梅影等译，湖南人民出版社 1986 年版。

［英］特里·伊格尔顿：《历史中的政治、哲学、爱欲》，中国社会科学出版社 1999 年版。

［英］特里·伊格尔顿：《当代西方文艺理论》，王逢振译，江苏教育出版社 2006 年版。

［美］韦恩·布斯：《小说修辞学》，华明等译，北京大学出版社 1987 年版。

吴岳添：《法国文学散论》，东方出版社 2002 年版。

吴岳添：《左拉学术研究史》，译林出版社 2014 年版。

王守仁、方杰主编：《英国文学简史》，上海外语教育出版社 2006 年版。

王守仁、胡宝平等：《英国文学批评史》，南京大学出版社 2012 年版。

［美］希利斯·米勒：《解读叙事》，申丹译，北京大学出版社 2002 年版。

乐黛云等编：《比较文学原理新编》，北京大学出版社 1998 年版。

［德］尤尔根·哈贝马斯：《认识与兴趣》，郭官义等译，学林出版社 1999 年版。

杨乃乔：《比较文学概论》，北京大学出版社 2002 年版。

姚文振、陆双祖、孙靖丽：《中西文学跨学科研究》，甘肃民族出版社 2008 年版。

［英］约翰·凯里《知识分子与大众》，吴庆宏译，凤凰出版传媒集团、译林出版社 2008 年版。

殷企平：《推敲"进步"话语——新型小说在 19 世纪的英国》，商务印书馆 2009 年版。

［法］左拉：《欲的追逐》，金铿然、骆雪娟译，浙江文艺出版社 1987 年版。

［法］左拉：《萌芽》，黎柯译，人民文学出版社 2001 年版。

［法］左拉：《戴蕾丝·拉甘》，韩沪麟译，百花洲文艺出版社 2009 年版。

［法］左拉：《娜娜》，郑永慧译，人民文学出版社 2010 年版。

张京媛编：《当代女性主义文学批评》，北京大学出版社 1995 年版。

朱雯等编选：《文学中的自然主义》，上海文艺出版社 1992 年版。

赵凯：《伊甸园景观——性爱与文学创作》，湖南师范大学出版社 1992 年版。

张介明：《边缘视野中的欧美文学》，四川民族出版社 2002 年版。

［美］詹姆斯·费伦、彼得·拉比诺维茨编：《当代叙事理论指南》，申丹译，北京大学出版社 2007 年版。

曾繁亭：《文学自然主义研究》，中国社会科学出版社 2008 年版。

（二）论文

陈秋红：《"毛姆问题"的当代思考》，《东方论坛》1995 年第 4 期。

陈思和：《20 世纪中外文学关系研究中的"世界性因素"的几点思考》，《中国比较文学》2001 年第 1 期。

董学文、盖生：《后现代文论中的自然主义基因及其变异》，《厦门大学学报》（哲学社会科学版）2002 年第 4 期。

杜隽：《自然主义在 D. H. 劳伦斯小说中的流变》，《湖州师范学院学报》2004 年第 3 期。

高建为：《从自然主义在英国的读者反应看文化适应问题》，《四川大学学报》（哲学社会科学版）2008 年第 3 期。

高万隆：《女权主义与英国小说家》，《外国文学评论》1997 年第 2 期。

胡亚敏：《论自由间接引语》，《外国文学研究》1989 年第 1 期。

蒋承勇：《英国小说演变的多角度考察——从十八世纪到当代》，《东吴学术》2019 年第 5 期。

蒋承勇：《十九世纪现实主义"写实"传统及其当代价值》，《中国社会科学》2019 年第 2 期。

蒋承勇：《从"镜"到"灯"到"屏"：颠覆抑或融合?》，《浙江社会科学》2020 年第 2 期。

蒋承勇、曾繁亭：《震惊：西方现代文学审美机制的生成——以自然主义、现代主义为中心的考察》，《文艺研究》2020 年第 2 期。

柯汉林：《丑的哲学思考》，《文艺研究》1994 年第 3 期。

李莉：《性格 环境 命运——从〈卡斯特桥市长〉管窥哈代与自然主义》，《聊城大学学报》（社会科学版）2006 年第 3 期。

刘新敖：《近年来国内文学主体间性理论研究述评》，《安庆师范学院学报》（社会科学版）2006 年第 6 期。

临泽广：《试论"女性意识"和女性主义文学批评》，《四川师范大学学报》1997 年第 1 期。

刘克东，张瑾：《哈代〈苔丝〉中的自然主义意象》，《世界文学评论》2010 年第 1 期。

刘舒文、赵沛林：《英国近代自然主义文学的肇始形态》，《外国问题研究》2012 年第 1 期。

彭彤：《论自然主义中的"丑"》，《社会科学战线》1999 年第 2 期。

［土］帕慕克：《隐含作者——北大附中的讲演辞》，许若文译，《作家》2008 年 7 月号。

阮炜：《〈五镇的安娜〉中视点技巧中的运用》，《四川师范大学学报》1987 年第 4 期。

盛宁：《"写实"还是"虚构"？——试论英美小说观念演变中的几个问题》，《当代外国文学》1992 年第 1 期。

宋德伟：《贝内特的男权话语矛盾》，《河南大学学报》（社会科学版）2007 年第 5 期。

申丹：《何为"隐含作者"?》，《北京大学学报》（哲学社会科学版）2008 年第 3 期。

申丹：《再论隐含作者》，《江西社会科学》2009 年第 2 期。

申利锋：《毛姆小说创作的自然主义倾向的缘起》，《湖北第二师范学院学报》2010 年第 4 期。

单华艳、彭亮亮：《自然主义小说与意识流小说相似的科学精神》，《通化师范学院学报》（人文社会科学）2013 年第 1 期。

唐丽伟：《典型的自然主义者托马斯·哈代》，《岱宗学刊》2005 年第 2 期。

王敏琴：《〈名利场〉中隐含作者的不连贯现象》，《外语研究》2003 年第 3 期。

王兆鹏：《宋代的"润笔"与宋代文学的商品化》，《学术月刊》2006 年第 9 期。

薛鸿时：《论吉辛的〈文苑外史〉》，《外国文学评论》1993 年第 3 期。

许庆红：《人的困境与人性的悲哀——论英美文学自然主义的共同主题》，《安徽教育学院学报》2002 年第 4 期。

项晓敏：《论欧美现代派文学中的自然主义倾向》，《杭州师范学院学报》（社会科学版）2002 年第 5 期。

项晓敏：《论意识流小说中的自然主义倾向》，《浙江大学学报》（人文社会科学版）2004 年第 3 期。

项晓敏：《西方现代主义文学与自然主义》，《汉语言文学研究》2013 年第 4 期。

姚在祥：《评乔治·吉辛的〈新寒士街〉》，《杭州大学学报》（哲学社会科学版）1988 年第 2 期。

杨春时：《本体论的主体间性与美学建构》，《厦门大学学报》（哲学社会科学版）2006 年第 2 期。

应璎：《乔治·吉辛作品中的作家生存危机》，博士学位论文，浙江大学2013 年。

张介明：《现代视野中的乔治·莫尔——解读〈埃斯特·沃特斯〉》，《外国文学研究》2007 年第 4 期。

曾繁亭，蒋承勇：《文学自然主义与胡塞尔现象学》，《浙江社会科学》2008 年第 11 期。

曾繁亭：《自然主义：从生理学到心理学——兼论自然主义与现代主义的关系》，《东岳论丛》2012 年第 1 期。

郑焕钊：《论马克思主义的审美现代性内涵——兼对现实主义美学的新解读》，《西北师大学报》（社会科学版）2010 年第 1 期。

二　英文文献

（一）著作

Annette T. Rubinstein, *American Literature: Root and Flower*, Beijing: Foreign Language Teaching and Research Press, 1988.

Anthony Curtis and John Whitehead, eds., *W. Somerset Maugham: The Critical Heritage*, New York: Routledge & Kegan Paul Inc., 1987.

Arnold Bennett, *Anna of the Five Towns*, London: Penguin Books, 1936.

Arnold Bennett, *The Old Wives' Tale*, New York: Penguin Books, 1983.

Auguste Comte, *Social Statics & Social Dynamics*, Leadership & Ambiguity: The American Classical College Press, 1979.

Brian Nelson ed., *Naturalism in the European Novel*, Oxford: Berg Publishers, Inc., 1992.

Cave Richard, *A Study of The Novel of George Moore*, Britain: Harper & Row

Publishers, Inc. , 1978.

C. Hugh Holman, *A Handbook to Literature*, Indianaplis: The Odyssey Press, Inc. , 1972.

George J. Becker ed. , *Documents of Modern Literary Realism*, Princeton: Princeton University Press, 1963.

George Moore, *A Modern Lover*, London: Walter Scott, Ltd. , 1897.

George Moore, *A Mummer's Wife*, New York: Brentano's, 1917.

James G. Hepburn, *The Art of Arnold Bennett*, Bloomington: Indiana University Press, 1963.

John Freeman, *A Portrait of George Moore in A Study of His Work*, New York: Dappleton and Company, 1922.

John Goode, *George Gissing: Ideology and Fiction*, London: Vision Press, 1978.

John Sloan, *George Gissing: The Cultural Challenge*, New York: St. Martin's Press, 1989.

John Wain, *Arnold Bennett In Six Modern Novelists*, George Stade ed. , New York: Columbia University Press, 1974.

Kenshiro Homma, *The Literature of Naturalism: An East − West Comparative Study*, Japan: Maruzen Kyoto, 2004.

Lewis D. Moore, *The Fiction of George Gissing: A Critical Analysis*, Jefferson: McFarland & Co. , 2008.

Lilian R. Furst & Peter N. Skrine, *Naturalism*, London: Methuen & Co. Ltd. , 1978.

Michael Alexander, *A History of English Literature*, New York: Palgrave Macmillan, 2007.

Pierre Coustillas, *Gissing: the Critical Heritage*, London: Routledge & Kegan Paul, 1972.

Tzvetan Todorov, *Introduction to Poetics*, Minneapolis: University of Minnesota Press, 1981.

W. Somerset Maugham, *The Summing Up*, London: Pan Books Ltd. , 1976.

(二) 论文

Annette Federico, "Subjectivity and Story in George Moore's 'Esther Waters'", *English Literature in Transition 1880 – 1920*, Vol. 36, No. 2, 1993.

Anthony Cummins, "Emile Zola's Cheap English Dress: The Vizetelly Translations, Late – Victorian Print Culture, and the Crisis of Literary Value", *The Review of English Studies*, New Series, Vol. 60, No. 243, 2009.

Anthony Cummins, "From 'L' Assommoir 'to' Let's ha 'some more': Emile Zola's Early Circulation on the Late – Victorian Stage", *Victorian Review*, Victorian Studies Association of Western Canada, Vol. 34, No. 1, 2008.

Carol Ohmann, "George Moore's Esther Waters", *Nineteenth – Century Fiction*, Vol. 25, No. 2, 1970.

C. Heywood, "Flaubert, Miss Braddon, and George Moore", *Comparative Literature*, No. 12, 1960.

Clarence R. Decker, "Zola's literary reputation in England", *PMLA*, Modern Language Association , Vol. 49, No. 4, 1934.

Charles Burkhart, "George Moore and His Critics", *English Literature in Transition 1880 – 1920*, Vol. 20, No. 4, 1977.

Constance D. Harsh, "Gissing's the Unclassed and the Perils of Naturalism", *ELH*, Vol. 59, No. 4 , 1992.

David Alvarez, "The Case of the Split Self: George Moore's Debt to Schopenhauer in 'Esther Waters'", *English Literature in Transition 1880 – 1920*, Vol. 38, No. 2, 1995.

Donald E. Morton, "Lyrical Form and the World of Esther Waters", *Studies in English Literature 1500 – 1900*, Vol. 13, No. 4, Rice University, Nineteenth Century, 1973.

Elliot L. Gilbert, "In the Flesh: 'Esther Waters' and the Passion for Yes", *NOVEL: A Forum on Fiction*, Vol. 12, No. 1, 1978.

Elizabeth Grubgeld, "George Moore 1852 – 1933", *Victorian Studies*, Vol. 44, No. 1, 2001.

George Gwing, "The Confessions of Tess Durbeyfield and Esther Waters", Victorian Studies Association of Western Canada, *Newsletter of the Victorian Studies Association of Western Canada*, Vol. 7, No. 1, 1981.

Honor E. Woulfe, "George Moore and the Amenities", *English Literature in Transition, 1880 – 1920*, Vol. 35, No. 4, 1992.

Jay Jernigan, "The Forgotten Serial Version of George Moore's Esther Waters", *Nineteenth – Century Fiction*, Vol. 23, No. 1, 1968.

Joan C. Marx, "'Soft, Who Have We Here?': The Dramatic Technique of The Old Wives Tale", *Renaissance Drama*, No. 12, 1981.

Kurt Koenigsberger, "Elephants in the Labyrinth of Empire: Modernism and the Menagerie in 'The Old Wives Tale'", *Twentieth Century Literature*, Vol. 49, No. 2, 2003.

Laurilyn J. Rockey, "'The Old Wives Tale' as Dramatic Satire", *Educational Theatre Journal*, Vol. 22, No. 3, 1970.

Lynn C. Bartlett, "Maggie: A New Source for Esther Waters", *English Literature in Transition, 1880 – 1920*, Vol. 19, No. 1, 1966.

Lucien White, "Zola's Commercialism", *The French Review*, American Association of Teachers of French, Vol. 30, No. 1, 1956.

Maxwell Geismar, "Naturalism Yesterday and Today", *The English Journal*, National Council of Teachers of English, Vol. 43, No. 1, 1954.

Mary Ward, "Recent Fiction in England and France", *Macmillan's Magazine*, No. 50, 1884.

Milton Chaikin, "George Moore's A Mummer's Wife and Zola", *Revue de Littérature Comparée*, No. 31, 1957.

Milton Chaikin, "The Composition of George Moore's A Modern Lover", *Comparative Literature*, No. 7, 1955.

Michael Collie, "Gissing's Revision of New Grub Street", *The Yearbook of English Studies*, Modern Humanities Research Association, Vol. 4, 1974.

Paul Sporn, "Esther Waters: The Sources of the Baby – Farm Episode", *English Literature in Transition, 1880 – 1920*, Vol. 11, No. 1, 1968.

Robert J. Niess, "George Moore and Emile Zola Again", *Symposium*, Vol. 20, No. 1, 1966.

Robert L. Selig, "The Valley of the Shadow of Books: Alienation in Gissing's New Grub Street", *Nineteenth – Century Fiction*, Vol. 25, No. 2, 1970.

Royal A. Gettmann, "George Moore's Revisions of The Lake, The Wild Goose, and Esther Waters", *PMLA*, Modern Language Association, Vol. 59, No. 2, 1944.

Roger S. Loomis, "A Defense of Naturalism", *International Journal of Ethics*, Vol. 29, No. 2, 1919.

Susan L. Blake, "Travel and Literature: The Liberian Narratives of Esther Warner and Graham Greene", *Research in African Literatures*, Vol. 22, No. 2, 1991.

Susan T. Viguers, "The Hearth and the Cell: Art in 'The Old Wives Tale'", *Studies in English Literature*, *1500 – 1900*, Vol. 21, No. 2, 1981.

Troy J. Bassett, "Circulating Morals: George Moore's Attack on Late – Victorian Literary Censorship", *Pacific Coast Philology*, Pacific Ancient and Modern Language Association, Vol. 40, No. 2, 2005.

Vernon Lee, "A Dialogue on Novels", *The Contemporary Review*, No. 48, 1885.

W. Eugene Davis, "George Moore as Collaborator and Artist The Making of a Later Esther Waters: A Play", *English Literature in Transition*, *1880 – 1920*, Vol. 24, No. 4, 1981.

William F. Blissett, "George Moore and Literary Wagnerism", *Comparative Literature*, No. 13, 1961.

Willard O. Eddy, "The Scientific Basis of Naturalism in Literature", *Western Humanities Review*, No. 8, 1954.

William C. Frierson, "The English Controversy over Realism in Fiction 1885 – 1895", *PMLA*, Modern Language Association, Vol. 43, No. 2, 1928.

索　引

后　记

　　修改本书闲暇之际，再次翻阅路遥的《平凡的世界》，感受生活是那样的伟大，平凡亦是一种伟大。这本在高中就使我迷恋的小说，现在依旧使我迷恋，带给我动力，赐予我希望！

　　本书是在我博士论文的基础上经过大幅修改和完善而成。回想论文写作之初，左思右想，总希望自己能够将论文打造成一个"高富帅"——立意高深、材料丰富，结构完美。当论文完成之时，左看右看，论文却难掩"屌丝"模样。回首经年，论文尽管盲审通过，我也顺利完成答辩并毕业，但心中那种莫名的愧意，犹似深秋在肩上凝满的层层白霜。流年笑掷，未来可期。

　　月游浩渺长空，星行无穷苍穹，常恐青春虚度，自知才疏学浅，只能以蜗牛般的执着，在学术之路缓慢前行。读书、思考、写作犹如一场修行，只有起点而无终点。每当桌上茶韵浮升，窗外静夜当空，便再也无心追问西东。时隔五年光景，"屌丝"模样已换新颜！恍惚间，莫名的心旷神怡，却没有文成抛笔后的轻松，其中滋味，奈何把酒问青天！诚然，花开花落终有时，玉宇妆成未有期。我深知，芳华短暂，花香暗来，学术的道路还有一些应许与期许，非关大学问大襟怀，或许只为心安，如此而已。

　　已经过了少年心血来潮的时节，也许是性格的原因，我总喜欢一个人宅在房间里，向往一种隐逸的生活。时常在灰蒙蒙的阴天，胡思乱想人活着的意义，在思想的"自留地"，或长叹生命短暂，或短吁来日方长。时常在台灯幽暗的灯光中，静静地坐着，在精神的"三角区"，或鸳鸯戏水，或五马长枪。我相信，人世间命运具有的那种强大力量，甚至相信命运胜于科学或真理。我深信，这世界不止眼前的烦恼，还有诗与远方！心中若有桃花源，何处不是水云间。

2020 年的庚子鼠年春节非同寻常。新型冠状病毒感染的肺炎蔓延肆虐，妻子临危请战奔赴武汉。倾情支持中的那种担心，让平静的日常多了一分牵挂。多日宅在家中，时间仿佛变多变慢，陪伴、读书、家务、跑步，在平常的生活中对生命、人性有了新的认识。东风破解，共克时艰，没有一个冬天不可逾越，没有一个春天不会来临。"山川异域，风月同天，岂曰无衣，与子同裳"，或许这是春天最温暖的话语！春来疫去，妻子回家，微笑相见，平安是福！

师恩永记，情谊长存。衷心感谢我的导师高建为教授，在博士期间，高老师的关心与鼓励，使我有信心探究这样一个颇有难度的学术领域。高老师严谨的学术态度，低调的为人处世使我受益终身。感谢史忠义、吴泽霖、刘洪涛、方维规、刘燕等教授，渊博深厚，识见独到，您们的意见和建议使我受益匪浅。感谢师弟吕睿及时翻译论文所需的法语文章以及诸多帮助。感谢多年好友陶明东、陈建海、汪光文、高成军、彭威等诸兄弟，皆为性情中人，畅聊生活，言笑晏晏，有他们，此间不再寂寥。感谢同窗王国礼、李安光、徐波、曾念长、李明英、祝然、国蕊等好友，回忆里有他们，生活不再单调。还有许多给予过我帮助的人，我由衷地对您们说一声——谢谢！

感谢父母及家人给予我莫大的支持和鼓励，给了此身光和温暖，怎一个谢字了得！

逝者如斯夫，不舍昼夜。世界那么大，应该去看看。

宋虎堂
写于 2020 年庚子年春节